MURIEL ROMANA | Marco Polo
II - Más allá de la Gran Muralla

byblos

Título original: *Marco Polo. Au-delà de la Grande Muraille*

Traducción: Manuel Serrat Crespo

1.ª edición: noviembre 2004

© Édition n°1, 2002
© Ediciones B, S.A., 2004
  Bailén, 84 - 08009 Barcelona (España)
  www.edicionesb.com

Diseño de cubierta:IBD
Diseño de colección: Ignacio Ballesteros

Printed in Spain
ISBN: 84-666-1722-1
Depósito legal: B. 40.799-2004

Impreso por LITOGRAFÍA ROSÉS

MURIEL ROMANA | Marco Polo
II - Más allá de la Gran Muralla

Índice

Agradecimientos

A Alain por todo su apoyo, su tiempo, sus ideas, su paciencia y todo lo demás…

A Françoise Roth por su atención en todo momento, por sus consejos tan atinados, por esa precisión que constituye la riqueza de nuestro trabajo en común.

A René Guitton y a todo el equipo de edición por su profesionalidad.

A Isabelle Baticle por sus intuiciones espirituales y poéticas y por su conocimiento íntimo de China.

A Séverine Bardon, mi valiosísimo contacto pequinés.

A Colette Bardon, que por sí sola simboliza la hospitalidad de la población de Revel, a Cathy Beaudequin, Colette Bernès, Francis Decorsière y Jeanne Ribaucour, Gisèle Jreige e Isabelle Maurin por sus atenciones y su sinceridad.

A Valérie-Andréa Dorléans, por su lectura cuidadosa, por su tiempo, por la abundancia y precisión de sus puntos de vista.

Al doctor Michel Jreige, por sus consejos de experto en medicina china.

A Michel Potez, por sus recuerdos de viaje, de Asia, de encuentros femeninos y de tempestades en los mares del Sur, y por la inspiración de su mansión mágica.

Y, *last but not least*, a Florence y Marine por su visión fresca y también por su ayuda cuando el tiempo se echaba encima.

Y a Solal, por su presencia.

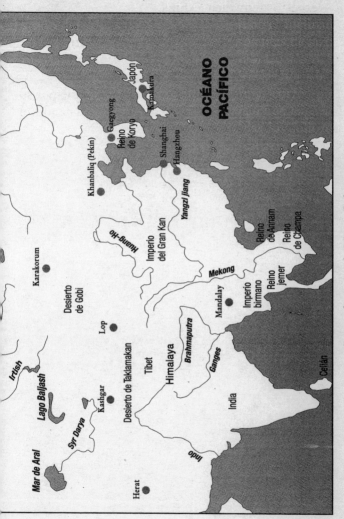

Asia en la época de Marco Polo.

Se encuentra solo.

La opaca niebla le ha alcanzado. Bandadas de sombras blancas flotan como fantasmas en la noche. Se inmoviliza, con las sienes palpitantes. La bruma se ha espesado con tanta rapidez que todo ha desaparecido a su alrededor. Abre de par en par los ojos pero no distingue nada. Los efluvios del jazmín asaltan su olfato hasta producirle mareos. El aire húmedo hace que se le contraiga la garganta. Siente un retortijón de estómago. Querría saber gritar, pero desde el día en que nació ningún sonido ha salido de su boca.

Entonces, cierra los ojos para no ver la oscuridad. Más calmado, oye el rumor de los pasos del cojo, irregulares pero implacables. El látigo roza los altos tallos, haciéndolos temblar. Cuando entreabre los párpados distingue algunas manchitas blancas diseminadas en la penumbra. Torpemente, se alza el cuello del blusón y se apresura a avanzar antes de que el látigo llegue a su altura. Extiende las manos y al rozar a tientas la corola fresca de la flor, la desprende con delicadeza de su tallo para depositarla en el cesto de bambú que lleva colgado en bandolera. Por fin la bruma se levanta poco a poco. El cielo aparece en su oscura pureza, un fondo negro iluminado por miles de minúsculas luciérnagas. Estelas brillantes cruzan el firmamento, zambulléndose en el horizonte. Como todas las noches, el niño se pregunta adónde van las estrellas fugaces.

Con los ojos llenos de chiribitas adivina los pequeños copos blancos posados en las altas ramas que le llegan al pecho. Se desliza entre las matas, pasando de una a otra con rapidez y agilidad. Ahora, comienza a entrar en calor. El sol tardará aún en salir, pero hay que apresurarse. El capataz se está poniendo nervioso. El muchacho acelera sus movimientos. La correa del cesto le siega el hombro. En plena noche la flor del jazmín libera lo mejor de su aroma, pero el calor del día le resulta nefasto. El cesto se llena de blanco y el niño imagina que transporta nubes. Se figura que vuela en el cielo, recogiendo brumas. Tose, tan silenciosamente como le es posible, cubriéndose la boca con la manga. Si el capataz le oyera, diría que está marchitando las flores. El muchacho avanza cada vez más deprisa, pero nunca lo suficiente. Su imaginación divaga a su pesar. Esta vez, sueña en la mujer que se embriagará con el perfume extraído de todas las florecillas que él haya recogido. Será su madre. Hermosa, con una gran sonrisa de perla. Le tomará en sus brazos y él respirará el aroma embriagador que le marea. Algún día, lo sabe, la encontrará.

Un golpe le arranca bruscamente de su ensueño.

—¡Vamos, Dao Zhiyu, no te duermas! De lo contrario, el Gran Kan vendrá y te mandará al hospicio.

Temblando, el muchachito reanuda el trabajo. Oye hablar mucho del Gran Kan como de un ogro devorador de niños, y aunque siente curiosidad, lo que le dicen basta para quitarle las ganas de verlo. Tampoco sabe qué es el hospicio. Pero se figura un lugar mucho peor que este campo de jazmines, puesto que el Gran Kan quiere mandarle allí. Sorprende la mirada cómplice de Chang, mayor y más fuerte que él, y sobre todo más veloz.

¿Cuánto tiempo queda aún para el alba? Cada día, Dao aguarda con una impaciencia creciente que el sol anuncie por fin la hora del descanso, cuando sus rayos atraviesen como flechas esos malditos jazmines.

—Ya basta, muchachos —ordena por fin el capataz.

Con un inmenso cansancio, los pequeños salen del campo. El trabajo ha terminado pero aún han de caminar hasta la granja donde depositarán las flores con la misma delicadeza con que las han recogido. Sólo entonces, por fin, podrán dormir. Hace unos días, un médico itinerante pasó a ver a un niño enfermo que tenía la «gran greña», por lo que Dao pudo oír. Le dijo al dueño que no debía «tratar con niños tan pequeños». Desde entonces, cada vez que se siente fatigado o no tiene ganas de trabajar más, Dao quisiera poder decir que es «tan pequeño». Pero las palabras nunca le salen.

Por el camino de regreso, Dao arrastra los pies. Le duele el hombro, aunque no se atreve a quejarse. Chang le dirige sonrisas de aliento. Tiene nueve años pero apenas aparenta seis. Su pequeña estatura le permite conseguir una comida más, por la tarde, cuando van a los telares. Sus manos son las de un anciano, arrugadas como un higo seco. Dice que, cuando sea mayor, regresará a su casa. Su padre lo vendió cuando tenía cinco años. Chang ha olvidado todo lo demás, el nombre de su aldea y la voz de su madre.

Dao tropieza. Cae cuan largo es al suelo. De pronto, esta posición le parece del todo conveniente. Cierra los ojos y comienza a dormirse. Qué importan las flores y qué importa el látigo.

—Arriba, Dao. Yo no voy a llevarte. Casi hemos llegado. Vamos, recógelas —ordena el capataz.

De rodillas, Dao recoge de nuevo las flores que cubren el camino. Las lágrimas le asoman a los ojos al comprobar que las flores se han manchado de polvo y que tendrá que lavarlas una a una antes de poder dormir. Chang se ha agachado para ayudarle.

—Yo lo llevaré a hombros —declara con orgullo.

Dao trata de levantarse.

—De acuerdo, pero si no lo consigues, tú recibirás el castigo —declara el capataz.

Chang pone en pie a Dao tirándole de los brazos, se cuelga el cesto de su amigo en bandolera y se carga al niño en la espalda. Echa a andar con paso ligero, pero pronto pierde el resuello. Dao Zhiyu le da golpecitos en el hombro, para indicarle que le deje.

Chang cae de rodillas.

—Ya ves, no puedes con él —advierte el capataz.

Chang, sin aliento, levanta la mirada y la clava en la del hombre.

—¿Y si lo llevarais vos por una vez? —pregunta con descaro.

—No estoy aquí para eso. No es culpa mía que vuestros padres os vendieran.

—¡Dao no fue vendido! —exclama Chang colérico.

El capataz suelta la carcajada.

—Mírale. No se podía sacar nada de él. Evidentemente, es un bastardo.

Dao no sabe lo que eso significa, pero el tono despectivo hace que le invada una rabia incontenible. El niño se arroja contra el capataz y le clava los dientes en la pierna sana con todas sus fuerzas. El otro lanza un grito de dolor y la emprende a golpes con él.

—¡Suéltame, perro!

Chang acude en ayuda de su amigo y da violentas patadas al capataz. Éste consigue que Dao afloje la dentellada y el niño cae bruscamente a tierra. Aturdido, se levanta. El capataz descarga su cólera sobre Chang. Le mantiene contra el suelo con la rodilla y le fustiga sin piedad. Dao está petrificado. El látigo cae miles de veces sobre su amigo, que da gritos de dolor e intenta protegerse. Los demás niños, aterrorizados, se apretujan los unos contra los otros. Sólo se oye el silbido de la correa de cuero. El cuerpo de Chang da respingos bajo la violencia de los golpes. El corazón de Dao le palpita enloquecido en el pecho. El capataz exhausto, espacia los latigazos y vuelve hacia Dao una mirada vesánica.

Con un movimiento instintivo, el niño se precipita hacia el campo de jazmín, donde echa a correr inclinado, justo por debajo del nivel de las plantas de jazmín. El perfume le envuelve con su abrazo ácido. Su ronca respiración apaga el crujir de las hojas bajo sus pies. No se vuelve. Las lágrimas corren por sus mejillas, e inundan su rostro sin que haga ademán de secarlas. Oye a sus espaldas los sollozos de los demás niños y la voz del capataz que le llama.

Y que se acerca, amenazadora...

Sus piernas son demasiado cortas.

«¡Apresúrate a crecer!», le repetía Chang sin cesar.

1

Las cacerías del Gran Kan

Verano de 1278
En algún lugar del imperio mongol

Se despliega, con extraña pesadez, y planea llevada por el viento que la empuja hacia atrás. Sin luchar, se abandona a la fuerza invisible que la guía por encima de las cumbres. Como una hoja seca, vuela al albur de las corrientes ascendentes, agitada por un leve estremecimiento. El sol arranca reflejos plateados en sus plumas que se levantan como olas sobre el mar. Arrebatada por una súbita borrasca, pierde el equilibrio por unos instantes, pero con un movimiento imperceptible, apenas un gesto de la punta del ala, recupera su posición. Ávida de carne y sangre, parece vacilar. Por fin, inmóvil, suspendida en el aire, se deja caer como una piedra. La presa no tiene posibilidad alguna. El águila real la alcanzará antes incluso de que haya advertido su presencia.

En el suelo, un hombre se destaca entre el grupo de cortesanos. Su cabellera y su piel claras contrastan con los cabellos y la tez oscuros de los demás. Sus ojos garzos brillan con insólito fulgor en estos parajes donde los hombres parecen dibujados en negro y blanco. Marco Polo es un extranjero que exhibe su diferencia y su mirada azul ultramar. A los veinticuatro años, su esbelta silueta deja entrever la potencia de sus músculos, esculpidos por cuatro años de odisea, desde Venecia a Khanbaliq.* Unos rizos de color dorado oscuro escapan de su sombrero de fieltro. Se atusa con cuidada mano la corta barba y el bigote, que él mismo recorta dos veces al día con el cuidado de un tapicero. Se ha alejado de los cortesanos para seguir a los halconeros. En el cielo, el ave remonta otra vez el vuelo, aprisionando en sus garras el botín. Marco hunde los talones en los flancos de su montura, siguiendo con la mirada la trayectoria de la rapaz. Embriagado, galopa evitando, por los pelos, chocar con otros caballos que van al paso. Finalmente, el vuelo del águila se hace más lento. Planea y baja oscilando suavemente hacia el suelo.

El ave suelta su presa a los pies de un caballo enjaezado de cuero. Luego, despliega sus alas en un gesto majestuoso y se posa con delicada brutalidad en el puño de su dueño. En su pico brillan aún las perlas granate de la sangre de su víctima. Marco Polo, impresionado, se acerca con su montura al joven cuyo cráneo está completamente afeitado, en contra de la moda de la corte. Su piel

* Pekín (*Khan-baliq*: en mongol, la ciudad del Kan).

mate y sus ojos apenas rasgados resaltan entre los rostros de los cortesanos.

—Tu rapaz es de una habilidad espectacular —le comenta Marco.

El joven le saluda con una inclinación de la cabeza.

—¿Eres chino? —pregunta el veneciano devolviéndole el saludo.

El joven le contempla con extrañeza.

—No. ¿Por qué? ¿Los buscáis?

—Hace tres años que estoy aquí y no he encontrado aún ninguno.

El otro se echa a reír.

—¡Tampoco yo y hace ya quince! Estamos en la corte del Gran Kan, eso es todo, señor Marco Polo. Es la primera vez que os veo en una cacería imperial —añade aún sonriendo ante su propia broma.

—La última vez, mi padre ostentaba la representación de nuestra casa y...

Se interrumpe, incómodo. ¿A santo de qué debe justificarse ante un perfecto desconocido? Como siempre desde que llegó al imperio mongol, Marco se siente transparente como el agua clara, tan vulnerable como un joven grumete ante su primera tempestad.

No consigue acostumbrarse a la desagradable sensación de ser reconocido por gentes a las que él no conoce. Hasta ahora, su padre Niccolò estaba siempre a su lado y atraía sobre él toda la atención. Casi echa de menos esta circunstancia.

Un hombre se acerca al galope y se detiene, haciendo caso omiso de la presencia de Marco. De edad madura, con el cráneo afeitado también, va vestido con ricas sedas y tocado con un sombrero de alto dignatario.

—¿Sanga, has perdido la cabeza? Lanzar tu águila sin que yo lo ordenase... Era la única que cazaba —le reprochó al joven.

—¿Y el emperador...? —pregunta aquel a quien el anciano ha llamado Sanga.

—Afortunadamente está ocupado y no ha visto nada. —Luego, contemplando con curiosidad a Marco, añade—: Nuestro imperial dueño y señor ha preguntado varias veces por vos. —Y volviéndose hacia Sanga le ordena con sequedad—: Reúnete enseguida con los demás halconeros.

Dócil, Sanga le saluda con humildad.

—Bien, venerable P'ag-pa.

De modo que ese anciano todavía ágil es el venerable lama que tanta influencia tiene sobre el Gran Kan. Marco le sigue con la mirada mientras el lama se aleja. Acto seguido, fija de nuevo su atención en la rapaz.

—Tu águila es magnífica, Sanga. ¿Utilizas siempre la misma para cazar?

—Claro, mirad, cada ave lleva en la pata una ficha de metal en la que está inscrito el nombre de su dueño.

—Casi como los hombres, a fin de cuentas.

Sanga le mira frunciendo el ceño, bruscamente a la defensiva. Marco lamenta enseguida lo que ha dicho. Le cuesta aún calibrar la sensibilidad de sus interlocutores. Todo es tan distinto aquí...

Sanga golpea con los talones los flancos de su montura. Cuando el caballo se pone al paso, la rapaz despliega por unos instantes sus inmensas alas, como si llevara la impedimenta. Marco sigue al joven, envidiando la tranquila seguridad que la compañía del águila confiere a Sanga.

Marco busca con los ojos el estandarte del emperador.

Hace ya dos días que comenzó la batida, y aún se distingue entre las copas de los árboles la punta del pabellón de estío del soberano. En recuerdo de su vida de nómada por las estepas mongoles, el emperador hace plantar todos los años una simple tienda. Pero es tan fastuosa, cubierta de pieles de tigre, forrada de paños de seda y de oro, que rivaliza con cualquier palacio de Khanbaliq.

Los gritos de los ojeadores resuenan como el estruendo de un torrente. El susurro del follaje al ser agitado llega a los oídos de Marco Polo. A veces, unos chasquidos más fuertes revelan el paso de un animal salvaje. Pasa una sombra, huyendo hacia donde los cazadores quieren llevarla.

La tropa que avanzaba en prietas hileras desde el palacio de estío del Gran Kan comienza a dispersarse por la llanura levemente ondulada, salpicada de grupos de árboles y de bosques. La multitud de miles de cortesanos se extiende por varios *lis*,* pues cada uno de ellos ha salido con su gente, y las damas del Gran Kan viajan por todo lo alto. Los monteros van por delante con los perros,

* Un *li* equivale aproximadamente a medio kilómetro.

formando dos columnas que marchan en direcciones divergentes. Dentro de unas horas se habrán reunido formando un gran círculo dentro del cual los animales estarán presos como en una trampa. Luego, los cortesanos irán creando ese anillo en torno a las bestias salvajes. Los enormes mastines corren ladrando, obligando a ciervos, osos y lobos a dirigirse hacia el centro. La multitud avanza lenta e inexorablemente. El olor de los hombres sudorosos satura la cálida brisa del verano. Los halconeros sueltan sus aves, que se lanzan contra menudas presas. Las águilas y los gerifaltes vuelan o planean al albur del viento, ejecutando una especie de ballet puntuado por los gritos de sus víctimas. Sus movimientos dibujan líneas caligráficas en el azul del cielo. Gerifaltes, azores, halcones peregrinos y milanos rivalizan en rapidez. Los halconeros avanzan con su ave posada en el brazo como si formara parte de su cuerpo. Estos hombres alados, tocados con pieles de animales, tienen un aspecto fantástico de seres imaginarios.

Kublai, nieto de Gengis Kan, heredero del imperio mongol que se extiende desde la planicie del Danubio a las costas coreanas, se esfuerza por conquistar el sur de Asia. Las llanuras del norte de la China han sido invadidas por los ejércitos mongoles, pero el sur sigue resistiendo. El Gran Kan Kublai intenta mantener un equilibrio entre sus propias tradiciones y las costumbres de la civilización china. Pasa la temporada cálida en su palacio de verano, una tienda fastuosa en pleno bosque, donde organiza gigantescas cacerías.

Marco divisa por fin el séquito imperial.

El Gran Kan está encaramado en un palanquín de madera, a varios pies del suelo, sostenido por cuatro elefantes decorados con magnificencia. Los paquidermos se han inmovilizado tras una señal que su dueño ha dirigido a un esclavo.

Resguardado de las miradas bajo el dosel de piel de león forrado de paño de oro, Kublai ha recreado una intimidad que le aísla del resto de la cacería.

—Flor de loto amarillo, ven a azuzar mi tallo de jade. Siento que te reclama.

La concubina que el Gran Kan ha elegido se arrodilla y se dispone a satisfacer a su amo con una humilde sonrisa.

El emperador entreabre las colgaduras de seda. Han acercado la jaula donde revolotean las grullas, impacientes por emprender el vuelo al ignorar la suerte que les aguarda. El jefe de los halconeros espera la orden. Kublai levanta el brazo. Al momento se abren las jaulas expulsando a los pájaros que emprenden el vuelo lanzando grititos. Luego llega el turno de los gerifaltes. Kublai sigue con los ojos una de las rapaces que se eleva en dos aleteos soltando un chillido penetrante. Se aleja por encima de las cumbres, persiguiendo a las grullas, y las alcanza con rapidez. Se alza muy por encima de ellas, elige su presa y, de pronto, se precipita sobre la grulla que intenta huir con todas sus fuerzas. El gerifalte se desploma con su presa. Luego se afana en remontar el vuelo y planea hasta el dosel que protege a su dueño. Allí suelta a la grulla agonizante y va a posarse en el brazo que le tiende el halconero. Éste le acaricia afectuosamente. Desde su puesto de observación, Kublai saborea la mirada dorada de la rapaz, serena y segura de su victoria.

Marco ha estado esperando en vano una señal del emperador.

Al acercarse el crepúsculo, los servidores, tranquila y metódicamente, erigen las numerosas tiendas que, orientadas al sur, albergarán a toda la corte. En medio del campamento se encienden hogueras.

Bajando de su palanquín, el Gran Kan invita a sus más cercanos consejeros y cortesanos a compartir su comida en la enorme tienda de campaña. Sentado al estilo mongol frente a todos sus invitados, con las mujeres a la izquierda y los hombres a la derecha, por orden de preferencia, Kublai nada pierde de lo que se dice o hace en su presencia.

Todos procuran comportarse con la mayor dignidad. Se sirve el *kumis*, leche de yegua fermentada, la bebida favorita de los mongoles. Hay que esperar para beber a que lo haga el Gran Kan, según la costumbre. Luego, los criados depositan las fuentes entre los comensales, que se sirven directamente con los dedos. El ágape es generosamente regado con vino de arroz sazonado con especias. Pronto muchos de los invitados están borrachos como cubas. Olvidando el protocolo, empiezan a hablar en voz alta, a reír con estruendo, a escupir o eructar sin aguardar a que el Gran Kan les preceda.

Finalmente, Marco Polo, por orden del emperador, se arrodilla a pocos pasos del trono. Cada vez se acerca con la misma emoción al trono del mayor soberano del mundo conocido.

—Marco Polo, prosigue el relato de tus viajes. ¿Dónde estabas?

—Donde os plazca recordar, Gran Señor.

—¿Tu salida de Venecia?

—Mi padre había venido a buscarme para que le acompañara hasta donde vos estabais, Gran Señor. Sabía que yo iba a ser indispensable para la buena marcha de la caravana.

Kublai frunce sus altas cejas negras. La última vez que Marco le contó su historia, aseguró que su padre Niccolò no deseaba su presencia.

—Reaviva mi desfalleciente memoria. ¿Conocías mejor el camino que él, que lo había recorrido ya varias veces?

—No, desde luego —admite Marco—. Pero podía aportarle una nueva perspectiva acerca de todo lo que él conocía tan bien que ya no lo veía siquiera.

—Como yo con mis concubinas —comenta riendo el Gran Kan.

—Eso es, Gran Señor —aprueba Marco—. Recordaréis sin duda haber confiado una misión a mi padre. La de traer unas gotas de óleo del Santo Sepulcro...

—... y cien monjes para organizar un debate teológico. Mi hermano mayor, Mongka, que fue emperador antes que yo, organizó una discusión que resultó inolvidable. Estaba presente un representante de cada culto, un musulmán, un monje budista y un monje cristiano de tu tierra, un tal Guillermo de Bouruck.

—Rubrouck, fray Guillermo de Rubrouck —le corrige Marco riendo.

—Sí, eso es. ¡Y todo lo que tu padre es capaz de traerme eres tú!

—¡Y el óleo del Santo Sepulcro! —exclama Marco en son de protesta.

—Es cierto. Lo conservo celosamente en mi colección de reliquias. Pero ¿por qué fue tan largo vuestro viaje? De ordinario, mis enviados tardan poco menos de un año en llegar al mundo latino.

—En estos viajes, nada es ordinario, Gran Señor. Uno cruza varias veces el infierno. El de los elementos y el de los hombres.

Marco va granjeándose el favor del Gran Kan al repetir su historia mil veces contada, mil veces reinventada. Añade un detalle, define un olor como entre clavo y jengibre, describe el aspecto de los bazares y mercados de Persia, se demora relatando la organización de las tribus del Kafinistán, reseña las costumbres de los mongoles de la Horda de Oro, hace el inventario del armamento de su enemigo Kaidu.

Es un momento de intensa complicidad entre el que sabe y el que desea saber. Entonces, la corte desaparece, la diferencia de lenguas y orígenes se difumina, el anciano y el joven desafían al tiempo, el emperador y el mercader se convierten en simples hombres que comparten la misma pasión por el conocimiento.

Marco se lanza a un inflamado relato durante el que sus manos hablan tanto como sus labios. Inútil ya, el intérprete chino del Gran Kan procura, en algunas ocasiones, intervenir para aclarar un gesto. Pero ni las imprecisiones ni el acento extranjero del veneciano consiguen acabar con la paciencia de Kublai, que en ciertos momentos propone una palabra o una idea que le parece más exacta. A veces, el intérprete, fatigado y hastiado, acepta una expresión del emperador con un apresuramiento que pone de acuerdo a todo el mundo. Entonces, el veneciano reanuda su relato con un entusiasmo que arroba a todo su auditorio e incluso a quienes se limitan a seguir los ampulosos movimientos de sus mangas. Marco, que viste a la moda mongol, no deja de utilizar en abundancia el estilo ampuloso propio de esta región del mundo conocido. Cuando el veneciano da muestras de vacilación, el Gran Kan le abraza con una brutalidad muy bárbara y le llama su hijo, del mismo modo en que debía de alentar a sus retoños durante las primeras lecciones de equitación, lucha o tiro con arco. Parecen estar solos en el mundo y los cortesanos se sienten excluidos de ese intercambio, que sin embargo es público.

—He advertido que has errado la puntería en muchas ocasiones, Marco Polo —dice Kublai como si se dirigiera a su hijo—. ¿Acaso la impaciencia ha turbado tu espíritu?

A Marco le asombra saber que el emperador ha estado observando sus hechos y gestos, mientras que él creía que no le prestaba atención.

—Muy al contrario, Gran Señor. Mi viaje me ha enseñado a tomarme tiempo.

—¿Tiempo para encontrar una concubina a tu gusto, por ejemplo?

—Gran Señor, todas las que ponéis a mi disposición son de primera calidad.

—De segunda, en el mejor de los casos —corrige el Gran Kan—. Tienes mucho que aprender de las mujeres, Marco Polo.

—¿De verdad, Gran Señor? Perdonad mi asombro...

—Fíjate en mí, mi mejor consejero es Chabi, mi segunda esposa.

—Es una persona excepcional, Gran Señor.

—Eso es también lo que le pasa a tu padre: no sabe escucharlas. Si encontrara yo más mujeres como Chabi, consideraría que las féminas son superiores a los varones.

El emperador ordena que le escancien bebida. La audiencia ha terminado. Marco se levanta, saluda al Gran Kan y vuelve a su lugar, lleno de orgullo.

Un joven, vestido con rico paño de seda se acerca al emperador.

El guepardo de Kublai gruñe como si se dispusiera a saltar, aunque la mano del Gran Kan lo sujeta con firmeza.

El cortesano se detiene, con el enjuto rostro crispado.

Kublai tira dos o tres veces de la cadena, haciendo que la fiera vuelva a sentarse a sus pies, sobre un almohadón de seda cuyos colores y motivos hacen juego con su brillante pelaje.

—Zhenjin, hijo mío, ven.

El primogénito de Kublai, que lleva el título de «heredero aparente» del trono, se sienta, según la costumbre, detrás de su padre.

—Mira, Zhenjin, los chinos son semejantes a este felino. Parecen domesticados, pero a la primera ocasión se lanzarán a nuestras gargantas. Yo los dominaré, como he dominado a esta fiera. Entonces, podremos ocuparnos de lo demás.

Zhenjin susurra:

—Gran Señor, de momento, el general Bayan no nos envía más noticias del frente.

—¿Crees que lo ignoro? Avanza hacia el sur. Pero estos diablos de chinos resisten con mayor valor del que hubiéramos podido suponerles en nuestras peores pesadillas. Hace ya casi diez años que intentamos aplastarlos. —El Gran Kan lanza un suspiro—. Ya verás, Zhenjin, conseguiré terminar la obra de mi glorioso antepasado, el gran Gengis Kan, padre de mi padre. Seré algún día dueño de China.

Zhenjin carraspea para aclararse la garganta:

—¿Qué pensáis hacer con este extranjero, Marco Polo, Gran Señor?

—Acércate, Zhenjin, voy a confiarte un secreto.

El joven, halagado, se inclina hacia su padre y señor en una deferente reverencia.

—Soy el mayor emperador que el mundo haya conocido nunca. La presencia de Marco Polo aquí me lo demuestra. Atravesando inhumanas pruebas, desafiando poblaciones y peligros que superan el entendimiento, ha llegado de parajes cuya existencia tú ni siquiera sospechabas, para rendirme homenaje.

Zhenjin sonríe al notar que el orgullo de su padre se hincha como un fruto demasiado maduro a punto de estallar.

—No me gusta verle en la corte —manifiesta—. Nos entretiene con sus relatos mientras su padre y su tío siguen, lejos de nosotros, con sus manejos.

El Gran Kan suelta una sonora carcajada.

—No creo que lo temas. Creo que estás celoso.

Zhenjin se incorpora, herido en lo más vivo.

—¡No, Gran Señor! Si ni siquiera es mongol —observa como si eso no fuera evidente—. Pienso en la seguridad del imperio y en la de vuestra persona, que lo encarna.

—Debieras pensar más en divertirte y menos en mí y en el imperio.

Kublai ordena de nuevo que le sirvan vino de arroz.

Zhenjin, huraño, saluda con una profunda inclinación a su padre antes de mezclarse con los cortesanos.

Entre ellos se distingue un cráneo afeitado. Zhenjin se acerca al lama P'ag-pa, que va vestido a lo mongol y no como corresponde a un religioso, algo que sus detractores le reprochan regularmente.

—Venerable P'ag-pa, el Gran Kan acaba de nombrarte ministro del culto budista. Es un gran honor —dice Zhenjin.

—Es una gran responsabilidad, joven príncipe —recuerda el lama saludando al hijo de su amo.

P'ag-pa advierte, de lejos, que la segunda esposa de Kublai no les quita los ojos de encima. Como la madre de Kublai hiciera antes que ella, la mujer vigila a su cría con los ojos protectores de una loba.

—Sigo de cerca el favor con que nuestro gran emperador distingue a los cortesanos... —dice Zhenjin.

—Como a ese extranjero cuya piel es tan clara como oscura es su alma... —añade el lama.

—Exactamente, venerable P'ag-pa. Desde que hace tres años llegó a Khanbaliq, no cesa de revolotear en torno al emperador...

—... y se acerca a él en círculos concéntricos. Halaga el corazón conquistador del Gran Kan.

—Venerable P'ag-pa, veo que aunque nuestras opiniones a veces difieran, nuestras convicciones coinciden... Llegará la hora en la que Marco Polo no tendrá ya lugar en la corte.

La segunda esposa de Kublai y madre de Zhenjin avanza a su vez aproximándose a su hijo. Es la única autorizada a hablar con los hombres. A pesar de su edad, su piel mate es perfectamente lisa. Sólo unas arruguitas en torno a su boca y en el extremo de los ojos atestiguan su natural alegre.

—¿Qué estás diciendo, Zhenjin?

El joven saluda con respeto a su madre. El lama hace lo mismo antes de retirarse.

—Madre mía, debemos apoyar a nuestro emperador. Está envejeciendo.

—No tanto, créeme, Zhenjin —responde Chabi con una sonrisa.

—Me preocupa su política. Mira qué poca atención dedica a nuestros súbditos chinos.

—Aprende de tu padre. Es un hombre prudente y reflexivo. No confía demasiado en este pueblo que tanto nos cuesta someter. Los chinos son arteros. Y tiene razón al confiar solamente en nuestros amigos extranjeros.

—¿Incluso en éste? —dice Zhenjin, despectivo, señalando con la barbilla a Marco Polo.

—Claro está, incluso en éste. Lleva tres años demostrando que sabe escuchar al emperador. Y a Kublai Kan le gusta escucharle pues habla con los ojos.

—Sin embargo, desconfío de él más que de P'ag-pa. Es un bárbaro. No consigo comprender a mi padre.

—Recuerda que ese extranjero salvó a tu hermano Namo. Un hijo no tiene precio para un padre.

Más tarde, echado en su tienda junto a su concubina mongol, Marco medita un momento sobre las últimas palabras de Kublai, que no consigue aplicar a su propio caso. Le envidia secretamente por haber sabido encontrar una mujer de la calidad de Chabi.

Al alba, la batida prosigue. El calor es todavía más opresivo que la víspera. El cielo es blanco, opaco, asfixiante. Los animales acosados sacuden la maleza con su sudoroso pelaje. Sus gruñidos de miedo repercuten por encima de los árboles.

Algunas carretas cuidadosamente cubiertas van escoltadas por domadores armados con una pesada lanza prolongada por un látigo. Marco, curioso, levanta con precaución una de las telas. Un feroz rugido le hace retroceder al momento.

—¡Estos leones rayados son mayores que los de Babilonia! —exclama el veneciano, impresionado.

En unas jaulas sólidamente trenzadas, enormes bestias rayadas, cuyo pelaje espeso y sedoso muestra unas listas negras, amarillas y blancas, azotan con su cola los barrotes. En otra jaula hay lobos domesticados que parecen mucho menos temibles que los felinos.

Un domador, blandiendo su látigo, abre cautamente la puerta de una de las jaulas. Con un gruñido de satisfacción, la fiera se lanza a la espesura con rugidos que hacen temblar el suelo. Ante él, presa del pánico, un jabalí pone pies en polvorosa, salpicando de sudor el follaje que le rodea. Con ritmo seguro y rápido, el tigre va ganando terreno. Las ramas parecen abrirse a su paso mientras alarga sus zancadas. Se lanza bruscamente y, con súbito impulso, se arroja sobre su presa. Pegado al suelo, el jabalí suelta agudos gruñidos. El felino clava los colmillos en el empapado cuello de su víctima y aprieta las mandíbulas con unos gruñidos de placer que acompañan a los gritos de agonía del jabalí. A continuación el león rayado se levanta y, dócil y orgulloso, arrastra su presa hasta los pies de su dueño, que se lo agradece con una amplia caricia en el pelaje. Luego, el adiestrador saca de su zurrón un pedazo de carne sanguinolenta y lo arroja al animal que lo devora con deleite alzando el belfo.

De pronto, un jinete lanzado al galope choca con Marco. La brutal sacudida desestabiliza al veneciano. Cuando intenta recuperar el equilibrio, advierte que el otro le ha arrancado el sable. Sin vacilar, se lanza tras él. Pero su atacante es un jinete mongol de los más expertos. Consigue despistar a su víctima cambiando frecuentemente de dirección y de velocidad. Jadeante, furioso, Marco frena su montura, consciente de su impotencia, y vuelve hacia atrás. De súbito descubre, a unos cien pasos de él, el estandarte del guardián de los objetos hallados. Aprieta con sus muslos los flancos del caballo. En una breve galopada, el animal llega a la altura de la bandera que ondea al viento. Qué extraño... Marco advierte enseguida la lanza plantada en el suelo. No hay rastro de ser humano en los alrededores. Los ruidos de la caza se han difuminado a su espalda. Un olor ácido hace que aumente su malestar. Prudentemente, desciende de su montura. Huellas de pasos precipitados convergen hacia la lanza. ¿Hombre o animal? Su caballo relincha inquieto. El estandarte chasquea como un látigo sobre su cabeza. Más allá, las águilas cazadoras planean en busca de su presa. El caballo se encabrita. Olvidando que no lo tiene, Marco hace un gesto para empuñar el sable. Su mano sólo encuentra el vacío. Se oye el retumbar de un galope que se aproxima, multiplicado por la calma circundante. Sin vacilar, Marco arranca la lanza plantada en el suelo y la blande ante él, retrocediendo hacia su montura. Aparece un jinete, tocado con un sombrero mongol de color vivo: el guardián de los objetos hallados.

Marco lanza un suspiro de alivio.

—¿Sois Marco Polo?

El veneciano inclina la lanza.

—Lo soy.

—¿Habéis extraviado vuestro sable?

Humillado porque la noticia haya corrido ya, Marco se limita a asentir con la cabeza.

—Sé donde encontrarlo. Seguidme. A pie.

Intrigado por el tono imperioso del hombre, Marco planta la lanza en el suelo, justo en el lugar donde la había encontrado, y acto seguido se interna en la maleza siguiendo al hombre. Éste emite un silbido característico. De inmediato, Marco se encuentra flanqueado por dos alanos, miembros de la tribu del Cáucaso elegida por Kublai para formar su guardia personal. El veneciano, sorprendido, no tiene más opción que seguir avanzando bajo el ralo ramaje.

A pocos centenares de pasos, en la hondonada de un pequeño calvero al que llegan los rayos del sol, se levanta una tienda mongol, sobria y de modesto tamaño. El guardián de los objetos hallados penetra en su interior, indicando a Marco que espere. Al cabo de un instante, el veneciano oye, apagada por el fieltro, una voz grave de timbre familiar:

—Que entre.

El guardián vuelve a salir de la tienda y transmite la orden a Marco con un gesto de la cabeza.

Al entrar, el joven descubre a Kublai que, sentado en un banco cubierto de pieles y rodeado de concubinas que se ocupan de satisfacerle ante la mirada indiferente de su segunda esposa Chabi, exclama con divertida impaciencia:

—¡Bueno, Marco Polo!, ¿de modo que esta arma es en efecto la tuya?

A sus pies yace el sable con la empuñadura adornada de seda adamascada de color índigo. El veneciano, sin responder, se inclina tres veces ante el Gran Kan, según la costumbre.

El emperador se echa a reír, coreado por las muchachas.

—He encontrado ese placentero medio de convocarte a una audiencia secreta. ¿Es de tu gusto?

—Del todo, Gran Señor. Disfruto tanto más con vuestras chanzas cuanto que me dan la ocasión de obedeceros y serviros —responde Marco con excesiva frialdad.

Con un gesto seco, el emperador ordena a sus concubinas y servidores que salgan. Sólo Chabi permanece a su lado.

—Mi abuelo, Gengis Kan, cuando me tenía sentado en sus rodillas, me decía siempre que mi camino me llevaría muy lejos. Es cierto y, sin embargo, he viajado menos que tú.

—El que no está en el trono no es el que reina, Gran Señor —dice Marco.

—Mi hijo Zhenjin imagina que siempre he sido viejo y gordo. Pero antes de verme obligado a viajar transportado por cuatro infelices elefantes, era el mejor jinete de todas las estepas, ¿no es cierto, Chabi?

Chabi intercambia con su esposo una mirada cómplice, testimonio de sus últimos encuentros.

—Muchos de mis consejeros desconfían de ti, Marco Polo. Por eso vamos a fingir que los satisfacemos. Voy a alejarte de la corte.

Chabi tiende a su marido un rollo de pergamino. Kublai lo despliega ante él.

—Acércate, Marco Polo.

Marco descubre una plantilla cuadriculada que lleva escritos en caracteres mongoles distintos nombres de ciudades.

—Este mapa está inspirado en los trabajos secretos de Pei-Xin. ¿Conoces a Pei-Xin, Marco Polo? Era el ministro de Obras Públicas del primer rey de la dinastía Jin.* Confeccionó unos mapas con escala graduada, utilizando triángulos rectángulos para medir las montañas, los lagos y los mares. Es lo que tienes ante tus ojos. La cuadrícula permite indicar con precisión la posición de determinada ciudad o ruta. Detallándola más, incluso sería posible señalar el emplazamiento de cada puente del imperio. Y, como puedes ver, es inútil trazar el contorno de los territorios.

El pergamino que Marco tiene ante los ojos en nada se parece a un mapa. No ve dibujado en él

---

* En el siglo III.

ningún contorno, ningún río, sólo nombres escritos sobre la cuadrícula de una simetría perfecta.

—Únicamente un ojo hábil como el tuyo es capaz de leerlo —prosigue Kublai—. Tanto más cuanto que he ordenado que no aparezca la escala de valores. Voy a facilitarte el punto de partida, que aprenderás de memoria. Y fíjate bien, hay dos caligrafías: la roja y la negra. Sólo la negra es cierta.

—Gran Señor —dice Marco—, ¿me mostráis este mapa sólo para hacerme compartir los descubrimientos de vuestros cartógrafos...?

El emperador se echa a reír. Su enorme vientre se levanta a sacudidas.

—Lo que me gusta de ti, Marco Polo, es la viveza de tu mente. Los cartógrafos son letrados que nunca han abandonado su mesa de escritura. Es preciso un hombre de acción que se asegure de la veracidad de sus afirmaciones. Quiero que seas este hombre. Muchos pretenden que no has visto todo lo que dices. Cuando me cuentas tus viajes, nunca sé si inventas o dices la verdad —suelta el emperador levantando la voz—. Pensándolo bien, proporcionas tantos detalles que no habrías podido inventarlos.

Marco pregunta en un tono más bajo:

—¿Y qué importa, Gran Señor, si tengo el valor de hacerte creer en mis historias y tú el estado de ánimo para escucharlas?

Kublai levanta despacio sus pesados párpados para mirar al desvergonzado. Marco ni siquiera se reprocha su audacia, pues el subterfugio del que se ha valido el emperador para convocarle le ha humillado profundamente.

—Puedes agradecer al Cielo y la Tierra que tengas un buen karma, Marco Polo. De lo contrario, te reencarnarías en perro.

Aunque no se ha convertido oficialmente al budismo con objeto de preservar las tradiciones chamánicas de los suyos, Kublai afirma su preferencia por dichas creencias en cualquier ocasión.

—En tigre, para seguir sirviéndoos. He atravesado ya muchas vidas durante ésta. Fui un ignorante, un habitante de una ciudad que todos se afanaban en abandonar, un gran viajero a lomos de camello o de yak. Y aquí, en la corte del más grande emperador que el mundo haya conocido...

—... y conocerá nunca —concluye Kublai—. ¿Cuál será tu próxima vida?

—Sólo Dios lo sabe, Gran Señor —responde Marco con esperanza.

—Soy el Hijo del Cielo —dice Kublai con convicción—. Voy a guiarte. Acércate.

Marco se inclina hacia el emperador. El olor salado del sudor imperial asalta sus narices.

—Serás un enviado secreto del imperio —susurra Kublai en un soplo—. Como funcionario encargado de recaudar impuestos, partirás en busca de informaciones sobre el avance de las tropas de mi fiel general Bayan, hermano de guerra y amigo de corazón.

Marco traga saliva, con el corazón palpitante de excitación.

—Gran Señor, el honor es inmenso.

Cuando llegó a la corte del emperador mongol, el veneciano se dedicó a gozar de los nuevos placeres que descubría. Tras casi cuatro años de un viaje agotador, durante el que había conocido el amor y la traición, el valor y la desesperación, Marco Polo se sentía más fuerte que el común de los mortales. Eso le daba una tranquila audacia que brillaba en su mirada azul. Era uno de los rasgos de carácter que más apreciaba en él el Gran Kan.

—Quisiera poder alejarme de Khanbaliq, ver de más lejos mi imperio —anuncia Kublai—. Pero no puedo. Sé mis ojos y mis oídos, Marco Polo. Y cuéntamelo sólo a mí. Mis astrólogos me han asegurado que tienes interés en abandonar Khanbaliq.

Marco le mira con aire interrogador.

—¿Unos astrólogos muy próximos al trono...? Kublai ignora la alusión a Zhenjin.

—Acércate, Marco Polo. Hace casi un año que aguardo el regreso de mi amigo Bayan, general en jefe de mis tropas para la conquista de China. Hasta ahora, las noticias eran buenas, pero he aquí que, desde hace tres meses, no me ha llegado mensajero alguno. Vivo angustiado todas mis noches. He perdido el sueño, tal vez un amigo, la victoria sobre todo...

—¡Viajaré por el imperio!

—Bajo la capa de una expedición de funcionario imperial. Tendrás una escolta, tablillas de oro para abrirte paso. —Kublai hace un leve ademán hacia el veneciano—. También yo soy un poco adivino —concluye con ironía—. Mi objetivo es ganarme a todos los súbditos de mi imperio, que son un poco mis hijos.

Marco, impaciente por ponerse de nuevo en camino en nombre del Gran Kan, le dedica una reverencia, dispuesto a abandonar la tienda.

—Espera... Olvidas tu sable —dice el emperador con una sonrisa.

Marco toma su arma.

—¿Oyes? —susurra Kublai haciendo un gesto.

Ambos callan, atentos a los aullidos que levantan ecos en el corazón del bosque.

—... los lobos. Es de buen augurio, el año será fértil y próspero.

Al día siguiente, antes del alba, el Gran Kan da la orden de levantar el campo. Ha llegado el momento de ejecutar el rito mongol que debe asegurar los beneficios del año en curso. Mientras todos se ajetrean plegando las tiendas, enrollando las mantas, cargando los cofres en los carros, se ha procedido a ordeñar las más hermosas yeguas del rebaño imperial. Su pelaje de un blanco inmaculado es tan deslumbrante que su simple visión purifica la mirada. Justo antes de que la corte se ponga en marcha, unos hombres derraman la leche en la llanura, y el suelo se ilumina por un instante con su preciosa y efímera pureza. Los chamanes cantan hechizos, invocando la protección de las divinidades del Cielo y de la Tierra sobre el emperador y sus súbditos.

El sol brilla con fuerza cuando el cortejo imperial emprende la marcha. Está formado por miles de cortesanos. Cada una de las cuatro esposas de Kublai va acompañada por la mitad de su propio séquito, es decir por cinco mil personas. Las jaulas de las fieras avanzan a la cabeza de la multitud. Al final de la comitiva, para que a los felinos no los excite el olor, se amontonan las piezas de caza despedazadas, desplumadas y vaciadas, chorreando aún sangre fresca.

La inmensa comitiva avanza despacio, abrumada por el calor. Los habitantes de la comarca se apartan a su paso, tanto por temor como por respeto. A lo lejos la gran muralla recorre las crestas de la montaña. Arrobado por el pasmoso espectáculo, Marco suelta las riendas sobre el cuello de su corcel. Se rumorea que cada pulgada de muralla ha costado la vida de un hombre. Los obreros eran en su mayoría penados, y sabían que serían ejecutados si dejaban que la brisa pasara entre dos bloques de piedra. Ciertas historias afirmaban que los soldados apostados como centinelas en los confines del imperio enloquecían de soledad. Los muros son de tierra apisonada reforzada por un armazón vegetal. El mortero, extremadamente sólido, está compuesto de harina de arroz, cal y arcilla. Pero esas orgullosas defensas fueron impotentes para rechazar los ataques de Gengis Kan y sus descendientes.

Tras varios días, el cortejo llega por fin a Khanbaliq, la capital del imperio, llamada en chino Tatu. Uno de los primeros actos políticos de Kublai como emperador fue ordenar la construcción de una nueva capital, pues se negó a instalarse en una antigua capital del imperio chino. Eligió un emplazamiento en las llanuras del norte, cerca de Mongolia, cuna de su civilización, y la región más poblada y próspera de China. En 1266, comenzó la edificación bajo la supervisión de un arquitecto musulmán, Yh-hei-tieh-erh. Sin embargo, la ciudad fue planificada al estilo chino. Rectangular, rodeada de murallas de adobe con almenas, dotadas de doce puertas coronadas por torres de vigía, tiene una planta geométrica, reflejo del universo. El emperador hizo construir un santuario en honor de Confucio, un gesto simbólico destinado a ganarse la confianza de los letrados chinos. Kublai no dejó de subrayar que él había nacido el mismo día del mismo mes que el venerable sabio. En 1274, apenas un año antes de la llegada de Marco Polo a la corte, Kublai dio su primera audiencia en el nuevo palacio.

Las calles son tan rectilíneas que desde la puerta por la que entra Marco se ve la puerta de la muralla opuesta. La comitiva penetra antes del toque de queda. En efecto, en cuanto cae la noche, sólo las mujeres de parto o los enfermos están autorizados a circular, siempre que lleven una luz que los alumbre.

Al este, se levanta el observatorio erigido por los astrónomos llegados de Persia. La idea de construir un edificio consagrado a las estrellas era del emperador Mongka, hermano mayor de Kublai, que murió sin haber podido realizar su prodigioso designio. Las avenidas son tan anchas que nueve jinetes pueden galopar por ellas de frente. Aunque el sol casi se ha puesto, desde que han entrado en la ciudad el calor se ha hecho más intenso. Todos se apresuran hacia la Ciudad imperial para encontrar el frescor de sus vastos parques.

El inmenso cortejo atraviesa las primeras murallas de la Ciudad imperial, verdadera urbe en plena ciudad, cuyo acceso está prohibido a la gente común. Los cortesanos regresan a sus casas, los cetreros se encargan de las piezas cazadas, los palafreneros se atarean con los caballos. Marco se dirige a su pabellón, en el barrio de los emisarios extranjeros. Recorre una calleja cuyos muros están erizados de figuras barnizadas, dragones, aves fénix y pájaros. Frente a un saledizo en forma de dragón colérico, descabalga y llama a la puerta. De inmediato, su servidor chino le abre saludándole con las manos unidas. Siguiendo el corredor, Marco rodea el muro que oculta a los malos genios la verdadera puerta de entrada. Mientras que las paredes que dan a la calle no tienen ventana alguna, el interior de la casa da a un pequeño jardín donde se cultivan cuidadosamente jazmines y orquídeas. Gracias a una experta planificación, los rayos del sol que se reflejan en el estanque se extienden por las estancias adyacentes en una claridad difusa. Agotado por el viaje, Marco se hace servir vino de arroz en su salón, ante el brasero que apenas calienta la gran estancia decorada con caligrafías y grabados que representan escenas de batallas mongolas. Su esclavo sirio Shayabami, un coloso, se arrodilla ante su dueño.

—Mi buen Shayabami, abandono la corte...

—¡Qué me decís, señor Marco! —exclama el servidor, permitiéndose la audacia de interrumpir a su dueño.

Marco no le tiene en cuenta esa infracción a las normas. Durante veinte años, Shayabami acompañó a Niccolò Polo en todos sus viajes, incluido el primer periplo por el imperio mongol. Marco le conoció cuando siguió a su padre hasta Khanbaliq. Tres años después de su llegada a Catay,* Niccolò abandonó la capital para instalarse en el sur del Manzi.** Cedió entonces Shayabami a Marco, dejando su hijo al cuidado del sirio. Aunque en el pelo del sirio brillan hebras de plata, conserva un vigor y una resistencia excepcionales para su edad.

—No te preocupes —dice Marco con voz tranquilizadora—. Vendrás conmigo. Partiremos después de cenar en palacio. Organiza la intendencia de la casa en mi ausencia.

—Precisamente, señor Marco, debemos contratar a una nueva lavandera.

—¿Qué ha ocurrido con la que teníamos?

—Se agota en la tarea. Necesitamos brazos nuevos y vigorosos. ¿Queréis ver a las que he elegido?

—No, no tengo tiempo. Confío en ti.

Para pasar la noche, Marco llama a la concubina mongol que mantiene bajo su techo. Discreta y dócil, le fue ofrecida por el Gran Kan. Marco

* China del Norte.
** China del Sur.

satisface sus deseos carnales olvidando los del corazón.

Al día siguiente, Marco se viste con sus mejores atavíos mongoles, se ajusta el manto, se cubre con un puntiagudo sombrero de seda.

Entre el estruendo de los cascos sobre los adoquines, sale de su palacio montando un hermoso semental alazán. El sol no se ha levantado aún; perezosamente, apenas colorea el horizonte con pálidos matices que van del azul cobalto al rosa pétalo.

La Ciudad imperial se construyó siguiendo un eje norte-sur, según la costumbre de los mongoles, que orientan sus tiendas siempre al mediodía. Parques cuidadosamente diseñados, adornados con lagos y árboles en flor, se extienden a lo largo de varios *lis*. Falsas perspectivas crean una ilusión de inmensidad. Losas azules y verdes guían los pasos del viajero hasta el corazón de la Ciudad. El parque está sembrado de tiendas mongolas, plantadas aquí y allá.

Concluido desde hace apenas tres años, el palacio imperial resplandece con un aura de soberbia y eternidad. Está rodeado por una muralla cuadrada, de unas cuatro millas de lado, más de diez pasos de alto, blanca y almenada. En cada esquina se levanta una torre donde se guardan los arneses del Gran Kan, los arcos tártaros, las sillas y los bocados y las cuerdas de los arcos. Cada torre está dedicada a la conservación de una sola clase de objetos. Una vez pasada esta muralla, Marco se encuentra ante otro muro que protege el gran palacio donde reside Kublai. Construido a ras de suelo, su techo está cubierto de oro, plata y pintura lacada. Las vigas son de varios tonos, con predominio de los amarillos, verdes y azules. El barniz brilla como el cristal. Desde la población, a gran distancia, se ve resplandecer el palacio entre el terciopelo de sus parques como una joya engastada en un estuche de murallas. En los exuberantes jardines, ciervos, gamuzas, cabras, gacelas y almizcleras retozan con toda libertad. Un río alimenta un lago en el que nadan numerosas especies de peces que el Gran Kan ha elegido. Los peces no pueden salir del lago por el río, pues el emperador mandó colocar unos enrejados de hierro. Al norte, a un tiro de flecha de palacio, una colina artificial está cubierta de árboles, algunos inmensos, que llegaron transportados a lomos de elefantes con sus raíces y su tierra de origen. Todos conservan sus hojas en invierno. Asimismo, el Gran Kan hizo esparcir en la tierra carbonato de cobre azulado, tapizando así la colina de un hermoso color esmeralda. De modo que tomó el nombre de Monte-Verde.* El Gran Kan hizo construir incluso un palacio que luce el mismo color, tanto en el interior como en el exterior.

Marco da una vuelta por esta colina antes de dirigirse al edificio principal, disfrutando del perfume de la gran variedad de pinos.

---

* La colina existe aún y sigue llevando este nombre.

Una formación de arqueros recibe a los cortesanos. La guardia de Kublai consta de doce mil soldados, organizados en cuatro relevos de tres mil soldados cada uno. Marco deja su caballo a los palafreneros. En una primera antecámara, algunos cortesanos esperan discutiendo con animación. Antes de internarse en el palacio, todos deben entregar sus armas, que se marcan con cuidado para que luego sus propietarios puedan recuperarlas.

Marco recorre las galerías hasta las antesalas. Cada vez que entra allí se detiene, pasmado, ante las paredes cubiertas de oro y plata, pintadas con dragones, bestias y jinetes que representan coloridas escenas. Cada detalle ha sido minuciosamente reproducido para hallar con naturalidad su lugar en el conjunto. Unos sirvientes van presentando a los allí reunidos unos cestos llenos de clavos de especia, que los cortesanos que tendrán el honor de ser recibidos en audiencia por el Gran Kan mascan largo rato para ofrecer al emperador un aliento digno de su rango.

Finalmente, el sonido de un gong señala el inicio de la audiencia.

La sala guarda proporción con las características del imperio y de su dueño: es vasta y ostentosa.

El emperador está sentado en el trono, junto a su segunda esposa Chabi, de rostro dulce y confiado. Kublai parece haber engordado más aún. Su tez se ha vuelto cerosa. Pero sus ojos brillan con el mismo fulgor juvenil que infunde confianza a Marco. Bajo el dosel real se hallan tendidos unos tigres autómatas que parecen tan reales como si estuvieran vivos. Cada vez que le presentan a un recién llegado, Kublai se divierte haciendo que los felinos se muevan mediante un mecanismo secreto.

El veneciano, como los demás cortesanos, realiza la obligada salutación ritual ante el mayor emperador del mundo: tres genuflexiones y prosternaciones hasta tocar el suelo con la frente.

Vistiendo paños de oro batido, Kublai preside la asamblea en su trono elevado, desde donde puede ver a cada uno de sus invitados. Lleva unos zapatos de piel de camello, bordados con hilos de plata. Los invitados, ataviados con túnicas de seda decoradas con pedrería y valiosas perlas y ceñidas con un cordón de oro, están colocados según su calidad y cuna. Los trajes de los cortesanos de mayor categoría van forrados de ricas pieles de cebellina, armiño, marta o zorro. Las damas lucen vestidos de seda, de color verde, rojo y turquesa realzados con perlas y bordados finos. Sólo Chabi está sentada a la misma altura que el Gran Kan, a su izquierda. A Marco todo eso le hace pensar en un teatro romano cuyo principal espectador gozara contemplando ante sus ojos a seis mil personas. De pronto, un rugido le sobresalta. Los invitados se apartan con gritos de sorpresa para dejar paso a un león en libertad, rugiente, inquieto, dispuesto a saltar. El animal avanza bajo los latigazos de su domador hasta los pies del Gran Kan. Allí, como por arte de magia, la fiera se tiende agachando la cabeza ante el emperador, como para reconocer su poder.

En el centro de la sala está la fuente de las bebidas del Gran Kan, una enorme tina llena de vino con especias finas. Un hábil mecanismo permite que el brebaje se vierta en otros recipientes de menor dimensión. Los invitados se sirven directamente hundiendo en la tina su copa de oro fino, capaz de contener todo el vino que puedan trasegar durante toda la noche hasta emborracharse. Los servidores de noble cuna, que presentan los platos y bebidas al Gran Kan, llevan la nariz y la boca cubiertos con velos de oro y seda, pues su aliento o su olor no deben mancillar la carne y el vino del emperador. En cuanto éste se dispone a beber, todos los instrumentos de música resuenan; los asistentes se arrodillan en señal de humildad. Luego, cada cual bebe a su vez. El festín lo componen numerosos platos a cual más abundante. La comida empieza con asados de aves. A continuación, los servidores traen fuentes de cierva en salsa y jabalíes guisados. Finalmente, llegan los osos y los tigres, cocidos al fuego de leña. A los pies del Gran Kan, el león no se ha movido, y va tragándose de un bocado los restos que su dueño le arroja.

Marco admira la porcelana en la que le sirven el té. El exquisito bol azul y blanco es tan transparente que se adivina el color dorado del líquido en su interior. Su vecino le explica con orgullo que el Gran Kan hizo traer de Persia y de las Indias el azul de cobalto que permite a sus obreros realizar ese vidriado especial, tan fino, tan delicado. Les encanta a todos los embajadores, y él mismo se encarga de promover su venta en los países extranjeros.

El vino corre en abundancia. Antes de que llegue la noche, la mayoría de los invitados están ya tan ebrios que no pueden levantarse solos de sus asientos. Los músicos tocan las notas agudas y cristalinas de unas melodías que el veneciano comienza a apreciar.

Al final, cuando todos han terminado —y Marco acaba antes que los demás, debido a su enorme impaciencia por lanzarse a las rutas del imperio—, los criados se llevan las mesas para dejar lugar a los malabaristas, contorsionistas y bailarines. Dos muchachas muy jóvenes se entregan a inimaginables acrobacias. Son capaces de retorcerse en todas direcciones, doblándose hasta asomar la cabeza entre las piernas, de modo que sus huesos parecen estar hechos de caucho. Sin perder la sonrisa, se contorsionan y entrelazan sus miembros como si fueran cintas. No obstante, el sudor que humedece su piel permite adivinar el esfuerzo que se imponen. Viendo cómo las frágiles muchachas se inclinan hacia atrás para acabar agarrándose los tobillos con las manos, el veneciano se siente al borde de la apoplejía. Al verlas sacar la cabeza entre los muslos, está a punto de levantarse. Pero su malestar se debe sobre todo al último bocado de tigre que acaba de engullir. Tal vez la actuación de los magos le permita digerirlo.

Más tarde, mientras un ejército de servidores sostiene a los invitados acompañándolos hasta sus carruajes, Kublai convoca a Marco Polo para regalarle una magnífica cartera de cuero de león, llena de billetes de papel fabricados con hojas de morera; es la moneda que está en curso en todo el imperio.

Al día siguiente, a las seis de la madrugada, Shayabami se ve obligado a arrancar a su amo del lecho con una firmeza poco acorde con su oficio de servidor. Por la noche, empachado por la comilona, Marco había ya avisado a su escolta que retrasaba un día la partida. Se viste rápidamente, se recorta la barba con gesto seguro e, instalado ante la chimenea de la antecocina, devora un copioso desayuno, compuesto por un estofado de cordero y arroz. Siguiendo su costumbre, hace inventario de su equipaje, que ha exigido que sea lo más parco posible: un vestido de gala, dos prendas de abrigo y dos ligeras, dos pares de botas, un sombrero de piel y uno de paja, su sable, un cuchillo y un arco. Shayabami comunica a Marco quiénes compondrán su séquito. Mientras escucha mordiendo la jugosa carne, Marco se felicita al poder confiar en su esclavo y casi le da gracias por ello a su padre.

Hace un gesto y un servidor acerca una jofaina de agua clara en la que el joven se lava las manos. Tras habérselas secado en las calzas, Marco despliega el mapa del Gran Kan, como si se tratara de un manuscrito de la Biblia. Lo examina largo rato. Lleno de desazón, se esfuerza por elegir el camino que va a tomar. Luego, vuelve a doblarlo con el mismo cuidado. Le cuesta dominar su excitación. A los veinticuatro años, la idea de un nuevo viaje le embriaga como si se tratara del primero. Se siente tanto más dichoso al poder descubrir el imperio del Gran Kan cuanto que le resulta desconocido en su mayor parte, porque se ha visto obligado a someterse a las leyes imperiales que prohíben a los mongoles aprender el chino, y a la inversa. Asimismo, los matrimonios entre mongoles y chinos no están autorizados. De hecho, la corte del Gran Kan está esencialmente compuesta por mongoles y extranjeros al servicio del emperador. Tras haber conocido el corazón mismo del imperio, a Marco le queda aún por descubrir su enorme corpachón...

Dao Zhiyu se desliza hacia el pequeño patio. Ha descubierto hace ya un rato el magnífico pollo que podrá alimentarlo durante varios días. De plumas rojas y muslos gordos, carnoso bajo las alas, sólo pide ser devorado. Dao habría querido robar un par, pero renuncia al ver a un perro tres veces mayor que él. A fin de cuentas, un solo pollo servirá. El perro, de cola cortada, le deja pasar, pues prefiere seguir devorando los restos que su dueño le ha arrojado.

En el campo se dice que, cuando un perro se aovilla para dormir, la cola le cubre los ojos permitiéndole sumirse en un profundo sueño al protegerle del viento y del frío. Pero si se le corta la cola, las corrientes de aire le rozarán el hocico, de modo que dormirá sólo con un ojo abierto y se convertirá así en un excelente perro guardián. Para Dao, ha llegado el momento de comprobar si la tradición es cierta. Lleva ya mucho rato observando sin dejar de rascar la tierra con sus cortas uñas. Excava hasta que se le entumecen los dedos, y logra practicar un agujero bajo la cerca, como haría un zorro. Cerrando los ojos, invoca a su animal protector, que es esa alimaña depredadora y se pone bajo su amparo. Conteniendo el aliento, se tiende boca abajo, se retuerce para introducirse en el estrecho túnel entre el suelo de tierra y la cerca de madera. Se desuella las rodillas, pero tiene tanta hambre que su atención está fija en esos pollos que se burlan de él con sus estúpidos andares. Con una última contorsión y sin pensar en el regreso, se desliza bajo la valla de madera. Repta hasta el gallinero, se agazapa en la sombra. El perro sigue mordiendo pacientemente los huesos, haciéndolos estallar de una dentellada. Tranquilizado, el niño entra en el gallinero. De un solo brinco, se introduce entre sus emplumadas presas. Los pollos huyen con desordenados cacareos, pese a que Dao con sus gestos trata de imponerles silencio. Agarra a un animal y lo aprieta con todas sus fuerzas contra su pecho esperando ahogarlo, pues así se evitaría tener que degollarlo, cosa que sería tanto más difícil cuanto que no dispone de cuchillo. Pero no tiene tiempo de preocuparse por ello, porque resuenan unos furiosos ladridos. Lleno de pánico, está a punto de soltar su presa. Intenta agarrar las patas del pollo y éste le araña. Pero sigue abrazado al ave que se debate frenéticamente. Sin ninguna de las precauciones que había tomado minutos antes, el chiquillo sale del gallinero y pone pies en polvorosa. Tropieza en la grava y cae pesadamente de bruces, algo que produce por lo menos el efecto de atontar al pollo. Con todo el cuerpo señalado, se levanta a trancas y barrancas y corre en línea recta, olvidando el túnel que tan pacientemente ha excavado. Choca con la barrera de madera, mucho más alta que él. Con un impulso desesperado, se arroja contra el obstáculo. Después de varios encarnizados asaltos, la barrera acaba por ceder, y Dao se lanza enloquecido por la abertura. Tras él, los ladridos siguen sonando como presagios de otras tantas mandíbulas que se dispusieran a cerrarse sobre su magra osamenta. Sin embargo, le parecen muy lejanos. Intrigado, Dao se da la vuelta y descubre con estupor que el perro de la cola cortada persigue a un zorro que lleva en sus fauces un pollo ensangrentado. Petrificado, Dao sigue con la mirada el animal que huye, precisamente, por el paso que él ha excavado. Por primera vez desde hace horas, respira con normalidad.

2

Por las rutas de China

Otoño de 1278
Sur de Khanbaliq

La muchedumbre se apretuja en el puente. El calor agudiza el mal humor. La brisa que sopla en las ramas a orillas del río no basta para apaciguar los ánimos. Hay gritos, disputas y codazos entre los pasajeros. Comerciantes que transportan su mercancía de una ciudad a otra, campesinos que se doblan bajo el peso de su fardo tan cargado, ganado de toda clase, vagabundos o ladrones, el puente está tan animado como una calle. La proximidad de Khanbaliq, la capital del imperio, atrae a una población deseosa de tratar con el conquistador.

Entre la turba, un grupo de jinetes se distingue por su temible aspecto. Enjaezados de cuero, los caballos avanzan con la misma seguridad que sus dueños, cubiertos de sólidas armaduras. Con las mejillas relucientes de sudor, los soldados se cubren con cascos puntiagudos adornados con colas de animales. Su jefe lleva un águila posada en el puño, como si fuera un cetro. El menor estremecimiento de la rapaz provoca tanta inquietud como los movimientos malhumorados del capitán de los mongoles. Campesinos y mercaderes apenas se fijan en el jinete de veinticuatro años, de tez clara, ojos azules y aspecto exótico. Pero los que han reparado en él no pueden evitar seguirle con la mirada. Comentan entre sí esa insólita presencia. Lo señalan con el dedo, si bien discretamente. Antes de haber llegado al extremo del puente, Marco Polo sabe ya que no lo pierden de vista. Adivina que se asombran al verle vestido al estilo mongol y luciendo las armas del Gran Kan. Durante los tres años que ha vivido en la corte, se ha ido acostumbrando poco a poco a esa curiosidad que le divierte y le molesta. De momento, el veneciano contempla con orgullo su séquito de varias decenas de jinetes mongoles. Sólo su fiel Shayabami desentona en el grupo. Demasiado viejo y demasiado vinculado a las leyes cristianas, no consigue aceptar con la misma serenidad que Marco las costumbres de los mongoles. Pero el veneciano no podría prescindir de ese testigo de su viaje, aunque entre los dos nunca comenten sus incidencias.

Desde su salida de Khanbaliq, el grupo ha ido atravesando las ciudades y campiñas del mismo modo que el huracán se abre paso en la selva. La población les muestra respeto y obediencia, y les ofrece sus mejores carnes y sus más hermosas muchachas. Sanga, el intérprete, comunica a Marco que los habitantes de Catay se niegan a compartir sus mujeres con los conquistadores, limitándose a cederles sus cortesanas, a las que llaman flores de luna. Este guía no tiene el aspecto arrogante de los mongoles que Marco conoce; el veneciano se extrañó al ver desempeñar esa función al halconero que había conocido en la cacería y con el que por instinto creía tener cierta afinidad. Desde el primer día, Marco había intentado conocerlo mejor, considerándolo casi como un familiar, y Sanga siempre se había prestado de buena gana a conversar.

—Ignoraba que fueses un intérprete imperial. Cuando te encontré en la cacería y conocí al lama P'ag-pa, te tomé por un halconero.

—El lama P'ag-pa —le corrige Sanga con el acento adecuado—. Es un honor para mí, señor Marco, acompañaros.

—El capitán me ha dicho que hablas varias lenguas. Has debido de viajar mucho. ¿Qué conoces del imperio? —pregunta el veneciano, curioso.

—Nada, nunca había salido de Khanbaliq —responde Sanga con una sonrisa—. Aquí, se aprende mucho en la universidad.

—Sin embargo, si nunca has salido de Khanbaliq, ¿cómo te han elegido a ti para acompañarme? ¿Quién ha tomado esa decisión?

Sanga tarda unos momentos en responder, ocupado de pronto en ajustar los estribos de su caballo.

—Es una larga historia.

—Quiero que me la cuentes.

—Tendremos tiempo durante nuestro viaje. De hecho, en realidad no sé nada.

Marco calla, pero en su fuero interno se interroga sobre los verdaderos conocimientos de Sanga. ¿Cómo, en efecto, dominar una lengua sin tener ocasión de hablarla? A menudo ha tenido ganas de infringir la prohibición del Gran Kan y aprender personalmente el chino. Pero eso hubiera sido traicionar a quien consideraba ya su amo, y su conciencia se lo ha impedido.

Golpea con los talones los ijares de su montura y trota hasta ponerse a la altura de Sanga. El cráneo afeitado del intérprete brilla de transpiración.

—Sanga, ¿eres mongol?

El intérprete, sorprendido, vuelve la cabeza hacia Marco, al que no había visto llegar.

—¡Evidentemente! —responde.

—Los mongoles no están autorizados a aprender chino.

—Y sin embargo, de algún modo hay que comprender a esa gente.

—En la corte, los intérpretes pertenecen a otras tribus.

—No soy de ésos. ¡No me diréis que me parezco a ellos! —grita, indignado.

—¡Qué picajoso estás sobre ese tema!

De pronto, Marco distingue la sombra de un brazo que se levanta. Instintivamente, se tiende sobre el cuello de su montura. Una piedra pasa rozándole el cráneo.

—¡Perro sarnoso, vas a morir! —grita el capitán al tiempo que suelta su águila.

Desenvaina la espada y la hace girar sobre su cabeza, avanzando hacia el culpable. Pero la multitud se cierra, convertida en un muro infranqueable. El mongol vocifera rabioso.

—¡Arrojadlos al agua uno a uno, hasta que el criminal confiese!

—No os lo aconsejo —interviene Marco.

—¿Y quién va a impedírmelo?

—Ellos —dice Marco con un amplio gesto—. Son demasiado numerosos.

—No importa, si es necesario arrojaré a todos los chinos al río.

—Bastante sangre han arrastrado ya las aguas —murmura Sanga con voz apenas audible.

—Necesito la cabeza del culpable —se obstina el capitán.

—Tomad una al azar, eso servirá —bromea Marco.

Siguiendo el consejo al pie de la letra, el guerrero decapita de un sablazo al hombre que tiene más cerca y agarrando la cabeza por los cabellos la eleva muy alto para que todos la vean. El cuerpo permanece de pie unos instantes, con la sangre manando del cuello a borbotones, y se derrumba en el suelo con un ruido blando. Esa visión horrorosa consigue que la multitud les abra paso no sin dejar oír unos murmullos de cólera.

El capitán lanza la cabeza a la muchedumbre y azuza luego la montura de Marco, que está petrificado de espanto. Los caballos salen al galope con un golpeteo de cascos atronador. El estruendo de la carrera obnubila la mente del veneciano hasta que por fin, llevado por la embriaguez de la velocidad, siente que se desvanece el amargo sabor que ha invadido su boca.

A lo lejos, descubren una hilera de árboles perfectamente alineados. Los jinetes espolean a sus monturas, que avanzan todavía más rápido. El camino, cuya tierra ha sido recientemente apisonada, está algo elevado para protegerlo de las inundaciones. Las ramas de los árboles oscilan suavemente, saludando el paso de los viajeros. Unas linternas rojas danzan al albur del cálido viento, aguardando a que las enciendan por la noche. Las espigas de trigo, empapadas de sol, están rojas como lenguas de fuego. La marcha se hace más lenta. Marco deja que su montura se empareje de nuevo con la de Sanga.

—Tú conoces el objetivo de nuestro viaje, Sanga, ¿no es cierto? —le pregunta prosiguiendo su conversación brutalmente interrumpida.

El intérprete se vuelve hacia el extranjero. Junta las manos e inclina la cabeza, saludando a lo chino.

—Señor Marco, habéis sido enviado por el Gran Kan.

—Muy bien. ¿Y sabes por qué razón?

—No se me ha hecho esta confidencia.

—No me tomes el pelo. Tus relaciones con el lama P'ag-pa me permiten suponer que sabes mucho acerca de eso.

Sanga vacila un momento.

—Pues bien, me parece haber oído decir que el Gran Kan ignora la posición del general Bayan.

—¿Has visto alguna vez a ese general?

—Señor Marco, el general Bayan es un hombre de muy altas y nobles virtudes.

—Explícate.

—Es un hombre implacable y un guerrero invencible.

—Es un mongol —observa Marco.

—No es de esos a quienes uno desee conocer.

—¿Tú le conoces?

Sanga se rezaga dejando que el grupo los adelante.

—Quienes se han acercado demasiado a él no están ya aquí para contarlo —suelta en un susurro, sumiendo a Marco en un pensativo silencio.

Al finalizar el día, penetran en una población. El calor se ve atemperado por un viento de otoño que huele a pino.

—Es Taianfu. Junto a las minas de hierro que hay aquí el Gran Kan ha hecho instalar unas forjas donde se fabrican las armas del ejército imperial.

En las calles resuenan los golpes de los herreros que aporrean el metal. De las fraguas brotan haces de chispas y gotas de sudor. Al ver pasar a la comitiva, la gente saluda inclinándose con las manos unidas. El capitán mongol descubre una taberna.

—Señor Polo, ¿nos detenemos ahí para pasar la noche?

El mongol está tan poco acostumbrado a actuar a las órdenes de un extranjero que sus sugerencias parecen siempre imposiciones. Ha tomado parte en varias campañas militares contra los Song.* Una grave herida le apartó de los campos de batalla y de las filas del general Bayan. Pero está seguro de que el Gran Kan le ha elegido con conocimiento de causa para escoltar al extranjero, así que conduce con cierta impaciencia la tropa hasta aquel bajo cuyo mando hubiera debido guerrear.

Los soldados penetran en el patio sombreado. Descabalgan y dejan los animales al cuidado de los palafreneros, luego se precipitan al interior. No tardan un momento en invadir toda la taberna. Agotan los toneles de vino de arroz, se meten con las sirvientas. En las otras mesas, los chinos siguen comiendo mientras les dirigen sonrisas afables. No hay ni una sola mujer entre ellos, pues esos viajeros protegen a sus esposas de los conquistadores enclaustrándolas en sus casas.

Agotado, Marco Polo se deja caer en un taburete de bambú. Shayabami se apresura a librarle de su manto con los colores del Gran Kan, y se arrodilla para quitarle las botas.

—Tráeme algo sustancioso para reponer mis fuerzas, y sírvete algo. Por este orden —añade Marco que conoce el apetito de su sirviente.

Una joven esclava de anchos párpados les acerca una jarra de vino de arroz. Marco percibe

* Última dinastía china antes de la conquista mongol.

con agrado su fina silueta bajo la tela del vestido. Se felicita ya por haber hecho alto en esta posada.

Al abrigo de las miradas, saca la cartera de cuero de león, regalo del Gran Kan. Desata el lazo y la abre descubriendo las hojas de corteza de morera, finas y blancas, dobladas en dos. Mientras calcula cuántas deberá entregar, las va alisando con la palma de la mano. Elige varias de distintos tamaños y las tiende al tabernero. A pesar de que lleva tres años residiendo en China, todavía no ha aprendido a distinguir bien los dieciocho billetes diferentes que constituyen la moneda del Gran Kan. Son tan ligeros y fáciles de transportar que el que vale diez piezas de oro ni siquiera pesa lo que una.

Ha advertido que, desde el comienzo del viaje, Sanga no aparta los ojos del sable que su jefe lleva al cinto. En nada se parece a los que se fabrican en China. Ese magnífico sable curvo, de empuñadura ornamentada con un simple damasco de seda índigo, fue un regalo de Guillermo de Rubrouck, un monje que quince años atrás hizo el viaje hasta el país de los mongoles. Embajador secreto del rey San Luis, el religioso había acariciado la esperanza de convertir al Gran Kan al cristianismo, pero no lo había logrado en absoluto. En Jerusalén, Rubrouck le había confiado al joven Marco Polo que le habría gustado quedarse a vivir en el imperio mongol, pero que el Gran Kan no le había autorizado a ello. El veneciano piensa a menudo en el monje, pues a él Kublai le ha invitado a servir en la corte hasta su muerte. Y la hoja de este sable le ha salvado la vida más de una vez.

—El metal es tan puro que da la impresión de que la sangre no podría mancillarlo nunca —se maravilla Sanga.

Marco no parece haberle oído, atento a la sierva morena que se atarea a su alrededor, llevándose los boles en cuanto ellos los han vaciado y volviendo a llenarles los vasos nada más los han posado sobre la mesa. Debe de contribuir en gran medida al éxito del albergue, bajo la vigilante mirada de su patrón, tal vez su padre. Éste se acerca con una sonrisa servicial. Saluda con las manos unidas al extranjero antes de recoger los billetes.

—Dice que no es suficiente —traduce Sanga.

—Y sin embargo es lo que ella me ha pedido —replica Marco con un gesto hacia la sirvienta.

—Ella no está incluida en el precio. Hay que añadir su parte.

Marco sonríe, abriendo de nuevo su cartera. Su anfitrión se inclina en una reverencia más profunda aún. Sanga le dirige unas breves palabras en chino.

Marco observa por el rabillo del ojo a Sanga que, con la nariz hundida en su bol, aspira concienzudamente todos los fideos de su potaje, sin olvidar uno solo. Luego, bebe el líquido a grandes tragos. Su criado le tiende una hogaza de pan antes incluso de que haya terminado la primera y vuelve a servirle vino de arroz en cuanto su vaso está vacío. Sanga intercambia con él algunas palabras en su lengua. Oyéndole hablar, Marco cae en la cuenta de que le comprende perfectamente, como le había comprendido en el puente cuando Sanga mencionó lo de las aguas que arrastraban sangre.

Marco capta de pronto la razón: Sanga no se expresaba en chino sino en uigur, lengua hablada en un territorio del noroeste del imperio y que Marco aprendió en su viaje hacia China. Comenta, enormemente intrigado:

—Tu criado te trata con mucho respeto, Sanga. En verdad, como si fueras un mandarín.

—¿Acaso habéis conocido alguna vez a un mandarín, señor Marco?

Marco lanza un suspiro tan exasperado como divertido.

—Tu impertinencia merecería un castigo —declara.

—La he aprendido en el arroyo —añade el intérprete.

Éste pide otro bol y comienza a tragar fideos con voracidad.

Mientras, el tabernero toma una pequeña pala y la hunde en un cubo del que saca unas piedras muy negras. Las arroja en la chimenea y las enciende. El fuego prende suavemente, desprendiendo un calor continuo. Marco no aparta de él los ojos, fascinado, pues las brasas rojizas no desprenden llamas, y sin embargo una dulce calidez invade poco a poco la estancia.

—Estas piedras de fuego son extraordinarias. Si pudiéramos venderlas en Venecia... Tengo que hablar sin falta de ellas a mi padre, Shayabami. El Gran Kan debe impulsar su producción. ¿Por qué él no se calienta de este modo?

—Tal vez porque vos no le habéis hablado aún de ello, señor Marco.

El veneciano se encoge de hombros.

—¡Mañana estarán aún calientes! —prosigue Sanga—. Y cuestan más baratas que los troncos ordinarios. Se llaman carbón.

Marco, compadecido de Shayabami, que bosteza hasta descoyuntarse la mandíbula, se dirige a la habitación, acompañado por la criada. Shayabami le sigue a unos pasos y, antes incluso de que su dueño haya cerrado la puerta, se tiende de través en el umbral y se pone a roncar hasta hacer vibrar el entablado. Su presencia no molesta a Marco que, tras haber gozado rápidamente del placer carnal con la joven sirvienta, la despide y se sume en un profundo sueño acunado por los rítmicos ronquidos de su criado. Sin embargo, mientras duerme se le aparece de repente el misterioso general que tiene el destino del imperio en la punta de su espada.

Siguen su ruta durante cinco largas jornadas. El aire se vuelve cada vez más ligero. Llegan a Aqbaligh,* donde Sanga, por razones particulares, ha solicitado que se detengan. Éste deja a los soldados tomando vino de arroz en un albergue y se aleja con su servidor. Marco le sigue discretamente, pese a las protestas de Shayabami. Más allá de un bosque de cedros, se alza un inmenso monas-

* Zhengding.

terio budista. El mayor de los varios templos se destaca sobre las altas columnas teñidas de rojo, y su techo es de un amarillo dorado. La entrada está custodiada. Es inútil intentar penetrar allí, pues a Marco le resultaría tan difícil como para un mongol armado cruzar el umbral del Palazzo Ducale en Venecia.

De regreso en la posada, Marco pide a Shayabami que le despierte a la mañana siguiente antes del amanecer.

Aún es negra noche cuando el sirio sacude a Marco en su lecho. El veneciano se pone de pie con el corazón palpitante, pero se tranquiliza al reconocer a su fiel servidor. Le hace señas de que guarde silencio y después de vestirse a toda prisa sale de la habitación. De puntillas, avanza hacia la habitación de Sanga. Aguza el oído y percibe una salmodia. Por los intersticios de la puerta, le ve sentado sobre un almohadón, rezando y meditando ante una pequeña figura budista.

«Sanga es un mongol con un chamanismo muy curioso...», se dice, pensativo.

Prosiguen su viaje a través de Shanxi, donde degustan el famoso vino de las cepas que crecen agarradas a esas moreras cuyas hojas alimentan los gusanos de seda. La llanura se extiende desvelando un paisaje sin árboles, ondulado por bancales de cultivo que muestran todos los matices del amarillo al ocre, desde el más pálido al más cobrizo.

—No estamos lejos del castillo del rey de Oro, uno de los emperadores de la dinastía Jin. Dicen que sólo empleaba mujeres para su servicio, las utilizaba incluso para tirar de su calesa.

—¡Excelente idea! —exclama Marco.

—Mucho me temo que esta especie de amazonas haya desaparecido.

—Basta con adiestrarlas para ello —bromea el veneciano—. Decididamente, este país me gusta. Creía que íbamos a encontrar a uno de los hijos de Kublai, Mandalay, gobernador de Shanxi.

—Es, en efecto, gobernador de Shanxi, y nosotros estamos en Shanxi.

Marco hace que Sanga repita varias veces esos nombres antes de captar las sutilezas de la lengua. Se echa a reír, algo molesto.

—Tal vez Kublai prohíba a los mongoles aprender el chino porque serían incapaces de hacerlo.

Se internan en la planicie hasta que llegan a un caudaloso río. Sus aguas tumultuosas tienen el mismo color ocre rojizo de la llanura, y en sus orillas crecen bosques de bambúes gigantescos, algunos de los cuales son más altos que diez hombres. Nubes de pájaros emprenden el vuelo en un rumoroso aleteo desde sus refugios ocultos en las pantanosas riberas.

—Es el Karamoran, el río Negro —explica Sanga—. Los chinos lo llaman el río Amarillo. Es tan ancho que ningún puente puede atravesarlo y además la corriente es tan poderosa que se los llevaría por delante.

El rugido de las aguas es ensordecedor y se ven obligados a levantar la voz para entenderse. Para cruzar, deben utilizar una barcaza. En cuanto los bateleros descubren las armas del Gran Kan, se apresuran a negociar el precio del pasaje. La discusión entre Sanga y el batelero es larga. Marco sabe muy bien que eso forma parte de las costumbres del país, pero acaba impacientándose, pues el viento frío que azota la corriente le hiela la piel del rostro.

—Vamos, Sanga, dale lo que exige y acabemos de una vez.

Sanga obedece. El batelero les indica por señas que suban a bordo. Marco pone el pie en la embarcación, que comienza a bambolearse peligrosamente. El otro le agarra del brazo y tira de él insultándole en chino. Marco no se tranquiliza al verse en una especie de burda balsa. Se pregunta si no habría sido mejor llevar consigo unas canoas de cuero de camello, más estrechas pero, sin duda, más seguras. Los jinetes arrastran por la brida a los caballos, que embarcan aterrados, a pesar de que por precaución les han tapado los ojos. Sobre todo los mongoles están muy nerviosos y disimulan su angustia con dudosas chanzas. Por fin, los barqueros sueltan las amarras. De inmediato la barcaza comienza a girar sobre sí misma. Entre los pasajeros se elevan agudos chillidos. En mongol o en chino, el grito de miedo tiene el mismo sonido. Marco se agarra a su caballo, que relincha. Pero los bateleros no parecen preocupados. El veneciano estudia la corriente del río y se dice que, entre el pánico de los hombres y el de las bestias, si zozobraran tendría pocas posibilidades de salvarse. Un navío que huele a jazmín cruza por delante de la barcaza. Marco se fija en que transporta enormes fardos de los que escapan algunas florecillas blancas que revolotean al albur del viento.

Por fin, la barcaza se acerca a la ribera. De un ágil salto, un batelero se planta en tierra firme y se apresura a sujetar la embarcación a un grueso bambú. Los mongoles desembarcan en desorden, aturdidos y aliviados. Marco se dispone a saltar a su vez a la orilla. Pero de pronto Sanga retrocede y le hace perder el equilibrio.

—¡*Signore* Marco! —grita Shayabami, horrorizado.

Antes de hundirse en el agua, Marco alcanza a oír el grito ahogado de su esclavo. Trabado por su espada y envuelto en el pesado manto, se siente arrastrado hacia el fondo del río, atraído por los remolinos hacia los rugientes rápidos. Con un esfuerzo de voluntad, logra sacar la cabeza del agua. Intenta orientarse buscando con la mirada a su séquito. Hace acopio de energía y comienza a nadar penosamente hacia la orilla. Da una brazada, luego otra, pero los pies se le traban en sus vestiduras. Prisionero de sus ropas imperiales, sigue luchando contra la corriente, con el riesgo de ser golpeado por las demás barcazas. No tarda en darse cuenta de que el remolino lo arrastra en su infernal danza. Sus fuerzas se agotan, le falta el aliento. La tranquila laguna de Venecia, que tan bien conoce, le parece algo de un pasado muy remoto, pero ¡cuánto más habría preferido perder la vida en ella!

Renuncia a luchar.

Implacable, el remolino de agua le arrastra hacia la opacidad del fondo. El silencio le acoge en su intimidad. Abre mucho los ojos, pero su visión se ve nublada por la arena removida. De pronto, advierte que el remolino ha dejado de succionarle. Vuelve a nadar de inmediato en línea recta bajo el agua, intentando en vano librarse de su manto que se le pega a la piel.

Agotado, da una rabiosa patada para subir a la superficie, y con otra más consigue sacar por fin la cabeza y respirar al aire libre. Como la corriente lo arrastra a lo largo de la orilla, decide dejarse llevar por las aguas. Descubre una maraña de plantas y procura dirigirse hacia ella. Dándose impulso con una violenta torsión de cintura logra agarrarse con la punta de los dedos a una rama y se aferra a ella con presteza. Sin detenerse a recuperar el aliento, aprovecha la ocasión para izarse hasta la orilla. Se derrumba con la cabeza en el limo; violentos accesos de tos le sacuden el pecho.

Shayabami, que le ha seguido a pie por la ribera, acude jadeando, llevando el caballo por la brida.

—¡*Signore* Marco Polo! *Va bene?*

Marco se limita a hacer un vago ademán. Shayabami levanta sin esfuerzo a su amo, y después de ayudarle a montar le conduce hasta el resto de la tropa.

Llegan a una casa de campo situada en las cercanías. Durante el corto trayecto Marco ha conseguido reponerse. Entra en la vivienda, mojado, vacilante, con los chasquidos de sus botas empapadas de agua.

Arroja su manto a Shayabami. Luego se dirige al intérprete, conteniendo su cólera.

—Sanga, ven a quitarme las botas.

Acerca una silla y después de sentarse alarga las piernas y pone los tacones en el borde de la mesa. Shayabami se apresura a colocar ante él un bol de té ardiente.

—Ya tenéis un criado para esas tareas —replica Sanga.

—Shayabami está derrengado. No quiero que se agote más.

Sanga chasquea los dedos.

—Muy bien, el mío lo hará perfectamente.

Marco bebe de un trago el líquido humeante, haciendo una mueca. Su rostro se vuelve escarlata. Da un puñetazo en la mesa.

—¡No! Exijo que seas tú. ¡Podría hacer que te ejecutaran de inmediato por el crimen que has cometido!

Clava los ojos en las pupilas de Sanga como si en ellas pudiera adivinar su secreto. Sanga sostiene la mirada sin parpadear. Sólo un leve temblor de su mandíbula revela la agitación de su alma. A su alrededor se hace el silencio. Ambos hombres se enfrentan durante un largo momento. Todas las miradas se vuelven hacia ese mudo combate. Marco golpea con el tacón de su bota la esquina de la mesa, a pocas pulgadas de Sanga. Rompiendo el pesado silencio, el servidor de Sanga comienza a hablarle a éste muy deprisa en su lengua. El intérprete le responde con acento de contenido furor. Bajando por fin los ojos se da por vencido y levantando las manos con una fatiga infinita, agarra la bota del veneciano. Pero, en el último momento, Marco deja caer la pierna al suelo. Sorprendido, Sanga le contempla con expresión interrogadora.

—Ven —ordena Marco en uigur.

Toma de manos de Shayabami la ropa seca que el esclavo le ha preparado y arrastra a Sanga hasta la habitación contigua, cerrando con violencia la puerta ante la mirada atónita de los propietarios. En la estancia en la que han entrado hay un jergón de paja en el suelo, sobre el que duermen abrazados dos niños. Los chiquillos despiertan de pronto, asustados. Uno de ellos comienza a gritar. Marco ordena al otro que le traiga una botella de vino de arroz. El mayor sale arrastrando a su hermano pequeño.

Los dos hombres se enfrentan de nuevo. Esta vez, Sanga mantiene los ojos bajos. Marco comienza a desnudarse sin apartar la vista del intérprete.

—Me has mentido —declara en uigur. Su voz es tan cortante como el filo de su espada—. No quiero conocer la razón. Quiero que me digas la verdad.

—Soy vuestro intérprete —responde Sanga en mongol.

Incapaz de contenerse, Marco agarra a Sanga por el cuello de su manto y lo empuja violentamente contra la pared. En el musculoso brazo de Marco se destacan las venas cuando desenfunda la espada con un gesto veloz.

—Sanga, no me tomes el pelo. ¿Ves esta hoja? Hace un rato la admirabas, alababas la pureza de este metal que ninguna sangre podría mancillar. Si yo no os conozco a vosotros, tampoco tú me conoces. Quien ha visto mi espada manchada de sangre no puede encontrarla hermosa.

Sanga sostiene la mirada de Marco.

—Soy un antiguo príncipe de sangre uigur —confiesa al fin.

La puerta se abre de pronto y aparece el chiquillo, que sostiene en los brazos una botella casi tan grande como él. Se inmoviliza al ver la actitud de los dos hombres.

Marco baja el arma.

El niño deja el vino en el suelo y se va de inmediato.

El veneciano empieza a quitarse las calzas mientras se dispone a escuchar la explicación de Sanga.

—Prosigue.

—¿Habéis oído hablar de Kaidu?

Al oír ese nombre, la sangre de Marco se le hiela en las venas. ¿Cómo habría podido olvidarlo? Kaidu, el príncipe mongol rebelde que no acata la autoridad de Kublai cuya legitimidad niega. Kaidu había jurado aniquilar a su primo Kublai y consiguió seguir siendo dueño de un vasto territorio al

oeste de Khambaliq. Fue él quien introdujo un traidor en la caravana de los Polo para hacer que fraca-
sara su misión ante Kublai, y asimismo fue la causa
de la muerte del primer amor de Marco, Noor-
Zade. Incluso retuvo al joven como rehén durante
más de un año en condiciones muy penosas.

—Sí, conozco a Kaidu.

—Kaidu se apoderó de mi país —prosigue
Sanga—. Juró matar a todos los herederos de mi
sangre. Desde la edad de trece años, vivo oculto en
la corte y me he convertido en monje budista bajo la
protección del ministro de nuestro culto, P'ag-pa.

Marco suelta la espada y la deposita en el
suelo. Vacila y está a punto de derrumbarse temblando de frío. Sanga se arrodilla para ayudarle a
quitarse las chorreantes botas.

—¿Desconfiabas de mí? —pregunta el veneciano.

—Desconfío de todos. Supongo que vos igno-
ráis incluso qué es un uigur.

Marco levanta la botella y bebe un trago de
vino de arroz. El ardiente alcohol le provoca un
estremecimiento.

—Desengáñate. Antaño tuve una esclava
uigur.

Encolerizado, Sanga da un empujón a Marco y
vuelca la botella en el suelo de tierra apisonada.

—¡Si os atrevéis a decir eso quizá seáis un
cómplice de Kaidu! ¡No somos un pueblo servil!

—Sin embargo, estás al servicio de los mongoles.

Sanga se calma un poco.

—Esos bárbaros nos han arrebatado las tierras y hasta el alfabeto. ¿Quién os ha dicho que estoy a su servicio?

Marco lanza un suspiro, mientras se pone con alivio las prendas secas que le parecen casi calientes.

—Tu altivez es inútil, Sanga. ¿Pretendes hacerte con el poder por medio de maniobras en la corte?

Sanga se aparta de Marco.

—Vuestra esclava debía de ser una cautiva. Cuando se apoderó de nuestras tierras, Kaidu mató a todos los hombres y se llevó a las mujeres y los niños para venderlos.

Durante mucho tiempo, Dao Zhiyu ha estado lamentando el no haberse comido incluso las plumas de aquel pollo. Tras varios días de lluvia que le permitieron degustar toda clase de gruesas babosas doradas, ha tenido que alimentarse de raíces medio podridas. Ha devorado puñados de bayas rojas de apariencia apetitosa que han terminado de ponerle enfermo. No deja de pensar en Chang. En vez de socorrerle, huyó como un conejo. Chang, en cambio, se habría quedado junto a él. Por su culpa ha muerto Chang. A veces, esta simple idea basta para arrancarle grandes sollozos de desesperación. El hambre que le atenaza le tortura menos que los remordimientos.

A cada chaparrón, abre de par en par la boca y levanta la cabeza hacia el cielo para beber agua, pero de poco le sirve.

Con la garganta irritada por la sed, ha partido en busca de una ciudad donde poder mendigar y por el camino ha detenido una carreta tirada por un viejo mulo. Aunque Dao se habría contentado con un mendrugo de pan seco, los campesinos que viajaban en ella le han hecho el gran favor de tomarle a su servicio.

Viven en una pequeña granja, entre árboles de moreras, cerca de un bosque.

Le han lavado y le han dado ropas de sus hijos, gastadas pero no manchadas, que le han parecido nuevas. Luego, para evitar los piojos, le han afeitado los cabellos que llevaba bastante largos. La mujer de más edad de la familia es la única que no sale a faenar y que trabaja sólo en casa. A Dao Zhiyu le gusta, porque tampoco ella habla. Cuando la vio por primera vez, Dao se asombró al ver los extraños collares que le rodeaban el cuello. Ante su expresión de pasmo, el padre le explicó que eran huevos de gusanos de seda. Como la anciana no se agitaba mucho y tenía buen carácter, su cuerpo proporcionaba la temperatura ideal para que los capullos pudieran crecer tranquilamente y abrirse.

—Los gusanos de seda necesitan amor y calor —añadió el padre con emoción.

Por primera vez en su vida, Dao Zhiyu deseó ser una de aquellas orugas en su próxima reencarnación.

En el campo, los mayores se afanan cortando con un cuchillo las ramas de las moreras, con las que llenan grandes cestos de mimbre. Bajo el sol, los niños empujan la carreta que los transporta. Las ruedas traquetean por el camino de tierra.

Una vez en la granja, los más jóvenes deshojan cuidadosamente las ramas, una a una. Luego, los padres extienden pacientemente las hojas en las tablas por donde avanzan las grandes orugas blancas y peludas. La mitad de la casa está ocupada por los gusanos de seda, mientras que la familia se apretuja en dos habitaciones.

—Hay que repartir bien las hojas —explica a Dao el hermano mayor—, de lo contrario, los gusanos de debajo no comen bastante. ¿Y sabes qué ocurriría entonces? —Puesto que Dao Zhiyu no responde, concluye—: Los de encima se convertirían en enormes monstruos que no vacilarían en devorarte para calmar su hambre. —Haciendo caso omiso de la expresión aterrada del chiquillo, prosigue—: No lo olvides, los gusanos comen tres veces al día. Para la primera, yo te despertaré.

Durante el viaje, los mongoles, recuperando su instinto nómada, ya reclaman una tienda para dormir, que el aire se ha vuelto mucho más fresco. Sanga, acostumbrado a los cómodos lechos de los palacios de Khanbaliq, se lo concede de mala gana. Pasan junto a fértiles viñedos cuyas cepas se retuercen orgullosas sobre sus gruesos tocones. Cuando la tropa de Marco Polo llega a la capital de Shanxi, Chang an,* Sanga siente un gran alivio.

—Shanxi es tan importante para el Gran Kan que nombró gobernador a uno de sus propios hijos, Mandalay; seremos sus huéspedes —añade Sanga.

Desde que Sanga desveló su identidad a Marco, un clima de confianza se ha instalado entre ellos, aumentado por la complicidad que les aporta la lengua.

—Es la provincia puntera en el comercio de seda y tiene fama por sus tejidos de hilos de oro.

—Entonces, ahí deben de hacerse buenos negocios.

—Vos sois el comerciante.

—Por fin obtendremos información acerca del general Bayan —dice Marco.

* X'ian.

En cuanto se esparce la noticia de su llegada, unos mensajeros los invitan a dirigirse al palacio del gobernador. Rodeado de altas murallas de mármol, resplandece en medio de una llanura donde brillan lagos y ríos. Las salas del palacio están decoradas con panes de oro y pinturas de lapislázuli. Los techos en forma de cúpula representan el cielo y están sostenidos por numerosas columnas de mármol. El chambelán indica a Marco que le siga, él solo. La sala de audiencias a la que conduce es de dimensiones modestas y está dispuesta según un orden geométrico perfecto. Al igual que su padre, el príncipe mongol va vestido al estilo chino, con una túnica de seda de anchas mangas. Sus cabellos negros están sujetos en un moño en lo alto del cráneo. Saluda a Marco Polo con las manos unidas.

—Sed bienvenido a mi humilde palacio.

Kublai ha hecho que sus hijos destinados a ejercer altas funciones fuesen educados por letrados chinos, que les enseñaron también los modales de los que carecen por completo los mongoles. Mandalay tiene unos cuarenta años. Se toma muy en serio su papel y recibe en audiencia como un verdadero Kan. Contempla a Marco, veinte años menor que él, con una altivez que sin embargo no excluye el respeto debido a su calidad de enviado del Gran Kan.

—El Gran Kan no ahorra elogios sobre vos en sus mensajes —añade Mandalay, casi celoso.

—Noble príncipe, os agradezco vuestro recibimiento y doy gracias al Señor de todos nosotros, el Gran Kan, por haberme proporcionado el gozo de ser vuestro huésped.

El príncipe mongol ordena que sirvan kumis y té.

—Mi padre es un gran estratega y un gran conquistador, como digno heredero de Gengis Kan. Pero su apetito es insaciable. Al parecer, durante los cinco años que hace que no lo veo, se ha engordado más aún. ¿Qué hacéis cuando vuestro apetito es mayor que vuestra panza?

—Pues bien, no termino la comida —responde el veneciano divertido.

—Pues él, sí. Dilata su panza para tragárselo todo.

—Noble príncipe —dice Marco—, vuestro padre, Señor de todos nosotros, carece de noticias del general Bayan y se siente muy inquieto.

El príncipe da un respingo de sorpresa.

—¿Cómo es posible? Yo mismo entregué un caballo al último de sus mensajeros, hace apenas dos meses.

Sin saber por qué, Marco siente un nudo en la garganta.

—Nunca llegó a Khanbaliq. ¿Dijo si se había enterado de algo?

El príncipe mira a Marco como si acabara de pronunciar un despropósito inimaginable.

—Me sorprende que me lo preguntéis, señor Marco. Los mensajes de Bayan se dirigen sólo al Gran Kan. Proseguid, pues, vuestra búsqueda. Si el general Bayan mandó un mensajero a mi padre, es que combate todavía más al sur. Allí tendréis que enfrentaros con las grandes selvas que, según dicen, son tan inextricables como la descendencia de Gengis Kan. —Se echa a reír—. Los chinos del sur son los más duros —prosigue—. Por lo que se refiere a si el general ha podido vencer su resistencia... ¡Quién sabe! Pero es tan fiel a su señor que nunca se permitiría morir sin avisarle —añade con una sonrisa.

Mandalay vuelve ligeramente la cabeza, indicando que la audiencia ha terminado.

Marco se reúne con Sanga y Shayabami en los jardines de palacio. Sanga camina de un lado a otro, arrebujado en el manto. No hace pregunta alguna, pero el veneciano adivina por su expresión que se muere de ganas de conocer lo que han tratado durante la audiencia.

—La resistencia china va eliminando a los mensajeros de Bayan —comenta.

—¿Y los del Gran Kan? —pregunta Shayabami.

A medida que avanzan hacia el sur, el relieve se hace más accidentado. Bancales de arroz se alinean en las laderas de las montañas. Los campesinos y aldeanos los reciben con mayor frialdad. La conquista es reciente. Los mongoles han desbaratado la organización administrativa y universitaria china, y han trastocado el destino de cada habitante. Los chinos ven a los mongoles como unos bárbaros y unos invasores, tanto más cuanto que el imperio de los Song del sur no ha capitulado aún. El ejército chino se repliega hacia la parte meridional, en unos parajes más abruptos. No por ello los soldados mongoles dejan de avanzar inexorablemente. De pronto, al ladear una colina, aparece a lo lejos un brazo de mar con mil reflejos.

—¡El Yangzi jiang! —exclama Sanga.

El río se despliega, como un inmenso dragón de palpitantes escamas. La marcha de la expedición se ve retrasada por los numerosos caballos y peatones que se dirigen hacia la ciudad. Cuando consiguen entrar en ella se dirigen al puente que cruza el Yangzi, que divide la ciudad en dos. El puente tiene ocho pasos de anchura, y está enteramente cubierto por un techo de madera adornado con ricas pinturas barnizadas. El armazón descansa sobre columnas de mármol. Dos prietas hileras de pequeños tenderetes de madera bordean el andén. Algunos pueden desmontarse al terminar el día. Una inmensa multitud se apretuja para cruzar el puente ante la severa mirada de decenas de guardias.

El río tiene más de media milla de ancho. Sobre las aguas pululan, con una agitación de colmena, centenares de embarcaciones de todos los tamaños que recorren el Yangzi evitando chocar entre sí con osadas maniobras. Algunas naves son tan grandes que parece imposible que puedan navegar fuera del océano.

La corriente es poderosa y numerosas embarcaciones deben ser sirgadas para remontar el curso del río. Unas mujeres, encorvadas por el esfuerzo, tiran de las gruesas cuerdas trenzadas de bambú. En el agua, unos nadadores, muchos de ellos niños, liberan las sogas que quedan atrapadas en las rocas. Maquinalmente, como si eso tuviera un sentido, Marco intenta reconocer a alguno de aquellos rostros.

A la entrada del puente, una construcción erigida por orden del Gran Kan para cobrar el peaje levanta su impresionante fachada. El veneciano se presenta ante el guardia, que saluda respetuosamente al emisario del emperador. Hablando con él, Marco se entera de que recoge un millar de monedas de oro al día, además de los billetes. En efecto, el tráfico es incesante. El veneciano rechaza el privilegio de pasar delante de los demás. Los mercaderes y porteadores esperan maldiciendo, en una fila larga y compacta en la que se apiña una multitud, ruidosa y excitada. Varios vendedores ambulantes ofrecen golosinas, circulando entre la gente que los guardias procuran contener. La espera es tanto más larga cuanto que todos van deteniéndose para comprar género en los tenderetes del puente o para intercambiar las últimas informaciones que circulan de una a otra punta de la ciudad. Grandes carretas pesadamente cargadas recorren el puente. Sus conductores lanzan gritos estridentes para que los dejen pasar. Llega, finalmente, el turno del séquito de Marco. La entrada del puente es estrecha y deben presentarse uno a uno ante la puerta de acceso.

—Al atravesar este puente, salimos de Catay para entrar en Manzi —se dice Marco en voz alta.

—Señor Marco, ¿no habéis advertido que esas gentes son todas de la misma raza? —comenta Sarga.

—Sí, pero es porque mis ojos de extranjero no saben distinguir las diferencias.

—Tal vez, pero dejadme que os diga algo: lo que vos denomináis Catay y Manzi no son, en verdad, más que un mismo gran territorio.

Marco desmonta y se detiene delante de un mercader de incienso. Despliega el mapa que le dio el Gran Kan.

—Mira, Sanga.

Estudian unos momentos la cuadrícula antes de conjeturar, con un posible error de unos centenares de *lis*, dónde deben de estar.

—Si entiendo bien lo que dices —se extraña Marco—, más al sur se extendería el mar.

—Sí, el mapa no lo muestra, claro está. No hay ríos, ni montañas, ni océano. Pero es seguro que, si prosiguiéramos hacia el sur, llegaríamos al océano.

Marco enrolla el mapa, pensativo, con los ojos brillantes de excitación.

—Los mercaderes persas conocen los puertos de Manzi. Los mercaderes hindúes conocen las llanuras de Catay. Si nadie ha establecido nunca el vínculo entre las dos tierras, si nadie ha comprendido que las costas eran las del mismo continente y que estas montañas llegaban hasta el mar... —prosigue exaltado por su descubrimiento—, eso significa que el imperio del Gran Kan es más vasto aún que lo que nosotros podíamos imaginar.

—¿Quiénes, nosotros?

—¡Nosotros, claro, Venecia, el papa! A tu entender, ¿estamos lejos del mar?

En plena noche, Dao Zhiyu siente que le sacuden brutalmente. Por instinto, se protege la cabeza con los brazos. Se acurruca, pegando la barbilla contra el pecho. A menudo, había deseado dormirse para siempre, para no ver al abrir los ojos los esbirros del capataz. Pero aquí no hay perfume de jazmín, no hay golpes al despertar.

Huraño, se levanta y, una vez vestido, se dirige a la gran habitación donde le esperan los gusanos de seda. Mientras tanto, el hermano mayor de la familia comienza a preparar el trabajo de los más jóvenes. Con un gesto reiterado, Dao Zhiyu va extendiendo con cuidado las hojas. Las orugas, hambrientas, reptan con avidez y empiezan a devorarlas. Dao Zhiyu siente que le gruñen de hambre las tripas, pero tendrá que esperar varias horas, hasta que las orugas hayan acabado su festín, para poder tragar el bol de fideos que la vieja no ha preparado aún. Además, no tiene ganas de apartarse de las orugas, sino que las vigila atentamente, para asegurarse de que ninguna de ellas se vuelve más grande que las demás. Poco a poco, como un rumor de tempestad que se acercara, se eleva un zumbido que se convierte en un ruido atronador. Son los gusanos devorando las hojas. El estruendo pronto domina los borborigmos del estómago de Dao. Fascinado, el chico mantiene los ojos clavados en los millares de orugas, todas blancas. A menudo tiene ganas de tocarlas, de comérselas incluso. A veces, cuando el hambre le acucia demasiado, tras haber comprobado que está solo, elige una de las mayores y se la mete en la boca. La mantiene unos instantes viva, dejándose cosquillear la lengua por sus patitas; el bicho acaba por aovillarse y Dao muerde su carne blanda y levemente crujiente. El sabor es tierno y azucarado. Eso tiene también la ventaja de asegurarle que, de los dos, él sigue siendo el mayor y el más fuerte, capaz de devorarla. Atontado por el ruido, procura agarrar al vuelo las hojas que resbalan, antes de que toquen el suelo. Los gusanos sólo las comen si están limpias, secas y son frescas. Dao Zhiyu tiene el privilegio de ocuparse de ellos porque es muy considerado. Ha aprendido, así, que los gusanos temen el ruido, las vibraciones, las corrientes de aire y los olores fuertes. Los adultos y los niños que han llegado a la adolescencia tienen prohibida la entrada en esa estancia. Sólo los padres la visitan a diario para comprobar que las orugas se van desarrollando de un modo regular. Una vez que los animalitos han saciado su apetito, Dao recoge los tallos de las hojas en un cesto. Sale al patio, donde las cabras mordisquean los restos que los gusanos de seda han desdeñado.

Cierta noche, cuando Dao se dispone a darles su pitanza cotidiana, advierte que las orugas comienzan a formar su capullo. Dao Zhiyu no puede evitar sentir un sobresalto de angustia, porque había terminado por tenerles cariño. Y ahora se disponen a ocultarse en su cómodo y pequeño nido. La idea de no volver a verlas le provoca una inmensa desolación. Además, eso significará el fin de su trabajo en la granja...

Los hijos mayores le enseñan cómo poner los gusanos en tablas erizadas de largas pajas. Fascinado, Dao observa a las orugas producir con infinita paciencia el famoso hilo de seda, tan brillante y de desmesurada longitud, sin jamás romperlo. Por fin los capullos están acabados. Los padres recogen las pajas y las sacan al patio para que las pequeñas bolas blancas que llevan adheridas se sequen al sol.

Con el corazón palpitante, Dao toma un capullo y lo oculta dentro de la manga de su camisa. Los demás relucen bajo los rayos del mortífero sol.

El niño asiste, impotente, a la ejecución de las orugas que ha alimentado durante tanto tiempo. Los mayores van recogiendo los capullos como si recolectaran fruta. Fríamente, los sumergen en una gran marmita de agua hirviendo. Inmediatamente después, la madre hunde unas varillas en el líquido y procede a removerlo; los capullos giran y se deshacen soltando hilos de seda que la mujer reúne y va devanando en una gran rueda de madera. La abuela, sentada en el suelo, hace voltear la rueca mientras sostiene el hilo entre sus dedos resecos. Los grandes ovillos de seda cruda crecen a ojos vista, y van siendo almacenados en la vivienda. Más adelante, el padre se vestirá con serenidad e irá a venderlos en la ciudad, acompañado por sus hijos.

Aquella noche, Dao no logra conciliar el sueño. En la oscuridad, acaricia el capullo en la palma de la mano. Se lo acerca al oído, intentando percibir el misterio que en él se oculta. En vez de ello, oye hablar en susurros al otro lado de la pared de adobe. Acaba por levantarse y se desliza entre los fardos de hilo de seda para captar lo que dicen. El padre y la madre están discutiendo y les oye pronunciar su nombre. El corazón le palpita muy deprisa. La madre propone que siga con ellos, pero el padre no quiere una boca más que alimentar, y alega que come mucho para su tamaño y que es demasiado pequeño para los trabajos pesados.

—¿Recuerdas que al último que nació lo «bañamos»? —añade el padre.

—¡Cállate, hablar de ello atrae la desgracia!

Silencio.

—¿Y si lo lleváramos al hospicio? —sugiere la madre.

Al oír esta palabra, a Dao Zhiyu se le hiela la sangre en las venas. Con el corazón encogido, se precipita fuera de la estancia para alcanzar como sea la puerta de la calle. Atraviesa la cocina, tragándose los sollozos. De pronto, descubre una silueta sentada muy erguida en el suelo. Oye su respiración. La sombra le indica por señas que se acerque. Dao vacila sin decidirse a obedecer. La mano se levanta de nuevo. Ojo avizor, el chico se acerca a ella. Es la anciana. Dao tiene la garganta reseca de miedo. Ella se levanta y va a buscar un

objeto envuelto en un lienzo, que tiende al chiquillo. Él permanece inmóvil. Entonces, con gestos
muy lentos, ella entreabre la tela para mostrarle un
pollo recién degollado. Los ojos de Dao se llenan
de lágrimas. Rápido, toma el paquete y sale de la
casa como alma que lleva el diablo.

En su jadeante carrera a través de la negra
campiña, aplasta bajo los pies los secos tallos del
agonizante estío. Sólo cuando, perdido el aliento,
cae al suelo con la nariz en el musgo, se pregunta
si no hubiera debido decirle algo a la buena
señora.

3

Lluvia tormentosa
de las primeras nubes

El grupo de Marco Polo se acerca a las altas montañas del oeste. Aunque han transcurrido más de veinte años, la región muestra todavía los estragos de la conquista de Mongka, el hermano mayor y predecesor de Kublai en el trono del imperio mongol. Muchas aldeas no son más que un montón de ruinas destrozadas por los vientos y las tempestades de nieve. Los supervivientes han huido y han sido reemplazados por bestias salvajes, tigres, osos y demás fieras. Las escasas posadas que la expedición encuentra a su paso no ofrecen ya más cobijo que el de sus vigas desnudas, testimonio de un tiempo pasado en el que el viajero era bienvenido. Se oyen amenazadores gruñidos que siembran la alarma entre los componentes de la caravana. Los caballos se espantan y los jinetes, acostumbrados sin embargo a toda clase de peligros, se estremecen en la silla.

Una gélida borrasca entumece a Marco sobre su montura. Le viene a la memoria lo que ha sugerido Mandalay. Si la resistencia china elimina a los mensajeros del general Bayan, es muy probable que intente también acabar con los del Gran Kan.

Caída ya la noche, tras haber buscado en vano un abrigo, Marco se decide a ordenar que planten el campamento a orillas de un torrente. El veneciano manda a sus hombres que revisen sus armas. Tanto para tranquilizarlos como para protegerse de los animales salvajes y del frío, hace que corten grandes cañas de bambú y enciendan una hoguera; aunque están algo verdes, espera que las cañas serán un buen comestible. Marco estudia el mapa del Gran Kan, y se dedica a hacer algunas correcciones y a añadir varias cumbres que no figuraban en él.

Un soldado arroja al fuego los tallos verdes. Al contacto de las llamas, su corteza se desprende, la madera se resquebraja. De pronto, un espantoso traquido hace que todos se sobresalten. Los mongoles se arrojan sobre sus arcos y sus espadas, dispuestos a defenderse.

—¡Es la hoguera! —exclama Marco—. ¡Va a estallar!

Los hombres se alejan, asustados. El bambú comienza a crujir con un fragor de tormenta. Los caballos relinchan, aterrorizados.

—¡Sujetad a los animales! —exclama el capitán.

Pero los soldados, atemorizados, no reaccionan a tiempo y los équidos huyen como perseguidos por el retumbar de unos truenos. Los hombres se alejan más aún de la fogata, temblando de temor y de frío a la vez. Para no oír aquel infernal ruido, se cubren la cabeza con gruesas mantas. Cuando el terrible crujido se calma por fin, nadie intenta avivar el fuego, que se apaga. Cada cual se abriga como puede. La noche, gélida, transcurre con gran angustia. Incapaces de coinciliar el sueño, los expedicionarios intercambian fugaces miradas sin articular palabra.

Al alba, agotados pero vivos, hacen el inventario de lo que han perdido con la fuga de los caballos. Marco bendice al Gran Kan por haber instaurado el papel moneda, lo que le permite llevar encima toda su fortuna. Pero el grupo comprueba la magnitud del desastre: sus víveres, sus tiendas y sus ropas se han desvanecido junto con las monturas. El capitán amenaza con terribles castigos a sus hombres, culpables de tan indigna cobardía. Marco, más realista, le insta a que se pongan en marcha para encontrar otras monturas antes de que anochezca. Cargados con las mantas y los pocos víveres restantes, todos reemprenden el camino. A menos de un *li*, descubren el cadáver medio devorado de un caballo de carga que había conseguido soltarse de la recua. Después de recuperar las mercancías que el animal acarreaba, reemprenden la marcha. Caminan veinte jornadas sin encontrar una sola casa, ni un alma viviente, economizando sus vituallas, carne y pescado seco.

Se adentran más aún en la provincia. Gente vestida de harapos se detiene a su paso y los contempla largo rato. Algunos perros, enormes aunque flacos, gruñen levantando el belfo de un rojo sangre.

Se cruzan con una columna de mercaderes de piel oscura. La pista es tan estrecha que el grupo de Marco debe detenerse para dejarlos pasar. Sus animales van cargados con pesados sacos.

—Diles que queremos comprar monturas y víveres.

Sanga discute unos instantes con ellos antes de volverse hacia Marco.

—No los comprendo. No estoy seguro de que hablen bien el chino.

Marco se dirige a ellos en persa. De inmediato, el más gordo de todos ellos se anima, encantado. Son hindúes que regresan a sus casas después de haber comerciado y obtenido buenos beneficios. Marco les hace hablar y ellos, satisfechos de poder conversar en una lengua que conocen, no se hacen rogar. El objetivo de su viaje ha consistido en cambiar su coral por almizcle, pepitas de oro sacadas de los lagos y también jengibre, canela y clavo.

—En esa región abundan los chivos almizcleros.

—¿Almizcleros? —repite Sanga con sorpresa.

—Los machos llevan dentro del vientre una bola de donde se extrae el almizcle —explica Marco.

Con mil consideraciones debidas al rango de Marco, los mercaderes se niegan a cederles nada, pero les aconsejan, con una sonrisa maliciosa, que vengan a cierta aldea donde serán especialmente bien recibidos. Siguiendo esta indicación, siguen caminando durante tres o cuatro *lis* antes de descubrir, aliviados, las primeras casas.

Unas estatuas budistas cubiertas de collares de coral parecen recibirlos. Marco se acerca, curioso. Acaricia delicadamente las piedras de un rosa vivo.

—Es coral procedente de la India —decide.

A la entrada de la aldea se ven rodeados por todos los habitantes que interrumpiendo sus actividades y acompañados por numerosos niños risueños, se han reunido para desear la bienvenida a los viajeros. Cuando pasa Marco y ven las armas del Gran Kan, los lugareños se prosternan cuan largos son en el suelo, como exige la costumbre. Luego se apretujan para observar a los extranjeros, sobre todo al que tan distinto es de los demás. Un hombre, algo más viejo y algo mejor alimentado, se dirige hacia ellos con paso seguro y les dedica una sonrisa.

Es el jefe del pueblo. Los precede hasta el templo budista, ricamente decorado con pinturas en rojo y oro que contrastan con la indigencia de los habitantes de la aldea. Las estatuas están adornadas con esos magníficos collares de coral comprados a gran precio a los mercaderes indios. Sanga felicita al jefe por esas muestras de veneración a los dioses.

—Dile que tenemos prisa por descansar —le pide Marco.

El jefe los invita de inmediato a compartir su comida. Les precede a su pequeña cabaña donde deben apelotonarse, sentados en el suelo, rodilla contra rodilla. Su mujer, preñada de nueve meses, se atarea como una abeja a pesar de sus oscilantes andares. El jefe les presenta a sus cuatro hijos y sus tres hijas.

—No he visto caballos al atravesar el pueblo —dice Marco.

Intuye que en esta familia no hay lugar para el niño que se dispone a venir al mundo.

—Asegura que su pueblo ama al Gran Kan —explica Sanga—. Sus hijos van a la escuela que el emperador hizo instalar en la aldea... Bueno, cuando no han de trabajar, claro está.

—Sanga, pregúntales qué animales poseen —acucia Marco.

La comida está servida. Los soldados se arrojan sobre el vino de arroz. Incluso Shayabami adopta sus toscas maneras.

Mientras Sanga habla con el padre, Marco se fija en una de las muchachas que les sirven el refrigerio. Mejor vestida que las demás, avanza a rápidos pasitos. Aunque tiene la tez bronceada de las campesinas, parece haber sido destinada al servicio del extranjero. Se mantiene de rodillas, junto a Marco pero un poco más atrás, dispuesta a satisfacer sus menores deseos. Con un impudor que sorprende a Marco, se las arregla para rozar con el dorso de la mano su jubón de seda, después ruborizada, levanta hacia el veneciano un rostro de expresión franca y risueña. Lleva los cabellos recogidos en la nuca. Muestra un encanto sencillo y discreto. Sus cejas que se arquean por encima de los ojos negros como la tinta y finamente alargados, su boca entreabierta como los pétalos de una rosa en un amanecer de primavera, todo su rostro y sus maneras conservan las características de la infancia. Pero la niña está impaciente por convertirse en mujer; no deja de contemplar a Marco con insistencia. Éste cree que el padre la ha llamado al orden, porque ella baja de pronto los ojos, aunque deja flotar en sus labios una sonrisa traviesa. Durante toda la comida, compuesta esencialmente de arroz hervido y viscoso, la muchacha no deja de dedicar mil arrumacos al extranjero mientras le sirve tapándose la boca para disimular unas risitas. Sus manos bronceadas por el sol están resecas por el trabajo. Sin embargo, las utiliza con una gracia de danzarina sagrada, haciéndolas revolotear para apoderarse de una jarra o servir un plato. Camina con pasos muy pequeños. Cuando sonríe, sus ojos brillan de curiosidad y esperanza. Con ingenua audacia, le lanza unas impúdicas miradas de soslayo. Marco se divierte.

De pronto ella rompe a hablar y suelta de un tirón una parrafada.

—Puede encontrar tres caballos y quizás algunas mulas —traduce Sanga—. Pero no responde de su estado.

—Shayabami lo comprobará. Dime, ¿qué más cuenta esta moza?

—Le gustaría que le enseñarais el mongol —dice Sanga.

La muchacha se echa a reír junto con su hermana, tapándose la boca con las manos.

—¿Qué dicen? —pregunta Marco.

—Admiran vuestros ojos de porcelana azul.

—¡Apuesto a que nunca ha visto la porcelana! —exclama Marco.

—Si le autorizáis, ella quisiera tocar vuestro jubón.

—Sólo si ella me permite acariciar su vestido —replica Marco que comienza a entrar en el juego.

—Nunca ha visto la seda —explica Sanga prosiguiendo su traducción—. Y sueña en acudir a la corte imperial.

Marco suelta una carcajada.

La muchacha se dirige humildemente a Sanga.

—Quiere que yo deje de traducir sus conversaciones con su hermana —traduce Sanga.

—Estás aquí para eso —replica Marco.

—Es lo que le he respondido —dice Sanga.

El jefe del pueblo interviene con viveza en la conversación. Habla largo rato con el intérprete.

—¿Os gusta? Os la ofrece para pasar la noche —explica Sanga.

—Es una chiquilla.

Sanga se encoge de hombros.

Marco abre su cartera de cuero de león y saca algunos billetes que se dispone a dar al jefe. Pero éste le hace enérgicamente un gesto negativo. Muestra una pequeña bolsa que lleva al cinto y desata los cordeles que la cierran. Con cuidado, saca unos pequeños lingotes blancos.

—Diríase que... —comienza Marco acercándose.

—... es sal moldeada —concluye Sanga—. Es su moneda. El papel no le sirve para nada.

—¿Cuánto quiere por su hija?

—Nada. Os muestra su moneda porque es distinta de la vuestra, eso es todo.

Marco queda desconcertado unos instantes.

—Quiero pagar... Su miseria me subleva —insiste.

—Sois su huésped... Sois un emisario del emperador. No les hagáis quedar mal. Guardad vuestros billetes.

Resignado, el veneciano dobla cuidadosamente las hojas.

—A lo que parece, para él es un gran honor que la desflore un enviado del Gran Kan —prosigue con seriedad Sanga.

—Si así están las cosas, no sería mala idea mandar aquí a toda una caravana de venecianos —dice Marco en son de broma.

Se interrumpe y mira a la muchacha.

Bajo el fuego de su mirada, ella baja por primera vez los ojos y sus mejillas se tiñen de rojo.

—Si os negáis, va a quedar en ridículo.

—¿Él... o ella?

—¡Él, evidentemente! —exclama Sanga, irritado.

—Que no se diga que he ofendido a un hombre que tan bien nos ha recibido y a un padre tan generoso con la persona de su hija.

Sanga traduce al padre la decisión de Marco, antes de volverse de nuevo hacia el veneciano:

—Luego le haréis a ella un regalo —añade.

—¿A la medida del placer que habré obtenido?

—No, seríais vos quien quedaría mal. Todavía no comprendéis las costumbres y las maneras de la gente de por aquí.

—Admite conmigo que eso no es tan sencillo. ¿Cómo se llama la chica?

Sanga interroga al padre pero, antes de que éste haya respondido, ella suelta con una voz fuerte y grave que contrasta con su fina silueta:

—*Xiu Lan*.

En ese instante, cuando los expedicionarios aún no han terminado el licor de arroz, la madre siente los primeros dolores. Sujetándose el vientre, se levanta de la mesa y se aleja, sola. El padre deja que las hijas se ocupen de ella. Xiu Lan corre hacia el pozo con una de sus hermanas y llena de agua un hondo barreño.

—Para el recién nacido, si es una niña —explica fríamente Sanga a Marco.

A lo lejos, Marco distingue a unas mujeres que rodean a la parturienta y despiden a Xiu Lan. La muchacha regresa hacia él con sus pasitos cortos y rápidos, y le sonríe. Pero se estremece al oír los gemidos de su madre, a su espalda.

El padre le lanza entonces a la joven un largo discurso que ella escucha atentamente, asintiendo con pequeños movimientos del mentón. Luego, se levanta sobre sus minúsculos pies y saluda a Marco con el rostro iluminado por una hermosa sonrisa en sus labios frescos y brillantes como las cerezas.

Marco se levanta y la sigue. Ella avanza con paso danzante, como un pajarillo. De pronto se detiene y se vuelve. Acerca dulcemente los dedos a las mejillas del extranjero y los posa a cada lado de su boca. Cuando él le sonríe a su vez, ella se echa a reír al ver los hoyuelos que se forman en las mejillas de Marco. A la entrada de la estancia contigua, se halla una mujer arrugada como un higo seco, que se inclina profundamente ante el extranjero mientras mantiene abierta la cortina. Xiu Lan se para en el umbral y dirige al veneciano una ojeada desvergonzada antes de deslizarse hacia el interior. La cortina cae a espaldas de Marco.

El mobiliario de la habitación se compone de un lecho cóncavo de ladrillos bajo el que arden unas brasas, y que está cubierto de una gruesa manta de pelo de yak. En una jofaina de agua clara flota un gran ramillete de hierbas olorosas. Una botella de vino de arroz, sin destapar, y un bol están colocados en el suelo de tierra apisonada. Una lámpara de manteca suelta un olor más fuerte que su luz. Esa modesta puesta en escena mediante los magros objetos de confort de los que disponen los aldeanos, confirma a Marco la extraña impresión de que la entrega de la joven había sido decidida en cuanto se conoció su paso por la región.

Por la estrecha ventana, el papel aceitado deja penetrar una corriente de aire fresco. Xiu Lan enciende un bastoncillo de incienso. Agita la varilla incandescente con gestos de hada. Un cálido perfume invade la estancia.

Marco, medio ebrio, se deja caer en el jergón.

—Ven a animarme un poco —dice, aun sabiendo que ella no le comprende.

Al oír un grito de dolor de la madre, la hija da un respingo y volviendo la espalda a Marco se queda inmóvil.

—¡No me obligues a levantarme, ven! —suelta Marco con voz más firme.

La joven china clava el incienso en el suelo con gestos de extremada lentitud. Finalmente, se vuelve y tiende la mano hacia la botella de vino de arroz. Marco detiene su gesto aferrándola por la muñeca.

—No lo necesitamos.

La tez de la muchacha ha palidecido. Sus labios tiemblan por primera vez.

—¿Tienes miedo? —pregunta él con dulzura.

Sin apartar de ella los ojos, Marco se quita el jubón y cubre con él la ventana. La penumbra se instala enseguida en la estancia. La esbelta silueta de la joven china forma una suerte de larga caligrafía.

Los estridentes lloros del recién nacido rompen el silencio.

Con infinita delicadeza, Marco abraza dulcemente a Xiu Lan. Reticente, temerosa, ella se abandona poco a poco al poderoso abrazo. Cierra los ojos, acurrucándose contra su calor. Marco siente el corazón de Xiu Lan palpitando enloquecido contra su pecho. La aprieta más aún para notar la firmeza de sus senos. Transcurre un largo momento que llena la estancia de una inmensa ternura. El silencio de la noche los cubre con su benevolente protección. Sus respiraciones se acompasan. Ella parece tan frágil en los brazos del veneciano que, por primera vez desde hace mucho tiempo, él siente un insólito deseo: el de conceder su protección, de mantenerla junto a sí. Con mucha dulzura, levanta a Xiu Lan, y la deposita en el jergón. En ese momento ve en sus ojos un relámpago de temor mezclado con impaciencia. El pecho de la muchacha se levanta como un pájaro asustado. Marco siente una violenta excitación; su concupiscencia se ha despertado. Se tiende sobre ella, que yace petrificada, y recorre con sus manos ardientes el tejido que cubre el cuerpo estremecido de la china, notando bajo los pliegues los montículos de los senos y las crestas de las caderas. Es tan menuda que le puede palpar las costillas. Tras los párpados entornados, la muchacha espía los gestos del extranjero, que sigue explorando el resto de su cuerpo con la misma delicadeza, firme y tierna a la vez. Los dedos de Marco parecen muy ligeros, como si tocaran un instrumento en el que cada roce provocara una vibración. Cuando le acaricia el cuello, la joven vuelve la cabeza pero permanece inmóvil. La palma baja hasta sus hombros, le envuelve el talle, le recorre los muslos, le cosquillea detrás de la rodilla, y trata de acariciarle el tobillo. Pero Marco descubre con sorpresa que los pies de Xiu Lan están vendados. Con un brusco movimiento, ella levanta la pierna zafándola de las manos de Marco. Él decide respetar el pudor de la china, que considera tabú esta parte de su cuerpo, pero sigue acariciándola. La piel de Xiu Lan es más fina y dulce que la seda de Ghella. De pronto Marco se inclina y posa sus labios junto al tobillo de la joven. Ésta reacciona al instante con un largo e incontrolable estremeci-

113

miento. Luego agarra ansiosa a Marco de los hombros y trata de atraerlo sobre sí. Pero el veneciano quiere proseguir con ese preludio sensual y rechaza la impensada invitación. Progresa con aplicada lentitud a lo largo de esas piernas cuyos músculos se tensan bajo la incesante caricia causante de una calidez desconocida. Fascinado por sus minúsculos pies, Marco intenta de nuevo tocarlos. Pero, con mano firme, ella le retiene. Él dirige entonces su atención a la cintura y los costados. Cuando le roza delicadamente los pezones, el cuerpo de la muchacha se arquea, deshaciéndose bajo la caricia del hombre, retardando el placer que descubre de pronto con impúdica brutalidad. Marco se tiende sobre ella. Con la rodilla separa los reticentes muslos. Las manos heladas de Xiu Lan se posan en el torso musculoso de Marco como para rechazarle.

Justo al lado, los gritos del recién nacido han cesado.

—*Bu yao** —dice ella.

—Espera —responde Marco en veneciano.

Tomando la mano de Xiu Lan la posa sobre su miembro viril presto para la conquista. Ella aparta la mano con un gesto de rechazo, y, sobresaltada, pugna por escabullirse, aumentando así el deseo de Marco. El veneciano le inmoviliza los brazos por encima de la cabeza, y con un empuje imperioso, se hunde dulcemente en el corazón de la flor secreta. Xiu Lan da un respingo de sorpresa, mordiéndose los labios.

—Pronto habrá terminado —le susurra él.

* «No», en chino.

El sol está ya alto en el cielo cuando Marco abre los ojos. Tiene la cabeza pesada, la nuca rígida. La botella está vacía en el suelo. Se promete no volver a beber nunca tanto. Los rayos del astro solar se filtran, brillantes, a través de la opacidad de la ventana. A su lado, las arrugas de las sábanas dibujan aún la silueta de dos cuerpos enlazados.

Está solo.

Se incorpora penosamente y llama.

Acude Xiu Lan, radiante. En la cruda claridad de la mañana, parece casi una niña. Se inclina con las manos unidas. Tras haber dicho dos palabras en chino, sale para regresar con un bol de té humeante y una jofaina de agua caliente.

—Déjalo en el suelo —pide él con un gesto.

Ella obedece y se arrodilla. Marco se levanta y llama a Shayabami. Aparece el sirio, llevando previsor un recipiente lleno de agua.

—¿Dónde está Sanga?

Marco se inclina sobre la vasija de arcilla, desdeñando la que contiene el agua caliente. Se salpica el rostro con el líquido helado. Al levantar la cabeza, de sus oscuros cabellos se escurre el agua sobre su torso.

El esclavo regresa instantes más tarde, seguido por Sanga.

—¿Qué pasa con los caballos? —pregunta Marco mientras se recorta la barba.

—El padre de ella desea verte.

—¡Allá voy!

Shayabami acaba de vestir a su amo como conviene al embajador del Gran Kan. Marco sale de la cabaña sin ni siquiera mirar a Xiu Lan. Cuando la muchacha se levanta para recoger el bol de té advierte, brillando en el suelo, una medalla en forma de estrella de seis puntas. La toma y corre hacia el exterior.

Marco atraviesa el pueblo tras los talones de Sanga. En un campito, uno de los hijos apisona la tierra recién removida.

En la estancia donde cenaron la víspera, el padre saluda con las manos juntas, doblándose con humildad.

—Te pregunta si su hija te ha dado plena satisfacción y te invita a tomar el té —traduce Sanga.

Se sientan en el suelo con las piernas cruzadas.

—*Certo*. ¿Ha reunido los animales de la aldea? ¿Cuántos ha encontrado, a qué precio puede venderlos?

Sanga va traduciendo.

La madre se acerca con el té y unos panecillos con miel.

—Te da las gracias por el favor que le has hecho, así como a su familia. Dice que desde que su hija era pequeñita la ha estado educando para ser concubina —explica Sanga.

Marco comprende, de pronto, por qué Xiu Lan tenía los pies vendados.

Ésta aparece en el umbral, mostrando en la palma de la mano la medalla que Marco ha perdido. Se acerca a su madre.

—Si estás contento de la chica, se sentiría honrado de cedértela a buen precio —traduce Sanga.

—No —replica Marco—. Sólo nos llevaremos sus tres caballos y sus mulos.

Saca la cartera y tiende al hombre unos billetes.

—Dice que es un precio muy honorable por su hija.

El hijo que trabajaba la tierra regresa con aire sombrío. Lleva la pesada pala en la mano. Intercambia una mirada con su madre. La mujer que muestra profundas ojeras, sirve los boles con gestos contenidos y los codos apretados contra el cuerpo. Sus labios cerrados expresan un dolor que nunca mencionará. Marco comprende de pronto: el pedazo de tierra recién removida era una tumba. Deja el pastel que estaba comiendo, incapaz de tragar otro bocado.

—Pero no la quiero. No voy a cargar con una chiquilla incapaz de caminar más de un cuarto de *li* —exclama el veneciano.

—Le debes un presente, no lo olvides, señor Marco —sugiere Sanga.

—Sí, claro está. Busca en nuestras mercancías algo que más tarde no vaya a hacernos falta. Dale calurosamente las gracias por su acogida. Insiste mucho en el hecho de que le agradecemos mucho que nos ceda sus animales. Dile que el precio «muy honorable» es por los caballos y los mulos. Vamos, Sanga, démonos prisa, quiero ponerme en camino lo antes posible.

Marco se detiene un momento al cruzar el umbral. Ve en los ojos de Xiu Lan una expresión de cólera y desafío que le recuerda a su esclava Noor-Zade, muerta durante el viaje. Pero él no desea tener que pasar de nuevo por semejante prueba. Se vuelve y se aleja a grandes zancadas.

Mientras Sanga traduce para el padre las palabras de agradecimiento de Marco, Xiu Lan cierra el puño sobre la medalla clavándose las uñas en la palma de la mano hasta hacerse sangre.

4

La huella del pasado

Cuando se ponen de nuevo en camino, el humor de Marco se hace cada vez más sombrío. Los animales que han comprado no están acostumbrados a los viajes y avanzan lentamente, tanto más cuanto que los tres caballos apenas merecen ese nombre. Los soldados y servidores deben contentarse con montar las flacas mulas. Después de haber dejado atrás las montañas heladas del oeste, llegan a una región cálida barrida por el monzón. Cuando alcanzan la provincia de Caindu, al oeste del imperio, Marco no hace mucho caso de las perlas que se extraen del gran lago. Los habitantes son extremadamente acogedores y se disputan el honor de recibir al emisario del emperador.

La expedición deja allí los inútiles jamelgos, pues los nativos les venden otros caballos por un precio módico. Los pescadores representan la elite de la población, pues para ejercer su oficio disfrutan de una autorización expresa, que el Gran Kan concede con parsimonia. De ese modo, el precio de las perlas se mantiene a un nivel lo bastante alto para el imperio y para sus súbditos. Lo mismo ocurre con una especie de piedra que Marco nunca había visto antes, de color azul y a la que llaman turquesa. Y cuando el dueño de la casa en la que se instala el extranjero le ruega que disponga a voluntad de su mujer y de sus hijas, y se apresura a desaparecer para esperar a que el huésped haya saciado sus intintos, Marco goza con moderado ardor de la ocasión que le recuerda, en exceso, su aventura en las montañas. En cambio, bebe sin moderación sus estupendos vinos de trigo, de arroz y de especias. Compra jengibre, canela de gran calidad y clavo, cuya flor blanca y pequeña le gusta.

El grupo se interna en la provincia de Karajan.* El capitán mongol pone por las nubes a la población, que, según el soldado, cuenta con excelentes criadores de caballos. Marco se apresura para adquirir nuevas monturas, confiando su elección al capitán, que las examina con mirada experta.

Sanga señala a Marco muchos templos budistas de hermosa planta. En la región encuentran también a gentes que profesan la doctrina de Mahoma y de Néstor. Tampoco allí tiene curso legal la moneda del Gran Kan. Utilizan para su comercio unas conchas blancas** parecidas a la porcelana.

---

* Yunnan.
** Probablemente cauríes.

El gobernador de la provincia los invita a compartir su mesa. La comida consiste en hígado crudo cortado a trocitos, con una salsa de agua caliente sazonada con ajos. El magnate les comunica que los soldados de Bayan han sido vistos, al parecer, más al sur, en las montañas cubiertas de bosques.

El veneciano apenas prueba el contenido de su plato.

Abandonan la provincia y entran en un territorio donde la vegetación hace la vida imposible al hombre. Las hojas, tan anchas como un luchador mongol, recogen el agua de la lluvia en la oquedad de sus nervaduras. Los mosquitos devoran con apetito a los miembros de la expedición. Cubiertos con sus inútiles armaduras, los soldados maldicen ese peso que se ha vuelto insoportable. Las pesadas espadas ya sólo sirven para cortar los enmarañados ramajes. Lo escarpado del terreno obliga a los hombres a bajar de sus monturas. Shayabami utiliza una de las grandes hojas para abanicar a su dueño, bañado en sudor. El calor asfixiante y húmedo les produce la impresión de estar respirando agua. Avanzan con mucha lentitud. La región les parece tan hostil que Marco decide, a pesar de sus reticencias, alquilar un guía local. Se deja convencer por un campesino tuerto que afirma que la pérdida de un ojo le ha dotado de la facultad de videncia, con lo que podrá advertirlos de cualquier peligro.

El tuerto les dice que tengan cuidado con una especie de dragones particularmente terroríficos. Ocultos en cuclillas tras un bambú gigante, los expedicionarios tratan de divisar a uno de ellos, a orillas de un río de aguas pantanosas. Marco tarda un rato en distinguir lo que su guía les señala: un animal vivo bajo la capa de lodo que le cubre. Tiene diez pasos de largo y es grueso como un tonel. Sus patas están provistas de grandes garras. La cabeza es enorme y los ojos brillan como bolas de ámbar. Las fauces son tan profundas que podría tragarse un hombre entero. Sanga traduce susurrando las explicaciones del guía.

—Parece un tronco de árbol, si no te fijas bien. De día, permanece bajo tierra huyendo del fuerte calor. Sólo sale por la noche para saciarse con todos los bichos que puede atrapar. Tiene una cola tan enorme que, cuando se desplaza, ésta va formando un foso en el que cabría toda una barrica.

—Diríase una enorme serpiente con patas —exclama Marco Polo con voz ronca.

—Los llaman cocodrilos.

Atento en adelante a los «troncos de árbol», el grupo prosigue su marcha. Los soldados se han quitado la armadura, bajo la cual se asfixiaban. Los caballos, acostumbrados como sus dueños a atmósferas más frías, avanzan con esfuerzo.

La noche cae en un abrir y cerrar de ojos. Los mongoles montan el campamento tan rápidamente como se lo permite la fatiga. El capitán asigna a cada cual un turno de guardia. Los soldados se duermen apenas acostados, ebrios de vino de arroz y de agotamiento. Marco estudia la ruta con el guía, luego se dedica a completar su mapa antes de sumirse también en el sueño. Sanga vela, observando al mongol de guardia que abre una nueva botella. Los ruidos del bosque se amplifican en la oscuridad. En lo alto resuena un ulular. Un rugido se escucha a lo lejos; un chasquido en la maleza, muy cerca... El soldado de guardia se ha dormido apoyado en su espada. Sus ronquidos hacen temblar unas cañas que crecen junto a sus pies. Sanga se levanta e intenta despertarle. Pero el guardia, embrutecido por el alcohol, sigue durmiendo como un bendito. Un nuevo crujido sobresalta a Sanga. Alejándose de sus compañeros, penetra en el bosque en dirección hacia el río. Se vuelve una vez y percibe, entre los helechos, las brasas de la hoguera. A medida que se acerca a la ribera, se da cuenta de que las hojas de las plantas parecen como arrancadas por una tormenta, aplastadas, destrozadas. Pero no ve huellas a su alrededor. El crepitar del fuego ya no se oye a su espalda. Un olor ácido asalta su olfato. Prudentemente, se arrodilla en la penumbra. La noche está iluminada por la media luna que brilla en el firmamento estrellado. Descubre en el suelo unos rastros sanguinolentos que parecen gavillas escarlatas. Ruidos de salpicaduras se perciben débilmente tras el biombo que forma la vegetación. En algún lugar, un animal está devorando un festín sangriento. Instintivamente, Sanga se lleva la mano a la cintura en busca de su daga. El miedo le atenaza de pronto la garganta.

Se dispone a desenvainar el arma cuando oye que se quiebran las primeras cañas.

Por encima de él, muy lejos, la montaña parece caer. La ladera se hace cada vez más pendiente. Marco se ve obligado a seguir trepando a gatas. Las rocas se desmenuzan bajo sus manos y se convierten en polvo. Sus dedos se hunden en la arena. La tierra se desliza a lo largo de sus brazos. De la montaña se desprende una constante arenilla, como si se tratara de un gigantesco reloj de arena. Abajo, unas siluetas envueltas en ropajes índigos se alejan con paso vivo, corriendo por la cresta de su pasado. Entre ellos, le parece reconocer a... Quisiera gritar, tanto para llamarla como para pedir ayuda, pero ningún sonido sale de su garganta. Las siluetas están ahora tan lejos que nunca podrán verle. Y la montaña sigue cayendo hacia el cielo.

De pronto, está abajo, a pocos pasos de ellos. Echa a correr. Ahora, está seguro de reconocer los rasgos de una mujer cuya larga trenza negra le llega a las caderas. Pero a medida que se acerca a ella, otras siluetas se confunden con la de la mujer, y son tantas que la ocultan del todo. Marco acelera el paso pero en balde. Le duelen las piernas. Siente una punzada en el vientre. Haciendo un supremo esfuerzo, avanza con mayor ímpetu, más deprisa. De una sola zancada, llega a la altura de la mujer. La agarra del hombro, la vuelve hacia sí.

—¡Noor-Zade! ¡Es imposible!

La joven uigur le dirige una sonrisa dulce y apacible, pero su rostro está lívido. No viste ya los andrajos de una esclava sino las sedas de una princesa.

—¿Dónde está mi hijo, Marco? —pregunta tranquilamente.

Los ojos de la joven se llenan de lágrimas y su rostro se contrae como un agua clara azotada por una súbita brisa.

Marco quiere estrecharla en sus brazos, pero cuando va a abrazarla, el cuerpo de Noor-Zade se convierte en polvo y ceniza.

Su propio grito le despierta cuando, fuera, el sol no ha aparecido aún.

Shayabami acude presuroso. Marco, empapado en sudor, le tranquiliza.

—*Tutto va bene*, Shayabami.

Cuando el veneciano se incorpora, siente las sienes oprimidas por un calor ya asfixiante. El guardia mongol se acerca frotándose los ojos. Marco aspira con alivio el nauseabundo olor, entre leche de yegua rancia, aliento aguardentoso y viejo sudor, que se le ha hecho familiar desde que salió de Venecia. Casi agradece que ese pueblo nómada no se lave, pues le da la oportunidad de recuperar un perfume tan tranquilizador como el del estiércol. En efecto, los mongoles consideran que el agua es sagrada y no desean mancillarla en modo alguno.

—Me he dormido, señor Marco.

Marco suspira.

—Es para ti una suerte que sigamos vivos.

—¡Será castigado! —exclama tras él el capitán, con voz cavernosa. Éste se despereza sujetándose los riñones con una horrenda mueca.

—¿Dónde está Sanga? —pregunta Marco.

Todos le buscan por los alrededores, sin gran convicción.

—Ha desaparecido —admite el guardia.

—¡Ha huido! —remacha el capitán.

Abrumado ya por el calor, Marco se pone a regañadientes la camisa que le tiende Shayabami.

—¿Por qué va a huir? Salgamos en su búsqueda —decide.

El capitán suelta un gruñido.

—Ya encontraremos otro, señor Marco.

—Capitán, sé que el valor de la persona no tiene para vos el mismo sentido que para mí. En cambio, sé que compartimos el mismo sentido del deber y la obediencia para con nuestro Señor, el Señor de todos, el Gran Kan.

El capitán, satisfecho, se yergue con la mano en el puño de la espada.

—Os ordeno que salgáis en busca de Sanga —dice Marco con voz firme.

El capitán suspira y se inclina con gesto cansado.

—Os espero en el campamento con mis hombres. Os cedo cuatro para la búsqueda.

Tras haber tomado un bol de té ardiente y unos filetes de pescado seco, Marco se interna en el espeso bosque con un soldado, mientras dos grupos más se separan en distintas direcciones. El mongol, armado con su espada, va cortando las lianas que dificultan la marcha. La vegetación es tan tupida que, a veces, pueden dudar de que sea de día. El soldado resopla como un buey, sofocado por el calor húmedo. Marco se desabrocha el cuello de la camisa. Una sensación de vacío le oprime desde que han abandonado las montañas del oeste. Se lleva la mano a la garganta, ¡su medalla! Comienza a escudriñar el suelo a su alrededor cuando, de pronto, medio sumergida en el río, ven a lo lejos una forma humana. Marco se precipita hacia ella.

—Está muerto —suelta con indiferencia el mongol—. Regresemos al campamento.

El veneciano se arrodilla ante el cuerpo ensangrentado de Sanga. El pecho del herido se levanta débilmente de un modo irregular. Sus ropas sanguinolentas ocultan sus heridas.

—Ayúdame. Vamos a llevarlo al campamento. Rápido.

El mongol agarra sin miramientos las piernas del intérprete. Marco le levanta por los sobacos. La camisa de Sanga se abre dejando al descubierto su hombro. A la vista del tatuaje que adorna la piel del herido, el veneciano se inmoviliza.

«¡Es imposible!»

Dao Zhiyu comienza a preguntarse adónde irá. Primero, había dirigido sus pasos hacia el lugar donde caen las estrellas fugaces. Pero le asalta la duda de si podrá seguir caminando tanto tiempo. Al no ser muy mayor, tiene todavía pocos recuerdos. Sólo conoce un lugar adonde está seguro de no querer regresar: el campo de jazmines. En cambio, no consigue pensar en un lugar adonde le apetezca ir. Sigue el curso de un río con cuya agua podrá calmar la sed. Al ver los animales de pelo y pluma que corren ante sus narices con desvergonzada arrogancia, lamenta amargamente no saber cazar. A veces, un conejo se detiene para observarle, como si se burlara de él. Dao habría preferido verle huir ante su proximidad. Ignora cuántas jornadas hace que se marchó, pero está seguro de que ha pasado más días de ayuno que días de banquete. Su pollo duró menos tiempo del previsto, pues fue incapaz de racionarlo. Un día comió incluso tres veces. Aún añora los huesos, bien roídos sin embargo, que abandonó bobamente a los gatos monteses. Vuelve a meditar mucho rato sobre el camino que seguir. Decidido a alejarse lo más posible de los gusanos de seda, resuelve continuar andando en dirección opuesta a aquella de la que procede. Aunque desconozca adónde va, ciertamente acabará llegando a alguna parte.

Entra en una pequeña aldea de unas pocas cabañas y consigue, por su cara bonita, que le ofrezcan un mendrugo de pan. Comparte incluso medio bol de arroz con la familia. Pero le dan a entender que no le pueden emplear para trabajar en los campos. A su pesar, Dao detesta la mirada de compasión que le dirige la madre. Rechaza la oferta de pasar la noche en la casa y reemprende su solitario camino. A menudo, saca de su bolsillo el capullo y se lo acerca al oído para escucharlo.

Recorre cinco *lis* más antes de que la noche caiga, y se derrumba al borde del camino. Allí, se examina los pies: sangran, están cubiertos por una espesa capa de piel blanca, que se ha abierto en varios sitios. Una vez sentado, el dolor le abrasa con súbita brutalidad. Desearía poder zambullir los pies en un barreño de agua helada. A falta de eso, se contenta con limpiarlos delicadamente con algunas hojas. Se frota las manos que tiene heladas, y hecho un ovillo se tumba en medio de unos matorrales, esperando el alba. Los ruidos de la noche no tardan en aterrorizarle. Crujidos de madera, rumor de ramas, silbido del viento, gritos de animales nocturnos. Si acabara devorado por un dragón enviado por el Gran Kan, nadie le lloraría. Sus padres deben de aguardarlo en alguna parte, ¿pero dónde? Nadie le ha dicho nunca en qué lugar fue encontrado. Pero ese sentimiento de soledad le proporciona el valor y la cólera que le hacen desear luchar por sobrevivir. Aunque tiembla de miedo, está tan agotado que acaba sumiéndose en un agitado sopor.

Durante toda la noche, no cesa de imaginar en sueños que cuenta con elocuencia la historia de su familia a una colonia de gusanos de seda capaces de hablar. Hay además unos dragones gigantescos a los que consigue derrotar llamándolos por su nombre. Cuando despierta, le cuesta volver a la realidad.

Tiene los pies tan doloridos e hinchados que ha de hacer un esfuerzo sobrehumano para ponerse derecho. Para colmo de desgracias, empieza a llover a cántaros. Dao Zhiyu prosigue su camino bajo el chaparrón, transido de frío, estrechando contra sí sus magros harapos. Las lágrimas corren por sus mejillas, mezcladas con las gotas de lluvia. Piensa en sus gusanos de seda. Se imagina convertido en uno de ellos, muy calentito bajo una gruesa cobertura de hojas de morera. Su vida sería corta, pero feliz. Comería hasta hartarse antes de encerrarse tranquilamente en su capullo. Claro que acabaría escaldado pero aceptaría esa muerte violenta, sin duda rápida y segura, con la tranquilidad de saber que iba a renacer hecho unas pacas de seda. Mientras que ahora está a punto de morir de hambre y de frío, perdido, olvidado por todos y sin el consuelo de decirse que su vida habrá servido para algo. Dispuesto a encontrar un rincón confortable donde pasar el tiempo que le queda antes de perecer, avanza a campo traviesa por un paraje desierto. No le parece que sea un buen lugar para morir, de modo que sigue caminando hasta llegar al pie de una colina desde la que podría otear el panorama. Reanimado por su proyecto, trepa por la pendiente. Jadeante, empapado, llega a la cumbre. El espectáculo que se ofrece ante él acaba de dejarle sin aliento. Su mirada, que hasta entonces no se posaba mucho más allá de sus pies doloridos, se extiende libremente hasta los confines del horizonte. El corazón se le dilata en el pecho ante lo que ven sus ojos.

El río cuyo curso ha estado siguiendo rodea mansamente la colina a la que acaba de trepar. Sus meandros se dirigen hacia un conjunto de tejados curvos y de puentes que se prolonga hasta la franja del azulado horizonte. Dao nunca ha visto tantas casas juntas. Están pegadas unas a otras y algunas constan de varios pisos, como si quisieran alcanzar el cielo. Otras se desparraman alrededor de unos patios cuadrados rodeados de farolillos. El río se ramifica en centenares de canales que inundan las calles de la ciudad. Las embarcaciones, amarradas junto a las orillas, son tan numerosas que sus mástiles se entrechocan y sus cordajes se entremezclan como los árboles de un bosque agitados por el viento. También hay calles enlosadas, sobre las que unos palanquines ricamente decorados avanzan como enormes animales de inseguro andar. Unos carros más pequeños van a un ritmo más rápido. De la ciudad asciende un rumor de multitud, de pasos presurosos, de viandantes que se llaman unos a otros, de vida que palpita. Más lejos, un lago espejea como una joya de mil facetas; reluciente bajo los rayos del sol, enmarcado por boscosas colinas que descienden en suave pendiente hasta sus riberas está surcado por diques sobre los que pasean diminutas figuras humanas, semejantes a hormigas. En sus aguas navegan embarcaciones de todos los tamaños, que se deslizan impulsadas por los brazos de los remeros. Jirones de bruma que flotan por encima del horizonte dan un aspecto irreal al paisaje.

De modo que eso es una ciudad.

Dao Zhiyu se ha inmovilizado, fascinado. Se saca de la manga el capullo que ha conservado con cuidado. Desde hace algún tiempo, no oye ya nada en el interior. La crisálida ha alcanzado su madurez. Se pone el capullo en la palma de la mano y aguarda. El insecto corroe pacientemente la cubierta para salir de ella. Por fin aparece, color de arena y oro, y despliega sus alas para emprender el vuelo. Muy conmovido, Dao lo mira remontarse en el aire hasta que lo pierde de vista. Luego, con una determinación que le hace olvidar sus pies doloridos, comienza a bajar de la colina.

Apartándose de los mongoles, Marco se aisla para poder reflexionar. El calor es tan intenso que las sienes le palpitan y debe sin cesar secarse el sudor que le cae en los ojos y se desliza a lo largo de su barba hasta su camisa. Privada ahora de intérprete, la expedición tropieza con enormes dificultades. Nadie es capaz de comprender al guía tuerto, a pesar de la buena voluntad que muestra el hombre. Para colmo de desgracias, Marco no ha encontrado su medalla, regalo de Michele, su compañero de Venecia con quien ha vivido mil peligros. Éste, quebrantado por la enfermedad, tenía el rostro demacrado, los ojos opacos, los miembros entumecidos, la mano crispada sobre el brazo de su amigo. Con sibilante respiración le suplicó a Marco que le quitase la medalla en forma de estrella de seis puntas. «Me la devolverás, Marco, cuando me haya curado.» A partir de entonces, el veneciano siempre la había llevado sobre el pecho, junto a su corazón que guardaba, como un diamante pulido por el tiempo, el recuerdo de aquel amigo tan valioso. El haberla perdido es mal presagio... Se arrodilla y, en voz baja, dirige una oración a la Virgen.

El capitán le interrumpe para sugerirle que, en vista de las heridas de Sanga, sería un acto de caridad el rematarle. El veneciano se persigna. Rechaza la proposición del capitán y toma la decisión de proseguir hasta encontrar el supuesto itinerario del general Bayan. Despide a su guía que le pide, sin embargo, que le permita acompañarlos hasta la próxima aldea. Más que la presencia del herido, lo que retrasa su avance es el terrible calor y lo abrupto de aquella montañosa región. El servidor de Sanga le ha lavado y vendado las llagas. Desde que lo recogiera a orillas del río, Marco no le quita ojo al herido, tendido en una litera arrastrada por un caballo de tiro. Pero Sanga parece no verle a él.

Por casualidad, encuentran en su camino a un joven cazador que habla mongol y se ofrece para ser su guía. El tuerto conversa largo rato con él, como si se conocieran. Aunque intrigado, Marco acepta contratar al nuevo cicerone, que parece enviado por la providencia. Al ver al herido, éste insiste en buscar un médico.

Se cruzan con los miembros de una tribu montañesa que van armados con jabalinas y escudos de bambú y confraternizan rápidamente con los mongoles. Éstos admiran su ballesta, tan potente que hacen falta tres de sus soldados para tensarla. Marco se sorprende al comprobar que cabalgan como los franceses, con riendas largas. Explican sus costumbres guerreras mediante grandes gestos, bastante comprensibles para los mongoles. El capitán informa a Marco que envenenan sus flechas.

—Son verdaderos bárbaros, necesitaban que el Gran Kan les aportase la auténtica civilización.

—¿Habláis de la civilización china o de la civilización mongol? —pregunta Marco.

—Escuchad: practicaban una curiosa costumbre. Mataban al huésped foráneo porque creían que su buen aspecto, su afabilidad y su sentido común permanecían, junto con su alma, en la casa donde había perdido la vida.

—¡Encantador!

—Estaba seguro de que os gustaría, señor Marco.

A la noche siguiente, Sanga sufre una crisis de temblores seguidos de sofocaciones, y por la mañana empieza a delirar. Marco acude a su cabecera. Las heridas del enfermo vuelven a sangrar. Su rostro ha palidecido como si la vida comenzara a abandonarle. Su cuerpo se sacude en violentos espasmos, como si quisiera expulsar su espantoso sufrimiento. Sus ojos están tan inyectados en sangre que ya no parecen negros y sólo reflejan el dolor.

Su servidor trata de tranquilizar a Marco, pero éste sigue escéptico. En el umbral de la cabaña, el veneciano se cruza con el guía, que insiste en que deben ir en busca de un médico. Marco entra en la cabaña que comparte con el capitán. Se acerca a Shayabami, ocupado en remendar los estribos de su amo, y se acuclilla.

—Tenemos que encontrar un médico. Al parecer, entre los chinos los hay excelentes.

—También hay muchos charlatanes, señor Marco.

—Siempre serán de más ayuda que ese servidor apocado.

El guía, que le ha seguido, le comunica que en los alrededores vive un médico famoso. Convence a Marco para que le acompañe a buscarlo, pese a las protestas del capitán.

El veneciano sigue al guía a través de la selva, en el calor asfixiante. Llegan a un caserío compuesto de unas cuantas cabañas. Marco se apresura a preguntar por el jefe. Éste se adelanta, mudo de respeto y temor ante las insignias del Gran Kan que ostenta Marco.

—Buscamos un médico —dice el veneciano en mongol.

El jefe le mira sin comprender. Una gota de sudor tiembla en su frente. «Tiene miedo de mí», se dice Marco.

Sin esperar, el guía se encamina hacia cierta dirección. Marco le sigue con impaciencia, rodeado de niños curiosos. Mientras se aproximan a una cabaña de bambú, el veneciano tiene la extraña impresión de que el guía sabe exactamente adónde le lleva. Éste aleja con un ademán a los niños, e invita a Marco a penetrar en la choza.

Prudentemente, el veneciano se asoma al interior, sumido en la oscuridad. Sin embargo, entreví la silueta de una persona acostada. Se acerca.

Distingue entonces que el yacente tiene unas finísimas agujas de plata, no más gruesas que las cuerdas de una cítara, clavadas en ciertas partes del cuerpo.

Impresionado, desenvaina lentamente el sable.

—Este hombre está enfermo —dice a sus espaldas una voz en mongol.

El veneciano se vuelve, bruscamente sobresaltado y empuñando el arma.

Acuclillado en el suelo, un chino delgado le observa tranquilamente.

—¿Quién eres? —pregunta Marco amenazador.

El otro no se inmuta.

—Soy el que cuida.

Su rostro muestra las huellas de un pasado más propio de un guerrero que de un médico: está surcado por profundas cicatrices... de cortante relieve, que hacen que su interlocutor se fije más en ellas que en los ojos del color del lodo. El chino oculta las manos en la embocadura de las mangas de su jubón. Tiene la nariz aplastada, lleva los cabellos recogidos en un moño bajo sobre la nuca y se cubre con un amplio sombrero de paja. Está sentado sobre los talones, pero parece ágil y dispuesto a saltar.

—¿Y así le cuidas, traspasándole con pinchos? —exclama Marco horrorizado.

El chino sonríe.

—Influyendo en sus meridianos para restablecer su *qi* protector.

Marco se acerca, realmente intrigado.

—¿Te parece que sufre? —pregunta el chino.

Marco observa con atención al hombre de rostro apacible, que tiene los ojos cerrados.

—No —admite.

—También vos necesitaríais mi medicina.

Marco suelta la carcajada.

—*Ohimé!* Ni hablar.

—¿Qué hacéis aquí entonces? Dejadme seguir con mi terapia.

—¡Ignoras con quién estás hablando!

—Los de nuestra tierra no necesitamos saberlo para hablaros.

Reina un silencio muy tenso. Los mosquitos zumban a su alrededor. Del interior de la choza llegan risas infantiles. Marco cree ver brillar la hoja de un arma blanca en la mano del chino, por lo que le muestra las tablillas de oro del emperador.

—Tienes ante ti al emisario del Gran Kan. Estas tablillas me confieren, en sus tierras, los mismos derechos que el emperador.

—No leo el mongol —dice el chino sin dignarse mirar lo que Marco le enseña.

Éste prosigue:

—Aquí está escrito: «El que lleve esta tablilla de mando debe ser obedecido y tratado como si fuera yo mismo».

El semblante del oriental se crispa, brillante de sudor.

—Los mensajeros ordinarios del Gran Kan no llevan esa clase de tablilla —manifiesta.

—Yo no soy un mensajero ordinario. Pero tú —observa Marco frunciendo el ceño— pareces conocer muy bien las clases de tablillas de mando del Gran Kan.

El chino se relaja bruscamente y le dirige una sonrisa desdentada.

—Viajo mucho. ¿Qué buscáis? Sin duda puedo seros útil.

—Busco un médico.

—Me habéis encontrado.

Marco le contempla, nada tranquilizado.

—¿De dónde eres? Conoces el mongol aunque no lo leas.

—Soy un súbdito del imperio chino.

—Muy pronto, el imperio chino ya no existirá.

—El imperio chino existe desde hace milenios. Siempre renacerá. Soy un médico ambulante, vivo en los caminos, como vos.

—¿Y tú qué sabes?

El hombre hace un ademán hacia Marco.

—Lleváis encima vuestra casa. Tenéis la mirada de un hombre cuyos ojos han visto mucho. Por eso he comprendido que no tardáis una semana en hacer vuestro equipaje y que no habéis encontrado la concubina que os encierre entre las cuatro paredes de su habitación.

Marco sonríe. Baja el sable.

—Mi nombre es Marco Polo —dice saludando al estilo chino.

—Ai Xue —le responde el médico del mismo modo.

—Uno de mis compañeros está mal...

—¿Dónde?

El galeno se levanta y recoge su calabaza. Sus enormes dedos parecen haber sido aplastados. Las uñas crecen retorcidas surgiendo de una piel correosa. Lo que más intriga a Marco es la fugaz visión del fino puñal que el chino disimula en la palma de la mano.

—Aquí está escrito: «Curación rápida y asegurada» —traduce Ai Xue presuroso, mostrando nítidamente la hermosa caligrafía en tinta negra trazada sobre su calabaza.

Antes de seguir a Marco fuera de la cabaña el médico le quita con gestos vivos las agujas al enfermo. El guía mira con expresión de sorpresa al galeno que, discretamente, le hace una seña tranquilizadora.

«De momento, le necesito», piensa Marco, que está sobre aviso.

Regresan a la aldea tan deprisa como la vegetación lo permite. El chino parece acostumbrado a este ejercicio, pues franquea con firmes zancadas los nudosos troncos y se desliza, ágil, entre las lianas.

Los mongoles aguardan al veneciano abanicándose con grandes hojas mientras vacían concienzudamente botella tras botella de vino de arroz. Las moscas zumban alrededor del intérprete acostado. Con un gesto, Marco invita a Ai Xue a examinar a Sanga.

El médico se inclina sobre el herido. Le baja el párpado inferior, le abre la boca y le toca la lengua, que tiene muy blanca.

—¿Ha pedido comida o bebida?

—No.

—¿Qué le dais?

—Caldo y vino de arroz.

El médico, inmóvil largo rato, posa tres dedos en la muñeca derecha del herido, luego en la muñeca izquierda.

—Afortunadamente, los órganos mayores no están afectados. ¿Habéis matado al cocodrilo?

Marco niega con la cabeza.

—Encontramos a Sanga en el estado en que lo ves, tirado en la orilla del río.

—Es una lástima. Hay que extraerle al animal la hiel del vientre, con la que se hace gran medicina contra la rabia o la esterilidad.

Marco aprieta los dientes.

—Vuestro hombre debió de interrumpir al reptil mientras éste comía su comida —prosigue Ai Xue.

—¿Cómo lo sabes?

—De otro modo, lo habría devorado de un bocado.

—Dudo que Sanga quisiera robarle la pitanza al monstruo.

—Es posible, pero el cocodrilo lo ignoraba. Los animales salvajes detestan que los molesten mientras comen. ¿Vos no, Marco Polo? —dice volviéndose hacia el extranjero.

—Serías el primero en considerarme más salvaje que bárbaro —comenta sonriendo el veneciano.

El médico abre su calabaza. Marco le retiene con un gesto.

—Espera, explícamelo primero.

—¿No confiáis en mi habilidad y mis drogas? Sin embargo, os habéis desviado de vuestra ruta para venir a buscarme. Encontrarme era vuestro karma, y vos lo ignorabais.

Marco retira la mano.

—Haz lo que te pido.

—El miedo ha hecho descender su *qi*, que está muy agitado. Los pulmones apenas reciben el *qi*, lo que explica que respire con dificultad. La comunicación entre el corazón y los riñones se ha debilitado, por eso delira y tiene un sueño turbado. Su herida se ha agravado por una congestión pectoral provocada por el enfriamiento que sufrió por la noche. El pronóstico es grave.

—A mí, su rostro me parece del color de la leche de yak —susurra Shayabami dirigiéndose a Marco.

—Mi saber se transmite de padres a hijos. No puedo explicaros en pocas palabras los vínculos del hombre con el cielo, la tierra y las estrellas. Se necesita una generación para ser un buen médico —dice Ai Xue.

—¿Ya has completado tu aprendizaje? —pregunta Marco con una pizca de ironía.

Ai Xue, sin ofenderse, saca de su calabaza unas bolsitas que contienen plantas secas y polvos variados. Toma varias dosis y las asa en las brasas.

—¿Por qué quemas las medicinas?

—Al tostarlas al fuego, adquieren el poder de detener el flujo sanguíneo. Luego, le administraré las tres amarillas para impedir que sus llagas se hagan más grandes. Hay que alimentarlo con carne en todas las comidas, para que sus heridas se cierren rápidamente.

Marco le observa, medio convencido.

—Te quedarás con nosotros hasta que se cure. Serás generosamente recompensado. De lo contrario, te haré ejecutar.

Ai Xue sonríe ante la amenaza.

—Yo he hecho mi trabajo, mis medicinas harán el suyo.

—¿Al igual que yo confié en el azar para encontrarte?

—Dice el sabio: «El azar es a menudo más fuerte que tú, pues él sabe».

Reemprenden el camino hacia el sudeste y cabalgan varios días atravesando la provincia de Zardandan, al sur de Caraian.* Marco ha puesto a Ai Xue bajo la discreta vigilancia de los soldados mongoles, recomendándoles que le traten con el respeto debido a su oficio. El médico prodiga sus diarios cuidados a Sanga. Le aplica emplastos y se los cambia dos veces al día.

La vegetación se ha hecho tan densa que a Marco le parece que los árboles van creciendo a medida que ellos avanzan, a fin de retrasar su progresión. A pesar del follaje que oculta el sol, el calor es tan intenso como si caminaran en pleno desierto. El aire es tan húmedo que su transpiración se mezcla con las invisibles gotas de agua que los rodean. Medio aturdidos, sudan como si tuvieran fiebre. Las ropas se les pegan a la piel. Los soldados mongoles, congestionados, resoplan como bueyes. Su capitán, tan incómodo como ellos, los autoriza a quitarse la ropa que visten bajo la armadura. Pese a los cuidados de Ai Xue, Sanga sigue estando muy débil. Tiene accesos febriles cada vez más difíciles de calmar. La humedad hace que sus

* En la frontera de Birmania y el Tonkín actual, cuya capital está situada en el Alto Mekong.

heridas cicatricen muy lentamente. Marco no consigue ya orientarse con el mapa. Todos han perdido la noción del tiempo y cuando, por fin, descubren unas chozas de madera, están seguros de haber recorrido miles de *lis*.

Penetran en la aldea con precaución. Los pobladores viven casi desnudos, lo que provoca la envidia de Marco. Es evidente que los indígenas se burlan del aspecto de los extranjeros, y al reírse, los hombres muestran los dientes cubiertos por entero de placas de oro. Marco los observa, fascinado, y como ellos le miran con la misma curiosidad, acaba riéndose también. Sólo las mujeres conservan su dentadura natural. Todos llevan el cuerpo e incluso el rostro decorados con unos dibujos que representan leones, dragones y pájaros fantásticos.

Ante el carácter pacífico de la tribu, Marco ordena hacer un alto para que cada cual recupere las fuerzas. Los mongoles desmontan para aliviarse tras las grandes hojas de unos árboles anchos como toneles. El capitán autoriza a sus hombres a vestir como deseen. Les recomienda sin embargo que desconfíen de los licores que puedan ofrecerles los indígenas.

Estos se prestan de buena gana a satisfacer la curiosidad de los extranjeros, invitándolos a una sesión de tatuaje. El paciente está tendido mientras le hincan en la piel un pincho teñido con pigmento. La sangre brota con cada alfilerazo. Esos dibujos no desaparecen nunca, y cuantos más luce en su piel un individuo, más apuesto y elegante se le considera.

—¡Agujas! Eso es algo de lo que sí entiendes, Ai Xue —bromea Marco.

—Las nuestras no hacen correr la sangre, señor Marco.

El médico intercambia unas palabras con los indígenas. Éstos proponen al extranjero que elija su tatuaje. Algo asustado, el veneciano se presta a ello por desafío. Ai Xue despliega una hoja de papel cubierta de caligrafía. Marco acepta que le tatúen un ideograma en la parte interior de la muñeca.

—¿Qué significado tiene?

—¡Pero si tienes todos los brazos rojos! —exclama Ai Xue.

—Los mosquitos. Deben de considerarme un manjar refinado.

El médico saca de su calabaza una bolsita de piel.

—Toma este polvo y préndele fuego. El humo los alejará.

Con los dientes apretados, Marco se deja pinchar mientras observa atentamente el trabajo de precisión del artista, concentrado en su obra.

—*Per Bacco!* Ai Xue, ¿me explicarás el sentido de este dibujo?

—El sabio dijo: «Si contratas a un hombre, no debes dudar de él; si dudas de él, debes despedirle».

Marco vuelve la cabeza, apabullado.

Durante su estancia de pocos días, una de las mujeres da a luz a un niño. Apenas nacido el pequeño, ella se levanta para envolverle en unos pañales, limpiar la cabaña y preparar la comida de su marido. Éste, con gran sorpresa de Marco, ocupa el lugar de su mujer en la cama, con el lactante en brazos, y recibe los parabienes de toda la aldea. Ésa es la costumbre, destinada a que el hombre recupere las fuerzas que ha perdido concibiendo a su progenie. Su descanso dura más de un mes, durante el que todos los pobladores van a felicitarle y ofrecerle toda clase de regalos, mientras la joven madre le sirve y amamanta al bebé.

Con objeto de apresurar el restablecimiento de Sanga, los nativos dirigen sus ruegos al decano de la aldea, pues no tienen ídolos ni iglesia, sino que adoran a sus ancestros, de los que todos descienden.

Mientras prepara la partida, Marco negocia con las mujeres de la aldea la adquisición de víveres, carne y arroz. Ellas son las que se encargan del comercio, mientras que los hombres son, ante todo, cazadores y guerreros. Marco no puede pagarles con el papel moneda que no es de curso legal en esos parajes alejados del imperio del Gran Kan, donde utilizan para sus intercambios el oro y los colmillos de jabalí. Marco les entrega lo primero, pues no dispone de lo segundo. Ai Xue intercambia con el brujo de la aldea secretos de curandero capaces de ayudar al cuerpo a expulsar la enfermedad.

Gracias a esos días de descanso, la salud de Sanga mejora, la fiebre cede por fin. Aunque muy débil, insiste en caminar y comer. Ai Xue hace que le preparen menús especiales, adaptados a su estado. Invita a Marco a visitar a su paciente.

—Tu ciencia es tan venerable como tú, Ai Xue —le dice Marco que, agradecido, saca la cartera y comienza a desatar los lazos de cuero. Ai Xue le detiene.

—Aquí, los que son ricos como vos sólo pagan al médico mientras gozan de buena salud.

—Acepta mi dinero, es una costumbre de las mías.

Ai Xue toma los billetes sin vacilar.

—Aunque sé que estás a miles de *lis* de tu casa... —prosigue Marco—, ten en cuenta que eres libre de partir.

—Estoy en mi casa allí donde están mis enfermos.

—Entonces, acepta unirte a nosotros. Podríamos necesitar de nuevo tus habilidades.

—El sabio dijo: «No es el sol el que da la luz, es el ojo que se abre para recibirla» —responde el médico antes de salir de la cabaña.

El veneciano se acerca a Sanga, que acaba de abrir los ojos por primera vez desde hace varios días.

Al intérprete le cuesta hablar porque tiene la boca reseca.

Marco le hace beber un sorbo de vino de arroz. Sanga está a punto de ahogarse hasta casi partirse el pecho. La cara se le congestiona.

—En cualquier caso, tienes buen aspecto —bromea Marco.

—Me da la impresión de haber sido tragado y escupido por un cocodrilo que me encontró indigesto.

—Es poco más o menos lo que te ocurrió, aunque antes de escupirte, te masticó un poco.

Sanga consigue esbozar una sonrisa.

—Démonos prisa, Marco, cuanto antes hayamos encontrado a Bayan, antes regresaremos a Khanbaliq.

De pronto, el intérprete rompe a sollozar como un niño.

Marco se acerca más a él y le mira compasivo. Sanga se quita la camisa empapada en sudor. El veneciano no puede apartar la mirada del hombro del convaleciente.

—Perdonadme, señor Marco, me comporto como una mujer. A veces incluso las envidio porque pueden mostrar sus debilidades.

El veneciano sacude la cabeza, impotente ante un dolor que no comprende.

—Soy el príncipe Sanga, llegé a la corte del Gran Kan hace ya quince años. Toda mi familia fue aniquilada por Kaidu y este malvado juró acabar conmigo. Pensé que al estar en vuestra compañía, lejos del mundo, en un lugar perdido entre Catay y Manzi, Kaidu había perdido mi rastro —exclama el herido con perceptible angustia.

—Kaidu nada tiene que ver con tu percance, Sanga. Te atacó un cocodrilo.

—¿Cómo sabéis que fue uno de esos monstruos? —exclama el otro con ira—. ¿Estabais presente vos para socorrerme?

El veneciano suelta un suspiro.

—Nunca tendré respiro —continúa Sanga—. Kaidu me perseguirá siempre. Salvo si me vuelvo poderoso. Entonces seré intocable.

—¿Quién lo es, salvo el Gran Kan? —se pregunta Marco.

Sanga se incorpora con un brillo de rabia fulgurando en sus húmedas pupilas.

—Vos podéis ayudarme a adquirir poderes, señor Marco Polo. Es lo que pretendía P'ag-pa al mandarme con vos por los caminos de China. Su plan es aupar al clan de los budistas en la corte. Se sabe enfermo y hace lo posible para que yo le suceda.

—¿Por qué me dices ahora todo eso? —pregunta Marco frunciendo el ceño.

Sanga aprieta los labios como si se arrepintiera de haber hablado demasiado. Entre ambos se instala un pesado silencio.

—Sanga, muéstrame tu tatuaje. —El intérprete contempla a Marco con asombro—. Lo descubrí cuando te rescaté a orillas del río, tu ropa estaba hecha jirones.

Aliviado al poder cambiar el tema de conversación Sanga estira el brazo.

Por haberlo admirado mucho tiempo en una piel más delicada, Marco ha reconocido enseguida el dibujo, medio tigre, medio dragón, que el intérprete lleva en el hombro. Un amargo sabor invade su boca. Siente el deseo de acariciar aquel motivo, como si pudiera resucitar la suavidad de la epidermis que lo lucía. Él solía reseguir la línea de aquel hombro hasta llegar al escote... Le parece conservar en la mano la sensación aterciopelada de aquella garganta y aquellos pechos color canela. Un estremecimiento le recorre al recordar aquella piel con perfume de miel.

Cuando Sanga repliega el brazo contra el costado, las fauces del dragón tiemblan sobre los músculos del herido.

—Conocí a una muchacha, llamada Noor-Zade, que llevaba el mismo tatuaje —confiesa Marco.

Con un ademán altivo, el intérprete rechaza tal contingencia.

—¡Es imposible! Sólo los de mi clan... Y no conozco a ninguna Noor-Zade. La única niña que llevaba este signo era mi hermana y se llamaba Alva.

Marco nota que se la hace un nudo en la garganta.

—¿Qué ha sido de ella?

—Fue asesinada durante la expedición de Kaidu, como todos los demás.

Marco contiene la respiración.

—¿Estás seguro? —pregunta.

—¿Por qué remover todo eso?

—¿La viste morir? —insiste Marco.

—No, claro, yo estaba en la corte, en Khanbaliq. Mi padre me había mandado allí porque yo era el primogénito. Esto me salvó. No hubo supervivientes entre los míos.

—Aun siendo así, ¿recuerdas si tenía alguna señal distintiva?

Sanga sacude la cabeza, incrédulo...

—No sé... Era una niña aún. Ya no recuerdo... Prometía ser muy bella.

El veneciano, impaciente, da una patada en el suelo.

—Haz memoria —repite febril a su amigo—. Es muy importante.

Sanga lanza un largo suspiro. Marco aprieta el puño.

—Sabía leer y escribir. Nuestro padre quiso que todos sus hijos se instruyeran. Era la mejor de sus alumnos.

Marco está en ascuas.

—¡Es ella! ¡Llevaba el mismo tatuaje que tú! En la parte interior del brazo donde la piel es fina... Parecía una joya incrustada en la carne —precisa dibujándolo con el dedo.

El príncipe uigur se incorpora sobre los codos, con los ojos centelleantes.

—Precisamente en esta parte del brazo... ¡Contadme más cosas de ella! —ordena, imperioso de pronto.

—Mi padre la llevó consigo hasta Venecia, de donde procedo. Allí fue vendida a una dama que yo conozco.

—¿Vendida? —murmura Sanga— ¿Por un mercader como vos?

Marco inclina la cabeza con pesadumbre.

¿Cómo confesarle que él mismo la había vendido, en el Rialto, al mejor postor?

—Y la dama me la regaló más tarde.

—Entonces, vuestra esclava uigur era mi hermana menor —admite Sanga, conmovido por la evidencia.

—Le juré que la llevaría a su casa.

El herido se levanta a medias, como si el dolor que le traspasa el alma le infundiese fuerzas. Cierra el puño, dispuesto a golpear.

—¿Qué le hicisteis? ¿Dónde está? ¿La vendisteis a otro de los vuestros? Ya no os satisfacía, ¿no es eso?

Intenta arrojarse sobre Marco.

—¡Sanga! ¡Cálmate! ¡Yo ignoraba que fuera de tu sangre!

—¡Perro sarnoso! ¡Era mi hermana! ¡Vos la forzasteis!

Al veneciano no le cuesta mucho sujetar a Sanga.

—¡No la forcé, yo la amaba! —reconoce Marco.

—¿Dónde está? —vuelve a interrogar Sanga, trastornado por la emoción—. La creía muerta. Ahora sólo me queda ella. Kaidu acabó con todos los míos.

Marco le suelta.

—Por desgracia, Sanga, ha llegado para ti la hora de llorarla de verdad. Exhaló su último suspiro en mis brazos. Confié su cadáver a unos monjes que lo quemaron, según vuestra costumbre.

—¿Acaso debiera agradecéroslo?

—No.

—Sólo me quedaba ella... —repite Sanga, derrumbándose—. Qué crueldad darme una esperanza para arrebatármela enseguida. Entonces, yo soy el último.

Marco vacila unos instantes.

—No del todo... En fin, tal vez. Hay algo que no puedo ocultarte.

Sanga levanta sus vivos ojos hacia Marco.

—Durante el viaje, ella dio a luz un hijo —revela éste.

—¡Le hicisteis un bastardo! —suelta Sanga con lágrimas en los ojos.

—No te preocupes por ello. Fue raptado por un esbirro de Kaidu. Debe de haber muerto a estas horas.

Sanga frunce el ceño.

—También creía que mi hermana había muerto de niña y no era cierto...

¿Y si tuviera razón, y si el niño estuviera vivo en alguna parte? Marco guarda silencio con los ojos cerrados, siente el corazón oprimido por una emoción insospechada, olvidada, al recordar las descarnadas mejillas de Noor-Zade y sus últimas palabras.

«Mi vida termina hoy, pero con vos habré vivido los más hermosos instantes... —había dicho ella dulcemente—. Os lo suplico, no abandonéis a mi hijo... —Como Marco permaneciera silencioso, había añadido—: Estáis unidos el uno al otro. Es vuestro karma, señor Marco.»

El veneciano se había llevado la mano al corazón, y le había dicho gravemente:

«Yo te prometo encontrar a tu hijo, Noor-Zade».

¿Qué había hecho desde que llegara a Catay, para cumplir su palabra?

—Sanga, si antes eras mi amigo, ahora podría considerarte casi mi hermano...

—Sigue hablándome de ella —le ruega Sanga con vehemencia.

En las estrechas calles repletas de un pululante gentío, donde hay que esquivar los *rickshaw* que corren a ciegas, Dao Zhiyu se extravía. La muchedumbre es muy numerosa, y sin embargo nadie parece conocerse. No se saludan; incluso se empujan. Dao Zhiyu se siente desamparado y excitado a la vez. Las puertas de las casas dan a minúsculos talleres y tiendas donde trabajan niños. Se detiene para observar. Agachados, apiñados entre tallos de bambú bajo la vigilancia de un adulto provisto de un bastón, los chiquillos confeccionan cestos y sombreros. La luz del día se filtra con dificultad por las estrechas tablas del techo, a través de las cuales sólo unos pocos rayos de sol consiguen penetrar. No obstante, el ambiente es relajado. El trabajo no sigue un ritmo constante. Los chiquillos lo interrumpen a menudo para bromear. Intercambian sonrisas que descubren sus escasos dientes de leche. Uno de ellos abandona su tarea y se interna en las sombras de la tienda para tenderse sobre un delgado jergón, desapareciendo en la oscuridad de un rincón. Dao Zhiyu imagina que se ha dormido enseguida, rendido de fatiga, pues no le ve ya moverse. Por detrás, el taller se prolonga en un sombrío patio de donde parte una maraña de callejas.

La presencia de Dao no pasa desapercibida. Los niños susurran entre sí señalándole con el dedo. Siente que se ruboriza, le tiemblan las piernas. Vacila, deseoso de pedir al patrón que le contrate. Ignora cómo consiguen los niños manejar los tallos de bambú con tanta destreza, pero se dice que ya lo aprenderá. ¿Aceptaría el patrón concederle algún tiempo? Él iría devolviéndoselo poco a poco...

De un modo inconsciente, Dao da un paso adelante y el patrón, advirtiendo la agitación de sus jóvenes obreros, mira hacia el exterior de la tienda. Se aproxima a la puerta levantando su bastón. Instintivamente, Dao Zhiyu retrocede.

—Eh, pequeño, ¿qué quieres?

Su tono no es amenazador y el hombre ha bajado el bastón, pero es demasiado tarde. Dao Zhiyu ha puesto pies en polvorosa, y en su carrera derriba a alguien que va cargado y que le lanza una lluvia de insultos. Después de una huida que le parece durar horas, Dao encuentra refugio en un ángulo de una calleja tan oscura que en ella nunca es de día. Se acurruca allí temblando, solo en el mundo y acongojado, y se echa a llorar sin hacer ruido.

El rosa del alba. Dao Zhiyu se levanta de un brinco y comienza a andar de un lado a otro para calentarse los pies yertos de frío. Perfumes de pan y miel caliente le cosquillean la nariz. Hace ya tiempo que, por primera vez en su vida, Dao Zhiyu ha decidido conocer la vergüenza de mendigar. Los demás chiquillos, encogidos sobre sí mismos y con las manos tendidas al vacío, despiertan en la posición en la que se durmieron. Sucios, con el pelo lleno de piojos, se miran unos a otros. Se cuentan, enumeran a los que han sobrevivido una noche más. Se ríen por nada. Se rascan constantemente, espantando con la mano que no mendiga las moscas que revolotean a su alrededor con un adormecedor zumbido. Negocian con una jovencísima muchacha para que les deje su bebé aquel día, a fin de enternecer a los viandantes. A ella le cuesta separarse de su hijito, aunque al alquilarlo, dobla su ganancia cotidiana.

Las niñas no permanecen mucho tiempo con la mano tendida. Siempre hay un alma caritativa que les encuentra una buena casa donde se ocuparán de ellas a cambio de que ellas se ocupen de los clientes.

Dao Zhiyu se esconde en su rincón de la calle, atento al menor peligro. Ignora que nadie se extraña de su presencia allí, en aquel lodazal. Algo más lejos, rutila un magnífico palanquín nuevo. Es imposible aislarse en esa muchedumbre donde todos se confunden, como si creerse distinto constituyera un inaguantable descaro. Dao anhela de todo corazón ser como los demás, aunque no muy bien si quiere ser de esos demás que viajan en sus palanquines, o de los otros que han renunciado ya a soñar en salir de la miseria. Sea como sea, después de verse tantas veces señalado con el dedo a causa de su evidente mestizaje, Dao Zhiyu ha acabado por sentirse orgulloso del misterio de sus orígenes.

—¿Qué estás haciendo aquí, en nuestros dominios? ¿De dónde sales, sucio bastardo?

Un chiquillo que le saca una cabeza le empuja con violencia. De inmediato, Dao Zhiyu lo derriba de un puñetazo. Se encuentra al instante rodeado por una pandilla de chiquillos sucios y piojosos, aunque decididos. El mayor de ellos comienza a darle patadas, a las que Dao Zhiyu responde con todas sus fuerzas.

—¡Estás chalado! ¿No sabes que esto es propiedad privada? Si quieres instalarte, has de pagar. Y a ti te saldrá más caro. Bueno, ¿has perdido la lengua? ¿Es que no habláis en tu país?

Vuelven a arreciar los golpes. Dao Zhiyu, ante lo numeroso del enemigo, se encoge intentando protegerse.

—¡Dejadlo, es mudo!

Uno de los pequeños que dormía con Dao ha intervenido de pronto. La pandilla se calma poco a poco.

—¿Qué estás diciendo, Xighang? ¿Es mudo?

—Nunca le he oído hablar.

—¿Ah, sí? Al ser mudo es como si fuera sordo, no sirve para nada. Lástima que no sea ciego o tullido. Aunque, bien mirado... eso puede lograrse...

El jefe avanza hacia Dao, amenazador.

Dao se ha levantado, y con las rodillas flexionadas, los puños en alto y los ojos entornados, se dispone a defenderse con la rabia de un animal herido.

El pequeño Xighang retiene al jefe por el brazo.

—Espera un momento... Si es mudo, significa que no habla.

—¡Bravo! Sólo tú podías llegar a esta conclusión.

—Y si no habla, significa que no puede dar nombres...

5

La muerte del emperador

Al día siguiente, cuando los expedicionarios van a partir, los aldeanos les aconsejan que atraviesen la selva a lomos de elefantes. Aunque aquellos monstruos le provocan cierta reticencia, Marco se deja convencer por fin. Ha intentado en vano venderles los caballos a los nativos, pero en cambio éstos le ayudan a elegir y comprar los elefantes. Despide a su guía que habla mongol y no conoce la región, y convence al anciano de la aldea para que le permita llevarse a un muchacho que les haga de cicerone por las más peligrosas pistas. Sanga, que sufre de vértigo, se queja de que se marcará sentado en el paquidermo. Ai Xue le procura medicinas para aliviarle. Encaramado en un enorme elefante, Marco, algo intranquilo al principio, se relaja y comienza a apreciar la vista que percibe por encima de la maleza. Cabalgan a través de inmensas selvas sin encontrar hombre alguno. Descubren rinocerontes, que al principio a Marco le parecen fantásticos unicornios, pero que se asemejan a enormes bueyes con la piel gruesa y gris. Al parecer no les incomoda la presencia de pájaros o insectos en su lomo. Los soldados del séquito de Marco, ahogados de calor, añoran el viento de las estepas que sopla sobre la yurta en invierno y la nieve que es preciso apartar para salvar a los rebaños. Están ahora en el imperio birmano, al sur de Mandalay, no sometido aún al Gran Kan. El mapa, que Marco no consigue ya descifrar, no revela nada acerca de este territorio desconocido, que se hace cada vez más impracticable. Las pistas son muy estrechas, encajonadas entre enormes troncos de árboles asfixiados por nudosas lianas y plantas trepadoras que tienen un inquietante aspecto de reptil. Las expediciones avanzan con cautela, por temor a caer en alguna fosa cubierta por la hojarasca. Un día, llegan al borde de un valle que parece una llaga abierta por un terremoto. Está recorrido por un torrente alimentado por una cascada que, aguas arriba, se desploma levantando una nube casi opaca de gotas de agua que envuelve la copa de los árboles en un halo que se confunde con el cielo. Un puente de bambú cuelga por encima del precipicio, oscilando ante las violentas corrientes de aire provocadas por los remolinos de la catarata. El guía desciende de su elefante y, sin más dilación, lo conduce hacia el puente, indicando por signos a los demás que pasarán uno a uno. Con calmado andar, el hombre y el animal cruzan sin inconveniente la pasarela. El grupo lanza un suspiro de alivio. Marco se ofrece a ser el siguiente. Desde su salida de Venecia, ha aprendido a eliminar las inquietudes mediante la acción. Desde el otro lado del abismo, el guía le dirige una sonrisa de aliento. El veneciano se decide a imitarle. Pero nada más poner el pie en el puente, éste comienza a bambolearse como una barca. Abajo, el torrente parece muy lejano. Marco tiene la impresión de hallarse en lo más alto de un campanario. El corazón le palpita enloquecido en el pecho. Con un esfuerzo de voluntad, levanta la cabeza, mira fijamente hacia delante e inicia el segundo paso. Su elefante le sigue con docilidad. Desde enfrente, el guía le indica que sólo se fije en dónde pone los pies. Obediente, Marco se dedica a contar los nudos de las cuerdas de bambú que forman el piso de la pasarela. Pero al llegar con el paquidermo a la mitad del puente, éste se columpia como un barco en plena tormenta. Marco se aferra a la cuerda que sirve de barandilla, felicitándose por estar acostumbrado a navegar. Quisiera avanzar más deprisa, pero los vaivenes del puente se lo impiden. Los últimos pasos le parecen durar horas. Cuando pone el pie en tierra firme, las piernas apenas pueden aguantarle. Se deja caer sentado, débil y sin fuerzas, y entonces advierte que está empapado en sudor. No le resulta menos duro contemplar la travesía de sus compañeros, y ha de esperar largo rato hasta que todos hayan pasado. Es preciso regar con vino de arroz el éxito de la empresa antes de que los soldados puedan reanudar la marcha. Pero Marco no consigue acostumbrarse al espectáculo de los mongoles ebrios. Con las manos todavía temblorosas despliega el mapa del Gran Kan, aunque no consigue añadir en él el menor signo.

Al día siguiente, llegan a una región que muestra aún las huellas de batallas recientes. Los campesinos les comunican que el ejército mongol ha derrotado al del rey de Pagan, la capital del imperio birmano. Los elefantes de guerra birmanos avanzaron en prietas hileras, formando un muro tan infranqueable como una fortaleza. Sin embargo, los paquidermos, pese a su aspecto impresionante, se vieron paralizados por la lluvia de flechas que les soltaron los soldados mongoles y que les atravesaba la gruesa armadura de cuero; de modo que unos se derrumbaron y otros se batieron en retirada, llenos de pánico. La batalla concluyó con la derrota de los ejércitos birmanos.

El grupo de Marco trepa por unas montañas cubiertas de espesos bosques. Los hombres, acribillados por los mosquitos, caminan vigilantes, examinando a ratos el suelo que pisan, temerosos de descubrir una de aquellas arañas peludas del tamaño de una mano, agazapada tras una roca musgosa, y a ratos inspeccionando los enormes troncos de los árboles, en los cuales podría estar enroscada una serpiente de decenas de palmos de longitud. A Ai Xue la camisa mojada de sudor se le pega al cuerpo, y Marco descubre que el médico posee una musculatura que nunca habría sospechado en un hombre de su delgadez. Dejan de avanzar hacia el sur y se dirigen al este, hacia el reino jemer. Penetran en una comarca rica en algodón, en galanga,* en jengibre y en azúcar. Se cruzan con mercaderes indios llegados para comprar esclavos de ambos sexos, cautivos de guerra que venderán, luego, por todo el mundo. Estas hindúes siguen a los ejércitos mongoles a fin de sacar provecho de los seres humanos que éstos sojuzgan. Marco observa a los esclavos encadenados, descalzos, cubiertos de harapos.

—¿Os interesa adquirir a uno de estos sujetos? —pregunta en persa uno de los mercaderes, que se huele un buen negocio.

—No, gracias, voy bien servido —responde Marco señalando a Shayabami.

—Efectivamente —reconoce el mercader mirando con admiración al robusto sirio—. ¿Queréis tal vez una mujer?

—No, más bien un niño.

—Ah. No nos los quedamos, no aguantan en estas selvas malsanas.

Esta noticia le produce a Marco cierta decepción, pero luego siente alivio.

—¿Os habéis cruzado con las tropas mongolas del general Bayan? —pregunta lleno de esperanza.

—Claro que no. Sus soldados no están equipados para estos parajes. Sabemos que lograron ganar una batalla contra el rey de Pagan. Pero no pudieron mantener la posición a causa del clima, que les quebrantaba la salud.

* Planta utilizada en farmacopea cuyos rizomas tienen propiedades estimulantes.

—¿Habláis en serio? —exclama Marco incrédulo—. No puedo creer que el mejor ejército del mundo conocido...

—¿Por qué os sorprende? ¿Os gustaría a vos conquistar este país para instalaros en él?

El mercader hace una mueca elocuente. Siguen hablando unos momentos, luego intercambian algunos géneros antes de separarse.

El grupo de Marco prosigue hacia Toloman, en la frontera entre el sur del imperio y el reino de Annam.* Venden los elefantes para adquirir unos caballitos flacos y unos cuantos mulos de carga. Marco aspira de nuevo el olor ácido del estiércol con una satisfacción que no esperaba. Y, por fin, encuentran carreteras empedradas. Esas losas mal talladas en las que los caballos se tuercen a veces los cascos nunca le parecieron tan hermosas a Marco. El clima se le antoja menos hostil, o quizás esa impresión se deba a la mejoría en el estado de salud de Sanga. Ai Xue, sin embargo, le diagnostica al intérprete una fiebre maligna que tal vez nunca le abandone. Pero Sanga se siente tan feliz de estar vivo que hace poco caso de los sombríos pronósticos del médico.

Se acercan al río Mekong y atraviesan un mercado donde se pueden adquirir buenas mercancías a cambio de un poco de oro. Marco lo aprovecha para proveer de vituallas a su grupo. Acompaña a Sanga a una pagoda en forma de pirámide recu-

* Al nordeste de Hanoi.

bierta de oro, y luego a otra pagoda cubierta de plata. Cada cúpula se levanta a treinta pies de altura. Sus aleros están rodeados por una ristra de campanas de oro y plata que tintinean con el soplo del viento. Al veneciano le embarga una súbita sensación de placidez al oír la delicada melodía que tocan los elementos. Para agradecer a los dioses que le hayan salvado, Sanga se arruina en ofrendas de toda clase, y pasa largos ratos en oración. Abandona a regañadientes estas meditaciones durante las que parece encontrarse a sí mismo, cuando Marco le recuerda con insistencia la urgencia de su misión.

Llegan al reino de Annam escoltados durante todo el camino por pacíficos elefantes que les reclaman algunas golosinas.

Sin embargo, Marco está preocupado, los guías locales que eligió Ai Xue y que por las trazas están más a gusto que Sanga, parecen alejarle de las tropas de Bayan. Pero ¿cómo prescindir de sus servicios en aquella maraña de selvas y marismas? A pesar de sus dudas, se ve obligado a concederles su confianza.

Son recibidos con gran pompa por el rey de Annam, que les presenta orgullosamente a sus trescientas esposas. Sanga descubre inquieto que no comprende su lengua. Ai Xue se ofrece entonces a traducir. Marco vacila.

—¡Casi tantas esposas como el Gran Kan! —exclama el rey riendo.

Ai Xue se lo traduce al veneciano.

—El Señor de todos nosotros tiene casi tres mil —comenta Marco, divertido.

Los cortesanos viven medio desnudos, pero rivalizan en elegancia con los dibujos que llevan tatuados en todo el cuerpo.

—Buscamos al general Bayan, majestad. Venimos del imperio birmano. Traduce, Ai Xue.

El médico obedece.

El rey escucha con mucha atención antes de agitar la mano.

—Ignoro dónde se encuentra vuestro general, pero mi vecino, el maharajá de Champa, tal vez lo sepa.

Marco aprieta el brazo de Ai Xue.

—El ejército mongol pasó forzosamente por aquí para dirigirse hacia el imperio —murmura—. Pídele que responda a mi pregunta y deje de tomarme el pelo.

—No conocéis la susceptibilidad de estos pueblos. Dejadme a mí.

Ai Xue se lanza a hacer un discurso extremadamente largo que parece encantar al rey de Annam, y éste en contestación pronuncia tres palabras.

—Dice que está encantado por tener el honor de recibir al emisario del Gran Kan.

—¡Ai Xue!

—Calmaos, maese Polo. No olvidéis dónde estáis, esto es muy distinto de vuestro país.

—De acuerdo, pero te lo ruego, obtén lo que quiero o me haré comprender yo mismo.

Ai Xue traduce de nuevo con grandes gestos, el rey lo escucha con el semblante muy alegre, y responde con dos palabras.

—¿Y qué? —interroga Marco.

—Dice que su vecino el maharajá de Champa estará también encantado y muy honrado al recibir la visita del enviado del Gran Kan.

Marco golpea el suelo con el pie, incapaz de retener su cólera.

Sanga se interpone, dirigiéndose a Marco en uigur:

—Paz, señor Marco, eres ante todo un mercader y no un diplomático. No estamos negociando. En estas tierras debes adivinar las palabras ocultas detrás de las palabras.

—Las palabras están ocultas detrás de palabras que, de todos modos, yo no entiendo.

—Por eso estoy aquí contigo. Déjame explicarte: se impone una visita diplomática al maharajá de Champa. El Gran Kan tendrá que agradecerte que hayas llegado a los confines de su imperio.

—Sanga, no te pido que imagines cuál será la reacción del Gran Kan cuando regresemos a la corte...

—Si regresamos vivos...

—Siempre he regresado vivo. Llegar a Champa supone un viaje de varios centenares de leguas.

—¿De leguas?

—De *lis*.

El rey interrumpe su discusión pronunciando unas frases.

—Su majestad supone que un extranjero como tú, llegado de tan lejos, debe de sentirse encantado de que le inviten a visitar el reino de Champa, país eminente, rico y próspero —traduce Ai Xue.

—De hecho, si entiendo bien lo que no comprendo, nuestro anfitrión nos incita a que invitemos al Gran Kan a invadir a su vecino, cuyo país es mucho más rico que el suyo.

»Es muy natural. Muy bien, sigamos su consejo y vayamos a Champa sin perder tiempo. Cuanto antes hayamos regresado al imperio de nuestro Señor, mejor nos sentiremos tanto yo como mis hombres.

Provista de víveres y nuevos animales de carga, la embajada secreta del emperador mongol Kublai atraviesa el Mekong para entrar en el próspero reino de Champa. Su llegada ha sido anunciada al rey y son escoltados hasta la corte. Las mujeres llevan ajorcas de oro y plata en brazos y piernas, y los hombres lucen adornos todavía más refinados y ricos. Es un país de ganaderos, criadores de caballos y búfalos que venden a los hindúes. El rey recibe a Marco Polo con todo el fasto debido a su rango. El veneciano obtiene por fin la información que le interesa: el general Bayan está, al parecer, más al norte, viéndoselas con la guardia del emperador de China, que permanece fiel a su soberano. Sin aguardar más, Marco ordena que la expedición emprenda el camino.

Atraviesan de nuevo montañas cubiertas de una selva densa y lujuriante. Shayabami se agota espantando los insectos alrededor de su dueño. Marco comprende que están de nuevo en el imperio cuando los habitantes aceptan el papel moneda del Gran Kan. Con cierto alivio vuelve a embolsarse las monedas de oro, inútiles ya.

Algunos mercaderes se dirigen familiarmente a Marco.

—Dicen que te conocen —se extraña Sanga—. No han olvidado tus ojos.

—Para ellos, todos los extranjeros se parecen. Pídeles que nos conduzcan a donde ya me han visto a mí.

Siguen la dirección indicada durante varios *lis*. Por el camino, algunos campesinos saludan a Marco respetuosamente, aunque con la misma familiaridad.

De vez en cuando, ven a lo lejos unos leones que parecen acecharles. Unos mercaderes les ofrecen feroces perros que son capaces, según ellos, de vencer a las fieras. Aunque escéptico, Marco se decide a adquirir dos con la esperanza de devolver el ánimo a su tropa, sobre todo a Sanga que tiembla más aún que los demás.

Mientras prosiguen su camino, a Marco le cuesta contener su impaciencia.

Fuera de las espesas selvas, el veneciano se cubre con el ancho sombrero de forma triangular que protege del sol.

Penetran en la provincia de Shantung donde Sanga señala a Marco la roca de los mil Budas, unas estatuas talladas en la montaña, como por una mano divina. Aun teniendo la desagradable sensación de estar perdido en las profundidades del imperio, Marco queda subyugado por la belleza de la obra.

Guiados por una tropilla de niños a los que alimentan, los jinetes cabalgan al paso durante varias decenas de *lis*. El paisaje se compone de franjas de arrozales donde trabajan, inclinados, mujeres y niños que llevan anchos sombreros y saludan a los expedicionarios agitando el brazo. La escolta de chiquillos se detiene ante la muralla de un suntuoso palacio, el del otro extranjero. Marco arroja unas monedas a los niños, que las recogen alborozados.

La mansión está rodeada de un ancho muro pintado de colores. Una avenida de jazmines amarillos y blancos les envía perfumes de primavera. Los floridos cerezos están cubiertos de nubecillas blancas. En alguna parte mana una fuente que murmura dulcemente. El veneciano ordena a su tropa que le aguarde en el patio. Ai Xue insiste en seguirle, pero Marco acaba llevándose sólo a Sanga.

En el umbral, Marco es recibido por un doméstico vestido de gala. Antes incluso de que el veneciano haya pronunciado una sola palabra, el servidor se ha dirigido a un gong colgado de un soporte y le ha dado un golpe que despierta una larga y sonora resonancia en las alturas del palacio. Con profundas reverencias, el servidor invita a Marco a seguirle hasta la sala de recepción. Está decorada con lujo. Las más finas porcelanas brillan con majestuoso fulgor. El minucioso trabajo de las estatuas de piedra indias llama la atención. Sin embargo, algunos elementos parecen fuera de lugar en este palacio digno de un mandarín. La alfombra con caligrafías persas, las jarras colmadas de frutas de cristal coloreado y transparente, un espejo finamente decorado cuyo brillo procede de un metal llegado de lejos.

—¡Marco!

Niccolò sigue siendo el mismo. Embutido en una túnica de seda cuyo brillante azul rivaliza con el del océano, rodeado por tres concubinas entradas en carnes y de diversos orígenes, que le siguen en prieta hilera, agita el cálido aire con sus amplias mangas. Ni siquiera parece sorprendido al ver llegar a su hijo de un modo tan inesperado.

—¡Hace diez años que no te veo! ¡Hijo ingrato!

—Apenas tres, padre mío. ¡Siempre tan exagerado!

—Es el cálculo del corazón —comenta Matteo que seguía a Niccolò sin que nadie lo advirtiera—. ¡Qué sorpresa! Pero ¿qué estás haciendo aquí?

El hermano de Niccolò se ha encorvado un poco y sus cabellos se han hecho más escasos. Con el tiempo, ha perdido en apostura lo que su hermano mayor ha ganado. A Niccolò le sientan bien los largos mechones plateados que le confieren dignidad y seducción. Sus ojos brillan como los de un hombre que ha vivido mucho pero que no está saciado.

—Tiene el arte de multiplicar el tiempo —comenta Matteo.

—O de dividirlo...

Niccolò descubre por fin a Shayabami, algo retirado tras su joven dueño.

—*Per Bacco!* ¡Estás llorando, Shayabami!

—Perdón, monseñor —se excusa el esclavo secándose las mejillas—, es la emoción de veros después de tanto tiempo, las gotas brotan como guisantes.

Niccolò le abraza con efusión.

—Voy a creer que mi hijo te maltrata.

—¡Oh no, monseñor! ¡Es el mejor de los amos!

—¿Mejor que yo? —le reprende Niccolò con su voz de *buffo basso*.

—¡No, no! —balbucea Shayabami—. Yo...

Niccolò suelta una vibrante carcajada que le sacude los hombros y la panza de viajero que se ha hecho sedentario.

—Shayabami preferiría que me jubilara en la corte —explica Marco.

—Sería beneficioso para su salud, señor Marco.

—Para la tuya seguro que no. Te volverías gordo como un cerdo y tan amargado como la concubina número cien del Gran Kan —advierte Marco.

—¿Por qué no le escuchas? —sugiere Matteo.

—Padre mío, decidme más bien qué diantre hacéis aquí. Os creía en el Yunnan.

—¡Ésta sí que es buena! ¡Estás en el Yunnan, hijo mío!

Sanga, que nada comprende de su conversación, mira a Marco con ojos interrogadores. Éste le traduce el error geográfico. Pero Niccolò le interrumpe:

—No, Marco, efectivamente estás en Guanxi —lanza con una gran carcajada—. Lo que más me divierte es que si los chinos vinieran a nuestro país, probablemente no verían la diferencia entre Venecia y Génova. —Y, sin dar tiempo para que su hijo se lo aclare a Sanga, Niccolò prosigue—: Espera, Marco, mira este hallazgo que me han traído de Europa.

Saca un instrumento hecho con dos lupas engarzadas en una montura de hierro, y se lo coloca sobre la nariz, justo delante de los ojos.

—Matteo, dame algo para leer, *vai!* —ordena con un gesto impaciente.

Matteo rebusca en sus bolsillos y saca un manojo de hojas medio arrugadas.

—Eso es todo lo que tengo.

Niccolò se apodera de ellas y comienza a descifrarlas frunciendo el ceño.

—«... Matteo, nuestra última noche ha sido extraordinaria...» No, estoy tomándote el pelo —añade riendo—, era para que tu tío se ruborizara. Veamos: «Dos jarrones de laca negra, cincuenta *ding*».

—¿Ahora conseguís leer?

—¡Pues sí! ¡A eso lo llaman anteojos! Míralo tú mismo, es pura magia, *e vero*.

Marco lee a su vez a través de las lupas. Las acerca y las aleja varias veces.

—En efecto, es sorprendente, las letras aumentan. Se ve perfectamente con todo detalle.

—No veo qué falta te hacía eso —lanza Matteo, burlón.

—Claro, yo te tengo sin cuidado.

Con gesto seco, Matteo recupera sus notas y se aleja, embutiendo las manos en sus largas mangas, como hacen los chinos.

—Bueno, Marco, ¿te has cansado ya de la vida de la corte? —pregunta Niccolò—. No me sorprende. No es comparable a la vida del expedicionario, que es el amo en todas partes. Cuando estás en campaña no debes temer las intrigas de unos cortesanos que te detestan, aunque tú ignores incluso su existencia. Tus informadores te comunican las noticias que merecen tu interés. Pero no te guardo rencor por haberme olvidado: te he reservado unos aposentos aquí. Enséñaselos —ordena a una de las jóvenes con un elocuente ademán.

Marco suspira.

—Padre mío, dejadme hablar con vos, os lo suplico.

—Tú eres el que no me escucha, como de costumbre. Matteo, te lo juro, amo mucho a este hijo, pero tiene varias casillas vacías en la biblioteca de su espíritu.

—Soy un enviado del Gran Kan, en misión especial.

—¿De verdad? —pregunta Matteo interesado.

—Y ni siquiera te has apartado de tu camino para venir a visitarme —prosigue Niccolò.

—¡Aquí estoy!

—*Ohime!* Y pretenderás que me sienta eternamente agradecido, supongo. *Vai!* Recibe ese eterno reconocimiento, pequeño. Vamos, ahora pasemos al vino de arroz. Ya verás, aquí es perfecto. Tengo incluso algún vino de uva que no te disgustará. Es algo distinto de los nuestros, pero no desmerece comparado con ellos.

Niccolò, con un amplio gesto, rodea los hombros de su hijo y se lo lleva aparte.

—Hace tanto tiempo que no te veo que quiero hablarte en privado.

—¿Es éste un modo de pedir que me retire? —sugiere Matteo.

—Claro que no, querido Matteo —responde Niccolò envolviéndolo a su vez en un caluroso abrazo—. ¡Sabes muy bien que tú estás incluido!

Con andares de conquistador, Niccolò se dirige al salón. Decorado con sus recuerdos de viaje, está tan atiborrado de cosas que uno no sabe dónde posar la vista.

Sanga, que se ha quedado solo, sale del palacio con gran alivio de Shayabami.

Los tres Polo se acomodan en el suelo, ante una mesa festoneada con molduras caladas. Niccolò se ha sentado con toda naturalidad, cruzando las piernas, mientras que a Matteo se le ha hecho más difícil. Una sierva llena los vasos con vino de arroz.

—Ya sabes, Marco, si quieres instalarte...

—¿De qué estáis hablando, padre mío? Soy como vos, no consigo pasar dos noches bajo el mismo techo.

—¡Vamos! No hay un hombre más casero que yo. Sólo aspiro a la paz de un hogar. De no haber sido por el Gran Kan, me habría quedado en Venecia. Mi familia cuenta para mí, ¿sabes? Y debo consolidar tu fortuna para cuando regreses a nuestra patria.

—No estoy seguro de querer regresar a Venecia. Está gustándome la vida en el imperio. Dejad que os cuente...

—*Va bene*. Pero ¿con qué mujer podrías casarte aquí? Toma ejemplo de mí. Cásate en nuestro país, y luego vuelves a marcharte por tus negocios.

A Marco le cuesta contener su exasperación.

—Una vez más habláis por vos, padre mío.

—Toma dos o tres concubinas y hazles robustos bastardos que puedan mantenerte cuando seas viejo —suelta Matteo muy deprisa.

Bebe de un trago su vino de arroz, y de inmediato le sacude una tos violenta. Niccolò y Marco le miran sorprendidos.

—Dime una cosa... Bueno, Marco, ¿así que estás bien visto en la corte? —inquiere Niccolò.

—*Certo*, padre mío. Por otra parte, en mi última audiencia con el Gran Kan...

—Perfecto, entonces es preciso que hagas algo por tu pobre padre, perdido aquí en lo más profundo del imperio... —comienza lastimero Niccolò, muy *commediante*.

—Precisamente os estaréis preguntando, sin duda, las razones de mi viaje...

—Mi querido Marco, comprendo muy bien que ardes de impaciencia por saber qué ha sido de nosotros. Déjame pues satisfacer tu curiosidad sin tardanza.

Niccolò se levanta y empieza a caminar con la copa en la mano. Una de las muchachas se la llena de inmediato.

Resignado, Marco se arrellana en los hinchados almohadones. Observando a su padre, tiene la desagradable impresión de parecerse a él.

—No dudo de que en la corte del Gran Kan a pesar de los años transcurridos nuestra reputación se mantiene... —dice Niccolò con énfasis.

—La importancia del séquito de nuestro hijo lo prueba ampliamente —añade Matteo.

—Todo depende de qué reputación estemos hablando —suelta Marco en voz baja.

Niccolò le dirige una mirada molesta.

—Matteo y yo mismo abrigamos el proyecto de desarrollar nuestros negocios... a una escala, ¿cómo decirlo?... ¡imperial!

Matteo pica una golosina de miel para tener las manos ocupadas, y lo consigue plenamente: largos hilos dorados se enrollan en sus dedos como una tela de araña de la que no puede deshacerse.

—Ah, os creía instalados para gozar un poco de vuestras ganancias —se extraña Marco.

Niccolò baja el tono.

—Hemos decidido que el Gran Kan se beneficie de nuestros valiosos y únicos conocimientos.

Marco, que conoce a su padre aunque lo haya tratado poco, espera sin moverse, reclinado contra los almohadones persas.

Niccolò vuelve a sentarse junto a su hijo:

—Habrás advertido sin duda, pues eres observador, que en este país el comercio de la sal está todavía en pañales. Matteo y yo, como buenos venecianos, tenemos todas las cualidades necesarias para esta noble causa...

—¿La explotación de la sal?

—Sólo que, para eso, necesitamos tener el monopolio. Obtendrás tu parte en los beneficios, naturalmente.

—Si gozas del favor del Gran Kan, te será fácil obtenerlo —insiste Matteo, que estira y dobla las piernas sobre la alfombra.

Marco contempla los rostros expectantes de su padre y de su tío. Nunca los había visto tan atentos a sus palabras.

—Mi señor padre, ¿no sentís la menor curiosidad por la misión que me ha traído hasta aquí?

Niccolò parpadea y se echa hacia atrás imperceptiblemente.

—Sí, claro está...

—Sólo la discreción nos ha impuesto silencio —agrega rápidamente Matteo, para sacar a su hermano del apuro.

—*Va bene* —exclama Marco con un amplio ademán—. Ahora me toca a mí proponeros algo. Necesito una información. Si podéis obtenérmela, intentaré defender vuestra causa ante el Gran Kan.

—Una causa que también es la tuya —le corrige Niccolò.

—¿Qué quieres saber, pues? —pregunta Matteo, impaciente.

Al día siguiente, Marco se despide de su padre con alivio. Ha descubierto que éste le irrita más de lo que le impresiona, y esas pocas horas con él le han dejado saturado. La expedición prosigue su camino hacia el sur siguiendo las informaciones prodigadas por los Polo. El calor se hace cada vez más pesado. Las ropas se pegan a la piel empapada en sudor. El mismo aire parece impregnado de una humedad asfixiante. La vegetación se vuelve lujuriante. De nuevo se los traga la espesa selva, impidiéndoles distinguir el sol. Apenas si Marco consigue discernir lo que su pluma traza en el mapa del Gran Kan.

Tras dos semanas de avanzar a marchas forzadas, Marco descubre que su padre no se ha equivocado, pues avistan las tropas del general Bayan a pocos *lis* tan sólo de Cantón.* Marco ordena un alto para ponerse el pesado manto con las armas del imperio y enarbolar las tablillas del Gran Kan. Ai Xue se acerca al veneciano.

—Maese Polo, solicito una audiencia en privado.

Intrigado, Marco lo lleva detrás de un árbol de gigantescas hojas. Advierte que el médico carga con la calabaza y el equipaje.

—Pero bueno, Ai Xue, ¿qué haces?

—Ya lo veis, maese Polo, parto.

—No puedes abandonarme así —objeta Marco.

—Habéis encontrado a vuestro general, no me necesitáis ya. Os he acompañado durante todo el

* Hoy Hangzhou.

final de vuestro viaje. He cabalgado junto a soldados mongoles. He velado por vuestra salud y la de vuestros compañeros. Ahora, habéis alcanzado el ejército mongol, que debe de contar con buenos médicos. Ya no necesitáis, pues, mi medicina. Voy a ofrecer mi ciencia a quienes la necesitan de veras.

Marco contempla atentamente al médico. Éste se mantiene recto como una vara, aunque un leve temblor le agita un párpado.

—Mi objetivo es regresar a Khanbaliq. ¿No deseas que te presente al emperador? —le propone el veneciano para tentarlo.

—Maese Polo, sólo conozco a un emperador. Kublai es tan sólo un impostor mongol.

—¿Te das cuenta de lo que estás diciendo? Corres peligro de muerte si te denuncio al general Bayan.

Ai Xue suspira. Levanta la cabeza y mira a Marco a los ojos.

—Escuchadme, maese Polo; mejor será para ambos que el general Bayan no sepa de mi presencia.

Marco no puede disimular su sorpresa.

—¿Por qué? ¿Le conoces?

—Hacéis demasiadas preguntas...

—Si no te mostraras tan misterioso...

—El sabio dijo: «La palabra es la espuma del agua, la acción es una perla de oro».

Marco lanza una ojeada a través del follaje por encima del hombro de Ai Xue.

—Mis hombres no dejan de mirarnos, me bastaría hacerles una señal...

—Maese Polo, ¿habéis admirado alguna vez las pinturas chinas? ¿Habéis advertido que las flores que pintamos en ellas no tienen ya raíces? Desde que los mongoles se apoderaron de nuestra tierra...

—¿Quién eres?

—Recorro las rutas de China prodigando mis medicinas, y todos conocen el perfume de mi flor.

—No comprendo nada —dice Marco frunciendo el ceño—. Lo que dices es tan oscuro como el tatuaje cuyo sentido sigues sin explicarme.

—La marca me pertenece, me protege, es una especie de talismán. Pues, como vos, sé que los tatuajes cuentan una historia.

—Vas a explicarte ante el general Bayan —dice Marco, profundamente turbado.

—No os conviene, maese Polo. Correríais el riesgo de quedar en ridículo y... perder su confianza... Adiós.

Ai Xue da media vuelta y se hunde en la selva con paso rápido.

—¡Volveremos a vernos! —exclama Marco.

19 de marzo de 1279
Bahía de Cantón

Antes de la puesta del sol, la expedición alcanza la retaguardia del ejército mongol. Sudando bajo sus armaduras, los soldados del general Bayan no dejan por ello de dar pruebas de una disciplina que revela la autoridad de su jefe. Hace poco que han plantado las tiendas. Hilillos de humo blanco escapan de las fogatas. Por el campamento circulan unas gallinas que van cacareando. Sin embargo, reina una atmósfera febril cargada de la tensión de la espera. Los hombres afilan sus armas, enceran sus botas, comprueban la solidez de su escudo.

La tropa vestida de gala no pasa desapercibida. El enviado del emperador es recibido con las prosternaciones rituales.

Marco se extraña al ver un batallón chino entre las fuerzas del general mongol. Aunque sería exagerado llamar batallón a aquella pandilla que viste harapos de seda sobre sus armaduras, que bebe como los mongoles y escupe como los chinos.

A través de un lugarteniente de Bayan, Marco se entera de que aquella panda la forman los hombres de Zhu Jing y Zhang Xuan, dos piratas chinos que saben obtener el mayor provecho del trato de favor que les dispensa Kublai. Aunque están más acostumbrados a las batallas marinas que a las terrestres, el general alaba sus hazañas y su bravura.

Caminando solo, con el corazón palpitante bajo la tablilla de oro que parece abrasarle el pecho, Marco se hace escoltar hasta el cuartel general. Una tienda corriente, apenas dos veces mayor que las demás, alberga al general y a sus lugartenientes. En su interior, los enseres están dispuestos a la manera mongola, el lecho orientado a mediodía, el *kumis* seco que hierve sobre un hornillo en el centro de la tienda. Alguien ha trazado en el suelo un esquema que podría representar un plan de batalla. Un hombre lo borra con el pie en cuanto ve entrar a Marco. También en la tienda los nervios están a flor de piel y las espadas dispuestas a entrar en acción. El general Bayan, que saluda al extranjero como si fuera el propio Gran Kan, parece mucho mayor de lo que Marco había imaginado. Aquel a quien Kublai llama su más viejo amigo ha librado, sin duda, muchos combates a su lado. Ahora que el nieto de Gengis Kan ha subido al trono, a su compañero de guerra le incumbe proseguir su obra en los campos de batalla. Tal vez su barba blanca no se deba tanto a los años como podría suponerse de buenas a primeras. Sin embargo, el veneciano adivina que al general, ese anciano sombrío, no le gusta mucho que le molesten cuando se dedica a sus asuntos: Le queda poco tiempo y no piensa perderlo en charlas vanas.

—Sed bienvenido, señor Marco Polo. Mi corazón se llena de alegría al veros. —La fórmula es acertada pero, el tono no lo es—. Llegáis justo a punto para asistir a nuestra victoria. Iba a ordenar el asalto final.

—El Gran Kan se preocupa por vuestra suerte y la de vuestros hombres, general.

—¿Y os ha enviado a vos? —pregunta Bayan, mirando de arriba abajo y con escepticismo a Marco Polo, treinta años menor que él—. Su impaciencia debe de haber sido muy grande... Y sin embargo, he enviado regularmente mensajeros a la corte.

—Pero ninguno ha llegado a la presencia de nuestro Señor.

—¡Diablos! Es un milagro que vos hayáis podido pasar. La resistencia china está muy bien organizada.

Sus sociedades secretas tienen agentes en todas partes. Esta mañana hemos detenido a otro miembro de la secta del Loto Blanco, una de las más activas. Pero sospecho que era sólo un señuelo. Incluso bajo la tortura del carnero no nos ha dicho nada que no supiéramos ya. Y, entre tanto, otro de ellos ha conseguido atravesar nuestras líneas y el emperador chino ha logrado embarcar en su junco cuando estábamos a punto de detenerle. Debemos alcanzar su embarcación antes de que pueda escapar.

Uno de sus lugartenientes dirige un discreto gesto a Bayan, que le responde con una señal de la cabeza, mientras se atusa la blanca barba.

—Pero pronto habrá terminado. Venid, señor Marco.

Sujetando firmemente la espada con sus arrugadas manos, el general lanza una orden con una voz fuerte y grave, que sus lugartenientes repiten.

Los soldados mongoles se disponen a embarcar rápidamente en los navíos de guerra amarrados en el puerto. Decididos a librar el último combate, los hombres de armas corren en prietas hileras a lo largo de los muelles y suben a la carrera a las embarcaciones. Las velas, ya izadas, se hinchan crujiendo al viento. Los remeros inician su tarea a una cadencia infernal.

El general, escoltado por sus lugartenientes, arrastra a Marco hacia el andén. La vista de la bahía de Cantón es magnífica. Bajo la bóveda celeste, el mar turquesa se adorna con velas doradas por el sol cuyos rayos desgarran las nubes azuladas. El paisaje, de una belleza arrobadora, ofrece un terrible contraste con los sangrientos acontecimientos que se avecinan. Decenas de cormoranes planean indolentemente mecidos por las corrientes de aire, y se lanzan sobre los peces que atrapan con el pico.

El general salta al navío almirante, seguido por Marco. Los remeros comienzan de inmediato a bogar, jadeando por el esfuerzo. Las olas chapotean contra el casco con un rumor apagado. Los arqueros preparan sus armas, los soldados desenvainan sus espadas con un tintineo metálico.

—Mañana, el imperio de China se habrá extinguido —grita Bayan para hacerse oír pese al ruido—. El día de hoy nos será favorable para el ataque. He consultado los astros.

—¿Los astros? —se sorprende Marco.

—¿Qué ocurre? Nuestros chamanes deben aprender de los astrólogos chinos. Pero, tranquilizaos, he tomado la precaución de examinar los omoplatos de cordero carbonizados.

Marco recuerda haber visto al propio ilkan de Persia entregado personalmente a esta práctica mágica, heredada de los más antiguos ritos mongoles.

—Los chinos esperan llegar a una isla frente a las costas del continente —explica el general—, pero los hundiremos antes.

Los bajeles, impelidos por los brazos de robustos galeotes, se deslizan por el agua a una velocidad vertiginosa. Las olas, en su agitado vaivén, ocultan con intermitencia los barcos tras el telón de su espuma.

En los juncos chinos, la defensa se organiza. Flechas incendiarias iluminan las cubiertas, dispuestas a volar por los aires.

Los remeros aceleran más el ritmo. Los mongoles, a pesar de que éste es su primer combate marítimo, se lanzan al abordaje con decisión. Impresionados, agotados, los chinos se defienden encarnizadamente. En la clara mañana se alza un entrechocar de espadas. Sobre la espuma resuenan gritos de guerra, gritos de muerte.

Uno a uno, los juncos chinos que protegen el navío imperial son puestos fuera de combate.

—Admirad, señor Marco Polo, lo que queda de la resistencia china.

Y el general Bayan señala con un amplio gesto el disperso puñado de juncos que flotan como cáscaras de nuez en la bahía.

Únicamente un junco ricamente adornado sigue avanzando hacia el mar abierto.

El resultado de la batalla no es dudoso. Pero, decididos a no rendirse, los chinos se lanzan sobre las espadas de sus enemigos invocando a su emperador. El eco de sus gritos repercute, multiplicado, bajo la bóveda gris. Los mongoles, más numerosos que la guardia personal del emperador chino, la dejan fuera de combate y sus bajeles se acercan peligrosamente a la nave imperial.

De pronto, un hombre que viste un magnífico manto de seda recamado en oro aparece en cubierta, alzando en alto a un niño que chilla de terror.

—¡No atrapéis vivo al emperador! —grita.

Y se lanza al agua llevándose al último de los Song. Ambos se debaten en vano entre las olas, pues instantes más tarde se han hundido hacia el misterioso abismo. Sólo unos remolinos dan testimonio de su lucha.

—He aquí cómo zozobra la última esperanza de los chinos. ¡Qué lástima! El Gran Kan habría tratado adecuadamente, en la corte, a ese niño. ¡No importa! El último de los Song ya no existe. Señor Marco Polo, alegrémonos: China nos pertenece.

Marco cierra los ojos, incapaz de compartir la alegría del general. Las salpicaduras saladas del mar de China le dejan un sabor amargo en la boca.

Como si fuera un juego, Dao Zhiyu comienza a arrastrarse por el suelo sucio de la tienducha. Consigue incluso deslizarse entre las piernas de los clientes y el mostrador. El mercader ni siquiera advierte su presencia. El collar ya sólo está a pocos palmos de él. Alarga el brazo, temblando, roza la joya. Su mano húmeda se desliza sobre el metal. Se la seca en su túnica de cáñamo llena de agujeros. Cierra el puño sobre la gargantilla cincelada, la desliza contra su vientre. La cadena suelta un sonoro tintineo, como si Dao la hubiera cosquilleado; será difícil ocultarla ya en la calle. De momento, debe salir de ahí. Su ropa está empapada de sudor producto del miedo. Sabe que, si lo atrapan, podrían matarlo allí mismo y nadie reclamaría jamás su cuerpo. De hecho, nadie se preocupa de él. El único que se inquieta, de momento, es el jefe de la banda que le espera a diez calles de allí y no aguardará más de una hora. Lentamente, Dao retrocede hacia la salida. Por debajo del sobaco, percibe la luz del día. Se seca las gotas de transpiración que le caen sobre los ojos. El metal del collar le hace daño al hincársele en los muslos. Aprieta los dientes, le parece estar resoplando como un búfalo. Por encima de él, el rumor de las voces se vuelve confuso. Contiene la respiración. Decide proseguir, y aprieta todavía con más fuerza el ancho collar que resbala entre sus dedos demasiado pequeños. ¡Está a punto de lograrlo! Retrocede apoyándose en los codos y sin preocuparse del rastro de sangre que van dejando en el suelo sus muslos destrozados por las aristas metálicas del collar. Por fin está junto a la entrada. Como un ahogado en busca del aire, se levanta, pero el pie se le engancha en su pantalón desgarrado, y cae cuan largo es. Compradores y vendedores salen de la tienda, se preocupan por él.

—Pero bueno, pequeño, ¿te has hecho daño?

Sin mirar a nadie, sacude negativamente la cabeza; tiene la cara muy roja. Cuando se incorpora, el collar suelta un tintineo alegre, que a él le parece un tañido acusador. El mercader le mira con una expresión de estupor. El chiquillo sin darle tiempo para interpretar lo ocurrido, pone pies en polvorosa y se aleja tan deprisa como puede sin que se le caiga el objeto de su latrocinio.

—¡Eh, ladronzuelo! ¡Detenedle!

6

El regalo de Kublai

A lo largo de la costa, el victorioso ejército del general Bayan reemprende el camino hacia la capital. A su paso, los habitantes huyen despavoridos, aunque los guerreros respetan las estrictas consignas imperiales: nada de saqueos ni exacciones. Los hombres de Marco se han mezclado con los soldados del general. El veneciano cabalga en cabeza, con Sanga y Shayabami, justo detrás de los lugartenientes de Bayan. La marcha del convoy es especialmente lenta. Más de una vez, Marco ha intentado convencer al general para que le permita adelantarse, pero el viejo militar se ha negado siempre, arguyendo que los caminos son poco seguros y que el deseo del emperador es que regresen juntos a la corte para anunciarle el éxito de la campaña.

Tras su largo periplo por el imperio, Marco recupera con deleite los fuertes olores de Khanbaliq, una mezcla de estiércol húmedo, pescado seco y raíz de jengibre. Aquí, los sonidos parecen más intensos, los gritos son más fuertes, las voces más altas, la gente carga con pesos más grandes, ríe más abiertamente. Las partidas de go terminan en peleas, púdicas beldades se ocultan tras la cortina de palanquines decorados con frívola extravagancia. Aquí nadie se vuelve para mirar a Marco Polo, encantado de perderse en esta muchedumbre donde se entrecruzan numerosos extranjeros, persas, indios o uigures. El general Bayan, apenas atravesadas las primeras murallas, abandona al veneciano para ponerse al mando de sus hombres. Marco se dirige de inmediato a su pabellón situado en la Ciudad imperial, en el corazón de los barrios reservados a los extranjeros.

Al entrar en su palacio, se detiene en el primer patio para dejar su caballo al cuidado del palafrenero, que lo llevará a los establos. Llega a la terraza donde jazmines y naranjos, recientemente plantados, le acogen con su perfume azucarado. Una pequeña lavandera, que se ha hecho adolescente en su ausencia, le precede para abrirle la puerta coronada por columnas del edificio principal. Se arrodilla para limpiar en el suelo la huella de los pasos de su amo. Marco, que se fija en ella por primera vez, se felicita por la elección de Shayabami.

—Espera, Shayabami, iré directamente a los baños, y luego regresaré a esta casa.

Una vez dadas las instrucciones, Marco propone a Sanga que le acompañe. Comienzan a caminar por el parque imperial.

—Gracias, señor Marco. Ahora debo reunirme con los míos. Nos veremos luego en casa del emperador —dice Sanga.

Saluda al veneciano para dirigirse a los barrios de los monjes budistas de la Ciudad imperial. Al verle reunirse con otros correligionarios vestidos con sus túnicas rojas y amarillas, Marco comprende que Sanga es también un monje.

En cuclillas junto a la entrada de los baños, un vendedor de agua caliente pregona su mercancía. En el interior, tendido sobre unas ardientes losas de tierra, Marco se hace masajear por un experto mientras escucha con oído atento las últimas noticias de la capital. Kublai ha adquirido una nueva docena de concubinas. Su hijo Zhenjin, «heredero aparente» del trono, multiplica las escaramuzas con los ministros de su padre, ante la mirada benevolente de Kublai, mientras Chabi intenta interponerse con la firme dulzura que tanto aprecia su esposo. El precio de la sal ha aumentado y quienes compraron a tiempo se felicitan por sus beneficios. Kublai ha establecido una lista de las sociedades secretas que está dispuesto a tolerar, un gesto destinado a apaciguar los ánimos. Corre el rumor de que los éxitos del emperador en China ya no le bastan.

En compañía de un mercader persa, Marco comparte los favores de tres o cuatro cortesanas de piel oscura. Comienzan por ofrecerle la especialidad de la casa, un té de cinco flores, servido con algunos pasteles de miel. En la superficie ambarina del líquido flota el polvo negro del té formando volutas. Medio tendido sobre las esteras trenzadas,

Marco acaricia el pelo de la bella hetaira acurru-
cada entre sus piernas y se sume en una larga enso-
ñación antes de regresar a su pabellón.

Antes del alba, Shayabami entra en la alcoba de
su dueño. Arranca del sueño a la pequeña sirvienta
medio desnuda, y ésta se encarga de despertar a
Marco mientras Shayabami atiza las brasas. El
veneciano, una vez recuperados sus sentidos, despide a la muchacha que se viste rápidamente antes
de dirigirse a las cocinas. Marco, durante su abundante desayuno, imparte instrucciones a Shayabami para que aquel mismo día se entreguen los
presentes al Gran Kan. El sirio abandona el palacio, escoltando la carreta cargada con distintos
objetos valiosos.

El día de la vigésimo octava luna en el noveno
mes del año del Tigre* es el aniversario del naci-
miento del Gran Kan. La fiesta que se anuncia va
a durar varios días.

Khanbaliq está ya en pleno regocijo. Una abi-
garrada muchedumbre de mercaderes y porteadores, de mandarines y estudiantes, se apretuja en los
aledaños de la Ciudad imperial. Los mercaderes de
las calles acaban precipitadamente de plantar sus
tenderetes.

Un ejército de soldados a caballo avanza
cadenciosamente hacia la Ciudad. Los gritos de la
muchedumbre han cubierto hasta ahora los sones

* 28 de septiembre de 1279.

de gongs y tambores. El grupo de guerreros montados se va engrosando con jinetes que surgen de las más estrechas callejas. Trotan, ligeros, como cascabeles de mil colores, e hinchan orgullosos el torso, bajo sus brillantes armaduras. Un sol prometedor comienza a atravesar las nubes de un blanco cremoso.

Los elefantes y camellos imperiales, cubiertos de paños bordados, desfilan por toda la ciudad provocando el pasmo de la población.

A lo largo de la ruta que lleva a la Ciudad imperial, se elevan luces de Bengala que estallan en el aire formando figuras magníficas.

—Diríase... un tigre ¡con las fauces abiertas! —exclama entusiasta el veneciano.

Numerosos cortejos se dirigen hacia el palacio imperial, cargados de presentes que rivalizan en magnificencia, oro, plata, perlas, piedras preciosas y muchos ricos paños.

Marco recorre al paso la amplia avenida flanqueada de altos muros que lleva al palacio imperial. Llegando al pie de las murallas, puesto que el acceso al recinto está prohibido a los ciudadanos ordinarios, Marco debe mostrar las tablillas de oro. En la otra punta del imperio, bastaba con enarbolar los colores del Gran Kan para inspirar temor y respeto. Aquí, en el centro del poder, hay que demostrar que uno tiene derecho a llevarlos.

Ante el enorme portal imperial, unos guardas comprueban por última vez su identidad, y Marco es autorizado a entrar en palacio. Los arqueros forman un pasillo para recibir a los invitados. Cuando éstos descabalgan, una legión de sirvientes se encarga de cuidar a los caballos. En la primera antecámara, numerosos cortesanos se apretujan, cargados de regalos para el Gran Kan, con la esperanza de ser invitados a la fiesta. Cuando llega por fin el turno de Marco, éste ha de entregar su sable a un asistente que se apresura a trazar en caligrafía mongol su nombre en un pedazo de papel de seda; luego parte en dos el resguardo, le da la primera mitad y desliza la segunda en la vaina del arma.

Marco enfila un corredor. El eco de sus botas recién bruñidas repercute en aquellos techos, tan altos que resulta difícil distinguir sus molduras y artesonados. En la antecámara retumba el runrún de las conversaciones de los que allí se apiñan mientras aguardan la audiencia imperial. El estruendo es tal que es preciso levantar la voz para hacerse oír.

El general Bayan está ya allí. Como un tigre de las estepas enjaulado, recorre la sala de una punta a otra mirando con desagrado las paredes de ese palacio demasiado refinado para él. Sanga saluda a Marco levantando la barbilla. Está dialogando animadamente con el lama P'ag-pa, que viste una mezcla armónica de ropas mongoles y chinas.

El veneciano se acerca a Bayan, sorprendido.

—General, es una inmensa alegría volveros a ver en este palacio y un grandísimo honor prosternarme a vuestro lado ante el emperador.

El anciano hace un gesto con la mano.

—Para mí también, ambos lo sabemos. Soy un mongol, no un chino, señor Marco —recuerda poniendo fin a los cumplidos del veneciano.

Después comienza a alejarse.

—¡General! Quisiera hablar con vos.

Bayan se vuelve hacia Marco.

—Os escucho.

El joven se acerca imperceptiblemente a él, y le habla al oído, en voz tan baja como el tumulto se lo permite.

—Iré derecho al grano, general. Me hablasteis de la secta del Loto Blanco. Sé que ahora es tolerada por el emperador. Necesito que me ayudéis a encontrarla —solicita Marco con aplomo.

Bayan le mira fijamente, impasible.

—¿Por qué iba yo a hacer eso?

Marco se dispone a responderle, pero aprovechando un remolino de la muchedumbre el general se escabulle.

Marco sólo alcanza a verle desaparecer. Pero su despecho no dura mucho; tan grande es su curiosidad por lo que le rodea. Es la primera vez que está invitado al cumpleaños del emperador. Se siente más conmovido aún que si hubiera asistido a la coronación del dux, en Venecia.

Cada invitado desfila con sus regalos o con la lista de ellos: los animales o esclavos que no han sido autorizados a ser presentados al emperador.

Marco ofrece a su vez los presentes para Kublai: cuernos de rinoceronte de Bengala, marfil de la India y de África, coral, ágatas, perlas, cristales, maderas preciosas como el sándalo y el áloe, incienso, alcanfor, clavos de olor, cardamomo. Chabi da las gracias a Marco con una discreta inclinación de cabeza.

Kublai ha invitado a unos sabios expertos en hechicerías y a unos astrólogos del Tíbet y de Cachemira para que muestren sus prodigios. Van ricamente ataviados de amarillo y con la barba y la cabeza afeitadas. El emperador se sienta ante una mesa que está a más de diez pasos de él, en la que están posadas copas de vino y de licores de especias.

—Que me sirvan de beber —ordena el emperador.

Los hechiceros hacen que las copas se eleven por los aires y se desplacen hasta la mano de Kublai, pasmado como un niño. Tras varios de estos trucos, el Gran Kan está dispuesto a escuchar sus quejas. Por lo visto se acerca la fiesta de un ídolo nefasto, un ídolo que provoca el mal tiempo y toda clase de males cuando no recibe ofrendas. En consecuencia solicitan que se les entregue cierto número de corderos de cabeza negra, incienso y áloe para que puedan honrar a sus ídolos con grandes sacrificios y de este modo no reciban ningún daño ni sus personas ni sus bienes.

Tras el festín y la audiencia pública, cuando el alba apenas ilumina las negras nubes con una pálida claridad, Kublai invita a Marco, con Sanga, y a Bayan a una audiencia restringida. Después de despedir a sus esposas e hijas, ordena que permanezcan a su lado algunos de sus hijos y Chabi, a la que todos consideran su mejor consejero. El heredero aparente del trono, Zhenjin, parece más chino que mongol, no sólo por su atuendo sino también por su peinado. La decoración de esta sala está inspirada en los orígenes de Kublai: las paredes están forradas con pieles de armiño, al igual que los biombos. A esta audiencia restringida asisten los principales ministros de Kublai, Ahmad, el primer ministro, y el venerable P'ag-pa, ministro del culto budista.

Con un gesto, el emperador autoriza a Bayan a hablar.

—Gran Señor, tengo la dicha y el honor de anunciarte que, en adelante, China pertenece al imperio en su totalidad. Con mis propios ojos vi perecer al niño rey. El señor Polo podrá atestiguarlo.

La expresión de Kublai refleja un verdadero alivio mezclado con un orgullo sin límites. Intercambia unas palabras con Chabi antes de responder:

—Querido general, fiel amigo, una vez más has cumplido tu deber con osadía y tenacidad, no me has decepcionado. Tenemos ahora las manos libres para proseguir nuestro gran designio —añade con fervor.

Después de permanecer un rato en silencio saboreando la esperanza de un destino imperial que sólo él conoce, se vuelve entonces hacia el veneciano.

—Marco Polo, he elegido la palabra «Yuan» para designar la dinastía que fundo, como Hijo del Cielo que soy. ¿Conoces su significado?

—No.

—Yuan significa el comienzo. Soy el origen de un mundo. Una nueva era empieza ahora para los chinos —declara Kublai con tranquila certidumbre.

Quebrantando las normas de cortesía, el general Bayan toma la palabra sin ser autorizado por su señor, aunque él es el único que tiene ese privilegio.

—Gran Señor, como tú estoy impaciente por reunir bajo tu mando todas las tierras que existen bajo el cielo. Pero debo advertirte de que hemos de consolidar nuestro poder antes de pensar en otras conquistas.

—Explícate —ordena Kublai aplastando una nuez en su enorme puño.

—Gran Señor, mis hombres están agotados y, en lo que se refiere sólo a este territorio, aunque hayamos conseguido vencer a los elefantes de guerra birmanos, no estoy seguro de que nuestros soldados puedan seguir dominando el país durante mucho tiempo.

—¿Qué quieres decir?

—El señor Marco Polo os lo contará mejor que yo.

—Quiero prometerte que tus hombres serán recompensados como merecen. Les daré a todos oro, mujeres y caballos.

El general Bayan hace una reverencia antes de dejar paso al veneciano.

Kublai le invita a acercarse. Cuando se inclina profundamente ante el emperador, Marco siente que del estómago le sube a la boca un desagradable regusto a comida.

—Marco Polo, has cambiado. Tienes un no sé qué de mongol. Pareces más viejo —observa Kublai sonriendo—. Bueno, háblame de mis provincias.

—Gran Señor, os son especialmente afectas y sumisas.

—Me interesan éstas, sin duda, pero háblame de lo que preocupa a mi amigo Bayan.

—He completado el mapa que me confiasteis y lo entrego hoy mismo al cuidado de vuestros cartógrafos, rogando que me perdonen si encuentran algún error —dice Marco sacando de su jubón el pergamino tantas veces desplegado—. Cerca del imperio birmano se encuentran tres reinos, el reino de Champa, el reino de Annam y el jmer. Son países muy ricos en oro y pedrería. A mi juicio están dispuestos a reconocer la soberanía del imperio, pero sin pagar tributo.

—¿Y su ejército?

—Me ha parecido insignificante.

—Entonces, si hemos vencido a los elefantes birmanos, ¿por qué no vamos a seguir siendo amos de la región?

—En verdad, su mejor muralla la constituye una selva como nunca la había visto, tan espesa que en pleno día es ya de noche. El calor que allí reina la convierte en un infierno.

—¿Y consigue esa gente vivir allí?

—Están acostumbrados, Gran Señor, y a pesar de ello viven medio desnudos sin pudor alguno.

—Mandaremos tropas para que releven a los soldados de Bayan dos veces al año. Si no hemos retrocedido ante los elefantes, no retrocederemos ante un amasijo de plantas.

Por primera vez, el general Bayan y Marco Polo intercambian la mirada cómplice de quienes han vivido las mismas pruebas.

Chabi susurra unas palabras al oído de su augusto esposo. Kublai aprueba meneando su triple papada.

—Marco Polo, se han producido importantes acontecimientos en tu ausencia.

Sin saber por qué, Marco siente un nudo en la garganta.

—De buen augurio y de mal augurio. La buena noticia es que puedo por fin presentarte a mi cuarto hijo, Namo.

Un hombre de aproximadamente la edad de Marco avanza hacia el extranjero y le saluda con calor. Al moverse exhibe orgulloso la musculatura de un guerrero, y va vestido al estilo mongol, contrariamente a la mayoría de los cortesanos que van trajeados a la moda china, con mantos de seda a cual más hermoso.

—Marco Polo, te agradezco, en nombre de mi padre, que me salvaras la vida.

Cuatro años antes, en 1275, mientras la caravana de Marco permanecía como rehén en poder de Kaidu, enemigo del Gran Kan, Namo había sido enviado a luchar contra el malvado. Pero, traicionado por sus capitanes, había sido hecho prisionero a su vez. Marco recuerda su propia entrevista con Kaidu, durante la que logró convencerle de que respetara la vida del príncipe mongol. El general Bayan, por su parte, había intentado en vano liberarle.

—Mi corazón se llena de alegría al tener el honor de conocerte, Namo —responde Marco saludando a su vez.

—Namo me fue devuelto hace un año. No puedes imaginar la alegría que siente un padre al recuperar a su hijo desaparecido —dice Kublai con una de sus escasas sonrisas.

—No, no puedo imaginarlo, Gran Señor —afirma Marco con el corazón en un puño al pensar en aquel niño que quizá sea su hijo.

—La mala noticia —prosigue Kublai— es que ese perro de Kaidu ha invadido Mongolia tras haberse apoderado de Uiguria. Ha tenido la audacia de tomar Karakorum, cuna de mi raza y de mi ilustre abuelo, Gengis Kan. La cosa es tanto más grave cuanto que mis ejércitos van a buscar sus caballos en las tierras de las estepas. No puedo tolerar que de un modo u otro obtenga provecho de esta ventaja. General, he aquí una nueva tarea para ti. Eres el único que puede arrebatar nuestra tierra a Kaidu.

El primer ministro Ahmad interviene.

—Gran Señor, ¿cómo vamos a pagar semejante campaña? El tesoro real ya no puede permitírselo.

Kublai sonríe, como si acabara de recibir una buena noticia.

—Marco Polo, para eso debemos recurrir a ti y a tu habilidad. Tenemos grandes proyectos, a la medida de nuestro imperio. Un imperio es como un hombre, posee una historia y un destino. Estoy aquí para escribir esa historia y realizar ese destino. Por eso debo permanecer en mi trono, desde donde puedo distinguir el más remoto pasado y el porvenir más lejano. Tú serás mis ojos para ver la realidad actual. Verás lo que, desde la altura del trono, yo no puedo divisar. Por eso hemos tomado la decisión de ennoblecerte, señor Marco Polo, y de confiarte el gobierno de Yangzhu.

Marco se siente sorprendido y enormemente halagado por el favor del Kan, aunque también le embarga cierto temor al verse encumbrado hasta semejante puesto en un país que conoce aún tan poco y cuya lengua no habla; y se pregunta si sabrá estar a la altura.

—Gran Señor, éste es un honor inmenso para vuestro servidor.

—Evidentemente, tendrás que acatar las leyes del imperio. Como súbdito del imperio, te está prohibido aprender la lengua china.

Marco conoce asimismo el edicto que prohíbe a los chinos conocer el mongol. Lo encuentra tan absurdo que se pregunta si no será el resultado de las presiones de la casta de los intérpretes.

—Háblame de tu padre y de tu tío. ¿Siguen viviendo a gusto en su apartada provincia?

—Sin duda, Gran Señor, prefieren el aire cálido del sur al frío de nuestra querida capital. Y han encontrado una actividad que les ocupa en grado sumo. Se han lanzado a la explotación de la sal. Por su conocimiento del tema, se proponen incluso comerciar en nombre del imperio.

—Eso es muy propio de Niccolò Polo. ¿Qué solicita? —pregunta el Gran Kan.

—El monopolio de la sal, en el bien entendido que la mitad de los beneficios irá a las arcas del imperio.

—Una vez me dijiste que la fortuna de Venecia se edificó sobre la sal, ¿no es cierto?

Marco asiente con la cabeza.

—En efecto, Gran Señor. Me honra que recordéis la historia de Venecia que yo os conté.

—¿Qué te parece a ti el comercio de la sal en China?

—Vale la pena desarrollarlo. He probado durante mis viajes una sal de primera calidad, tan fina y blanca que podría creerse harina.

—Te confío el comisariado de la sal. Asóciate con tus parientes y regresa para rendirme cuentas.

—Ojalá vuestro humilde servidor pueda mostrarse digno del insigne honor que le concedéis, Gran Señor —murmura Marco con una inclinación.

Kublai da una palmada. Un servidor le trae un volumen de hermosa hechura, encuadernado en cuero y seda.

—Mira este libro, Marco. Es una ópera. Existe gracias a mí. Se ha vendido incluso en las Indias. Te lo regalo.

Confuso y feliz, Marco se prosterna en señal de humildad y de agradecimiento, incapaz de encontrar las palabras adecuadas.

Kublai se vuelve hacia Sanga, que ha permanecido inmóvil como un pétreo monolito en la estepa mientras ha durado la audiencia.

—Sanga, P'ag-pa me ha hablado de ti. Ha estallado una revuelta en el Tíbet. Esa gente se niega a reconocer nuestra autoridad. Te encargo de que los metas en cintura. Tienes todos los poderes para llevar a cabo esta misión. Siendo de la misma religión que ellos, te será fácil hacerte comprender por esos montañeses que por lo que dicen son muy zafios. Pero han sufrido ya tanto a manos del ejército de mi hermano Mongka que no quiero enviar contra ellos a mis soldados.

Marco, satisfecho por su audiencia con el Gran Kan, se reúne con Shayabami en los jardines de palacio y le confía un mensaje destinado a su padre. El sol pone vetas rosadas en las nubes azul marino semejantes a manchas de tinta. En la pálida luz de la aurora ven aproximarse a Sanga, que abraza calurosamente al veneciano.

—¿Cómo voy a hacerme entender a partir de ahora, sin ti? —le pregunta Marco.

—Un verdadero intérprete te será más útil de lo que yo lo fui.

—No estoy seguro de eso.

Un jinete se detiene a su lado y descabalga para inclinarse ante Marco.

—¿Señor Marco Polo?

—El mismo.

—El general Bayan me ha mandado que hable con vos en privado.

—¿Estás en dificultades? —pregunta Sanga, inquieto.

Marco mueve la cabeza y se despide:

—Adiós, Sanga, volveremos a vernos.

Sigue al mensajero hasta un bosquecillo de jazmines de perfume embriagador.

—Habla —ordena Marco, impaciente.

—Soy portador de dos mensajes, señor Marco Polo. El primero es éste: el general os hace el favor de acceder a vuestra petición, en pago de vuestra gestión para salvar al príncipe Namo Kan, al que considera como su propio hijo.

Marco suelta un suspiro de alivio.

—¿Y el segundo mensaje?

El jinete saca de su manga un pliego sellado.

210

7

El secreto de Ai Xue

Envueltas en amplios mantos, dos sombras se deslizan con paso sigiloso fuera de un palacio. Se acerca la hora del toque de queda. De pronto las dos sombras se inmovilizan: unas siluetas han surgido en el cruce de la Vía imperial con la avenida del Pelícano. De noche Khanbaliq pertenece a quienes no conocen más ley que la propia. Las siluetas siguen su camino. Y las dos sombras reanudan la marcha por las amplias avenidas de la ciudad. Se introducen en el dédalo de los callejones bordeados de muros sin ventanas antes de penetrar en el laberinto de los desiertos patios traseros. Finalmente, se detienen ante una casa de paredes desconchadas, que acaricia la cálida luz del crepúsculo otoñal. La más pequeña de ambas sombras levanta la cabeza. En la esquina, la única ventana iluminada de la calle despide una claridad azul. En las entrañas de ese barrio pobre de la ciudad en el que ningún extranjero osa aventurarse, Marco Polo, pese a sus precauciones, tiene muchas posibilidades de ser advertido por los escasos viandantes. Con el puño, golpea perentorio la puerta. El eco de la llamada resuena en la calleja. Al otro lado de la puerta se oyen unos susurros.

Al cabo de un buen rato, la llave rechina en el cerrojo y el batiente se abre. La luz polvorienta de una candela inunda brevemente los negros adoquines, pero la corriente de aire la apaga casi enseguida. En el interior reina tal oscuridad que es imposible distinguir a la persona que les franquea la entrada. Marco da un paso hacia delante. El misterioso anfitrión se aparta para dejarle vía libre y acto seguido cierra la puerta en las narices de Shayabami.

—Aguardad, no estoy solo —protesta el veneciano.

—Ya lo sé, maese Polo —responde Ai Xue, cuya voz Marco reconoce enseguida—. Pero deseamos que lo estéis. Adelante, os lo ruego.

Ambos hombres se saludan a la china, con las manos unidas bajo el mentón. Luego, con el corazón palpitante, Marco sigue a Ai Xue por un largo corredor en penumbra. Mientras camina, sus pies producen secos crujidos al aplastar lo que parecen hojas muertas.

—Cucarachas gigantes —comenta tranquilamente el médico chino, adivinando la pregunta del veneciano.

Marco no puede reprimir un estremecimiento.

Llegan por fin a una pequeña estancia iluminada por un farolillo de papel. Con un súbito impulso, Marco se vuelve para mirar al suelo y descubre un tapiz de hojas secas. No se había equivocado, Ai Xue se ríe de su broma.

—Perdonadme, maese Polo, me ha hecho gracia engañaros.

—Si no me equivoco, la puerta es el único acceso a vuestra estancia. De modo que estos crujidos os avisarían de la llegada de algún indeseable, o de unos guardias imperiales...

Sin contestar, el médico chino se instala en el suelo sobre una estera trenzada, e invita a Marco a imitarle. Una mesa de madera sobriamente tallada sostiene una humeante tetera acompañada de dos pequeños boles de terracota. Sirve el propio Ai Xue —asegurándose así la discreción total—, y después de llenar los dos boles le ofrece uno a Marco.

—No, gracias, ¿dónde estoy exactamente, Ai Xue?

—Un bol de té no se rechaza nunca, maese Polo —insiste Ai Xue con voz pausada.

Marco, enojado, toma entre las palmas el tazón y moja en él los labios. Ahoga una exclamación. La infusión está ardiendo.

—Estáis en mi casa, maese Polo.

—No sabía que vivieras en Khanbaliq.

—No me lo preguntasteis.

—Te creía médico ambulante.

—Lo soy, todos me acogen vaya a donde vaya.

—No cometas el error de tomar a un bárbaro por un ingenuo, Ai Xue. Este lugar tiene todo el aspecto de una guarida de bandidos. Debes saber que he averiguado algo antes de venir hasta aquí:

esta casa pertenece a la sociedad secreta del Loto Blanco. Y has de saber también que la policía del emperador se interesa mucho por conocer la identidad de quienes eliminaron a los mensajeros del general Bayan y del Gran Kan durante la campaña china.

Ai Xue se pone tenso de pronto.

—Y sin embargo vos estáis vivo —precisa.

—Más a mi favor, no creo en el azar...

—Es cierto, si el Loto Blanco no hubiera decidido perdonaros la vida —dice Ai Xue señalando la marca en la muñeca de Marco—, no estaríais ya en este mundo.

—Así queda aclarado el misterio del tatuaje; era eso. ¿Por qué me protegiste?

—Necesitaba atravesar las líneas de Bayan. Vos me proporcionasteis la escolta que necesitaba.

Con un gesto de cólera, Marco desenvaina el sable y se arroja sobre Ai Xue. El chino le esquiva con destreza y, con un golpe brutal en la muñeca, hace caer el arma del veneciano. Ambos hombres se miran fijamente, dispuestos a llegar a las manos.

—Me utilizaste —dice Marco apretando los dientes.

—Al emisario del Gran Kan, sí, a Marco Polo, no.

—Marco Polo está al servicio del Gran Kan.

—Y sin embargo no habéis venido con la guardia imperial.

—Prefiero saldar yo solo mis cuentas.

—El talismán que hice tatuar en vuestra piel, sabedlo, no significa que el Loto Blanco os haya indultado, si no que yo soy el único que tiene derecho a ejecutaros —dice Ai Xue en tono pausado.

—Permaneceré vivo mientras me necesites, ¿no es eso?

—En efecto. Pero también vos tenéis necesidad de mí. Puedo ayudaros a encontrar lo que buscáis, porque buscáis a alguien, ¿no es cierto? Y tendréis de vuestra parte todo el poder del Loto Blanco.

Marco frunce el ceño.

—El sabio dijo: «Quien quiere mover la montaña debe comenzar por quitar los guijarros» —prosigue Ai Xue—. Sentaos, maese Polo, el té va a enfriarse.

El veneciano envaina su sable y se acuclilla en el suelo, dispuesto a brincar de nuevo.

El médico calla un largo momento antes de soltar:

—Lao Tsé dijo: «Más vale que el pez permanezca en aguas profundas y las armas de un Estado en las sombras».

—¿De qué Estado estás hablando? China pertenece a los mongoles.

—«El día más alejado existe, pero el que no vendrá no existe», dijo Confucio. Kublai nos tolera.

—Podría dejar de hacerlo si le contara que estáis fomentando una conspiración para derribarle.

Ai Xue degusta tranquilamente un trago de té.

—¿Qué estáis imaginando?

—No importa lo que imagino. Pero te pido que me acompañes en mi próxima misión. Necesito un intérprete. Conoces muchas lenguas y dialectos del imperio.

—En tal caso, vamos a negociar. ¿Qué me ofrecéis por ello?

—Ya ves, te ofrezco la vida y la libertad —declara tranquilamente Marco.

Los dos hombres sueltan la carcajada al mismo tiempo.

La nieve cubre con su manto las llanuras del norte. De nuevo Marco se pone en camino escoltado sólo por Shayabami y Ai Xue. El veneciano ha despedido a los criados que le servían en Khanbaliq y enviado todos sus efectos a Yangzhu, donde debieran llegar una o dos semanas después que él. El chino permanece apartado, con expresión malhumorada.

Por orden de Marco, Shayabami se encarga de atender al médico que parece indiferente a estas muestras de consideración. Cierta noche, después de detenerse en un albergue, Marco se aovilla sobre una pelliza, junto al fuego, y va saboreando un té ardiente. Ai Xue contempla, fascinado, las brasas que arden en la chimenea con esporádicos chasquidos.

—Ai Xue, ¿qué ocultas en tu calabaza?

—Nosotros, los médicos, no ocultamos nada.

—Muéstramelo entonces —insiste Marco.

El chino saca de su calabaza unos pequeños botes de arcilla.

—Cuerno de rinoceronte, jade y perlas pulverizadas, veneno de sapo, lombrices, arañas, ciempiés cocidos y molidos, piel de serpiente. ¿Estáis satisfecho?

—No es muy apetitoso.

—Son remedios, maese Polo, no las viandas que se sirven en el palacio imperial.

El veneciano fija la vista en otros instrumentos que Ai Xue no ha sacado de su calabaza.

—¿Y qué es eso?

Ai Xue contempla al extranjero sin decir palabra.

—Nada importante —precisa al fin.

Marco no insiste, pero no por ello renuncia a satisfacer su curiosidad.

La pequeña partida prosigue su cabalgada, sólo interrumpida por sus paradas nocturnas en las casas de postas mongoles, donde toman caballos de refresco.

Tras varias semanas, el grupito llega a Yangzhu, donde Marco debe ejercer las funciones de gobernador. El veneciano sólo lleva menos de un cuarto de hora en la ciudad cuando un mensajero se arroja a sus pies. Le conduce hasta el palacio del gobernador, donde Marco es recibido como un príncipe, con todos los honores debidos a su nuevo rango.

—Señor, vuestros altos consejeros nos han pedido que los advirtiéramos de vuestra llegada.

—¿Dónde están?

Marco sigue al servidor por los corredores magníficamente decorados con motivos florales, hasta un salón en el que relucen la laca y las maderas azules y doradas.

Los «altos consejeros» están de espaldas, pero Marco no necesita que se vuelvan para reconocer la robustez del uno y el enclenque aspecto del otro.

—¡Padre, tío!

Los hermanos Polo avanzan juntos para recibir a Marco.

—¿Y qué, Marco?

—Estoy agotado, estas rutas mongoles...

—... son excelentes —concluye Niccolò.

—¡Precisamente! Por eso pueden hacerse largas jornadas a caballo. Uno no se da cuenta del paso del tiempo y no se para a descansar.

—Querido sobrino, me parece que os adaptáis muy bien al peculiar lenguaje de esta gente... —advierte Matteo, perplejo.

Niccolò se acerca y susurra al oído de su hijo.

—¿Quién es ese tipo?

Marco da media vuelta y lanza una ojeada a Ai Xue, que deambula, curioso y maravillado, por el interior del palacio.

—Mi intérprete y médico.

—Me gustaba más el otro.

—No era médico.

—No importa. Éste no me inspira mucha confianza. No estoy seguro de que lo hayas elegido bien.

Matteo da un codazo a su hermano.

—¡Nicco! *Per Bacco!* Lo dices porque es chino.

Niccolò se encoge de hombros.

—Nunca he sabido distinguirlos.

—Desengañaos, señor padre, Ai Xue es exactamente el hombre que necesito —afirma Marco sin dar más explicaciones.

—Esperemos y veamos cuál de nosotros dos tiene razón.

Matteo interviene para acabar la discusión entre padre e hijo.

—Marco, hemos acudido nada más recibir tu mensaje. *Bravissimo* por lo de tu nombramiento. En nombre de la República y de la Ca'Polo,* te presento mis más oficiales felicitaciones.

Marco esboza una reverencia a guisa de agradecimiento.

—Pero ¿no tienes que darnos una noticia? —interroga Niccolò, impaciente.

—Claro que sí, padre mío —responde Marco mirando con una sonrisa cómplice a su tío.

Matteo le ofrece un vino de arroz con especias, y le precede hasta el salón decorado a la veneciana.

—Nos hemos tomado ciertas libertades en tu ausencia —explica Niccolò—, sabiendo que no nos lo reprocharías.

Marco da la callada por respuesta.

Habituado a las costumbres locales, se sienta en el suelo sobre un almohadón persa y adopta una actitud bastante solemne.

* La República de Venecia; la Casa Polo, es decir toda la familia Polo.

—Además del gobierno de Yangzhu, el Gran Kan me ha confiado el monopolio de la explotación de la sal.

—¡Marco, hijo mío!

Niccolò lo estrecha entre sus brazos, en un arrebato de entusiasmo y afecto que no le es habitual. Luego se levanta, da unas palmadas.

—Vayamos a celebrarlo. Había previsto un banquete para tu regreso, ¡será un festín!

Marco declina la propuesta con un suspiro.

—Un baño, un lecho, una cena; eso es todo lo que pido...

—¡Y una mujer, ya puestos a ello! —exclama Niccolò levantando una ceja.

—¿Por qué no?, aunque eso después... —replica Marco seriamente.

—Vamos, ve a quitarte la mugre, pero apresúrate —dice Niccolò dándole tan fuerte palmada en la espalda que su hijo pierde el equilibrio.

Tras haber visitado el palacio, Marco se relaja largo rato en un baño aromático.

A continuación se reúne con su padre y su tío, que le esperan para la cena, servida por dos chinas muy sonrientes. Marco se deja tentar primero por unos nidos de golondrina con licor de rosas. Unas jóvenes intérpretes y bailarinas, de aspecto seductor, alegran la velada. Marco no puede apartar su mirada de las chinas, que con sus ligeras vestiduras, insólita mezcla de atavíos orientales y venecianos, representan unas culturas que ellas mismas desconocen. Los comensales degustan una especialidad de la región para terminar con un vino de uva que Niccolò ha hecho traer por una caravana desde el otro lado de las montañas. Lo saborean ante un tablero de go; durante el juego, Niccolò, con el pretexto de no comprender nada, hace trampas a las mil maravillas.

Marco, ahíto por la colación demasiado rica, sale a tomar el aire junto a los cerezos en flor del jardín que separa el pabellón de recepción de la casa principal. A la escasa luz de un farolillo, entrevé la magnífica decoración de su nueva morada.

Lentamente, ascendiendo con esfuerzo por la ladera, el tibetano se reúne con Marco junto al pino. La nieve está manchada de sangre, del caballo o del hombre. El animal yace, despanzurrado, a un tiro de piedra. Sus entrañas palpitan aún, humeantes.

Marco, protegido por su montura, está tendido en una extraña postura, como desarticulado. El guía se inclina sobre él. La sangre oculta el rostro de Marco; su rodilla sanguinolenta está doblada en un ángulo antinatural. El tibetano limpia el rostro del joven, apoya el oído sobre su pecho.

—Vive, señor Niccolò —dice sonriente al mercader que se acerca, llevando el caballo por la brida.

Matteo lanza un suspiro de alivio.

—Remata al caballo —ordena Niccolò a Kunze, el guía persa.

Éste, que ha viajado con ellos desde Venecia, lanza una mirada a Marco antes de alejarse hacia el animal.

—Es un milagro, sólo tiene rota la rodilla —comenta el tibetano.

—¿Sabrás curarle? —pregunta Niccolò, preocupado.

A unos metros, Kunze corta fríamente la carótida del caballo.

—Habrá que bajarle en brazos, al menos hasta el pie de la ladera. A lomos de un animal sería demasiado peligroso. Yo lo haré.

Noor-Zade va a buscar un pedazo de madera lo bastante largo y sólido. Con sus ágiles dedos, comienza a confeccionar una cuerda con pelo de yak. Darmala lo aprueba con la mirada.

—Voy a enderezar su pierna aquí mismo —anuncia el tibetano—, antes de que recupere el conocimiento.

Pide a Niccolò que le ayude, sujetando firmemente a su hijo. Noor-Zade se concentra en su trabajo. Matteó y Kunze no apartan los ojos del rostro de Marco.

El tibetano, con un gesto seco y brusco, coloca la rodilla en su posición normal.

Marco se despierta al oír su propio grito. Instintivamente, se lleva la mano a la pierna. Le duele tanto que le parece estar soñando aún. Shayabami acude, a medio afeitar.

Marco le tranquiliza con un gesto, incapaz de hablar.

Shayabami desplaza bruscamente el biombo que oculta la pequeña ventana, y de este modo deja entrar la luz del día.

Marco se tapa los ojos con ambos brazos.

—Creo que los nidos de golondrina me han sentado mal, eso es todo.

Shayabami le mira un instante y exclama:

—¡Voy a buscar al médico!

—¡No lo hagas! —le prohíbe Marco. Pero el esclavo ha desaparecido ya fuera del pabellón.

Penosamente, el veneciano consigue sentarse. Su nuca está rígida y tiene un espantoso dolor de cabeza. Apenas puede doblar la rodilla. Se aprieta las sienes con ambas manos. Tal vez un bol de té le sentaría bien.

Shayabami regresa seguido de Ai Xue.

—Déjanos, Shayabami —ordena el chino—. Tu amo te llamará si te necesita.

El sirio contempla al médico, asombrado ante su audacia.

Marco le hace una señal a su esclavo.

—Haz lo que te dice.

Marco se tiende lentamente en el lecho.

—¿Tu profesión te concede los derechos del amo, Ai Xue?

—El sabio dijo: «El hombre dueño de sí mismo no tiene otro dueño».

Marco se frota la rodilla dolorida, recuerdo de la violenta caída que sufrió al final de la travesía del Himalaya. A la vista de Kashgar, impaciente por llegar, había descuidado la vigilancia y no había podido impedir que su montura tropezara y chocara contra un pino.

A Marco se le había fracturado la rodilla y había permanecido inconsciente varios días. Luego tuvo que andar con muletas durante semanas. Desde entonces le quedan secuelas, unas punzadas que a veces casi le paralizan.

Ai Xue se aproxima a Marco, y lo examina de cerca. El veneciano, incómodo, aparta la cara.

—Vuestras energías se han debilitado. Un niño se daría cuenta.

—Déjame.

—Eso quisiera, pero os arriesgáis a ser un mal gobernador. Y ya sabéis cómo me preocupa la suerte de los chinos, ¿no es cierto?

El veneciano, levemente enojado, levanta los ojos hacia el médico.

—Me siento mucho mejor. Tu sola presencia casi me ha curado.

—Tenéis los párpados oscuros y los ojos enrojecidos, lo que significa que os falta *yin* en los riñones. Vuestra tez está verdosa, lo que prueba que el hígado está dañado. La cólera se os ha subido a la cabeza —concluye Ai Xue.

Marco sonríe, incrédulo.

—A veces me pregunto, oyéndote hablar así, si vosotros, los chinos, estáis hechos de la misma pasta que nosotros.

—Responderé a esta pregunta: estoy seguro de que no. —Ai Xue aguanta, divertido, la mirada de su paciente.

—Muy bien, ¿tienes en tus remedios algo contra mi mal?

—Las agujas —dice tranquilamente el médico.

Marco suspira. No ha olvidado la primera vez que vio actuar a Ai Xue. El temor que le sobrecoge ante la idea de esa extraña medicina se mezcla con la curiosidad, el deseo de aceptar el desafío.

—Hazlo, entonces.

Se tiende en su yacija, tenso.

Con delicadeza, Ai Xue le quita la camisa a Marco. Éste observa con atención cada gesto del chino. Ai Xue se separa los faldones de la chaqueta desvelando un ancho cinto plano que le rodea la cintura y lo desata. En el interior del cinturón hay una prieta hilera de agujas.

—No es doloroso. Apenas sentiréis un pinchazo. Y además, será por vuestro bien.

—No tengo miedo —dice Marco que no puede evitar que sus músculos tiemblen levemente.

Con gesto seguro y preciso, Ai Xue clava sus agujas en las manos de Marco, en sus muñecas, sus tobillos, sus pies. A cada pinchazo, el veneciano da un respingo, tenso como una ballesta.

—Eso os relajará. No os mováis. Permaneced tranquilo.

Escéptico pero curioso, Marco se abandona en sus manos. Por primera vez, se da cuenta del poder de Ai Xue, que es como un volcán adormecido. El chino hace ademán de apartarse de la cama.

—¿Adónde vas? —grita Marco con un tono de inquietud.

—A ninguna parte. Me quedo junto a vos.

Ai Xue se sienta con las piernas cruzadas y comienza a meditar.

Marco no aparta de él la mirada. El médico está del todo inmóvil. Sus párpados descansan tranquilamente sobre sus órbitas. Sólo el pecho se levanta con apacible regularidad. Marco contempla su extraña figura, sus manos torturadas, tan delicadas, que atestiguan un pasado secreto. Como hipnotizado, Marco se deja dominar por esa sorprendente quietud. Siente una relajación espiritual y física como nunca ha conocido. Deja de pensar en su hijo desaparecido, en su lejano padre, en el omnisciente Gran Kan. Al compás regular de su respiración, se nota tan ligero como la brisa que va y viene sobre la arena. Se abisma en el infinito del espacio, abandonándose al silencio de su inmensidad.

De pronto, recupera la conciencia. Ai Xue le quita con gesto vivo una de las agujas. Marco siente una extraña sensación de liberación.

—Me has hecho dormir —dice con voz pastosa—. ¿Qué significa esta magia?

—Tú solo te has dormido. Yo he ayudado, sencillamente, a tu *qi* a circular mejor por tus meridianos. No veas en ello magia alguna. Es un conocimiento ancestral que tenemos de la naturaleza y los astros y de sus vínculos con los hombres. He hecho lo que estaba en mi mano. El resto del mal procede de ti. Y contra eso, nada puedo... salvo escucharte.

Ai Xue quita una a una las agujas. Marco experimenta, a su pesar, una profunda sensación de alivio, porque durante unos instantes no ha sido el dueño de su cuerpo sino un simple paciente esperando los actos de Ai Xue.

—Nada tengo que decirte —suelta el veneciano.

—Entonces, dejad que os hable.

—Buena idea. ¿Por qué no lo has hecho antes?

—Nunca me habéis interrogado.

Marco sonríe: siempre la misma respuesta.

—Os oí hablar con Sanga, mientras yo le curaba la herida.

—¿Conoces la lengua uigur? —exclama Marco, inquieto.

—No, pero conozco el alma de los hombres, es mi oficio. He visto el dibujo que lleva en el hombro.

—¿Y qué? —pregunta Marco, cuyo corazón comienza a palpitar enloquecido sin que él comprenda por qué.

—Sobre todo vi la impresión que os produjo el verlo, maese Polo.

—El dibujo me trajo algunos recuerdos, eso es todo.

Después de esta afirmación, el veneciano se levanta, en plena forma de pronto.

Ai Xue guarda con cuidado y en silencio las agujas en su cinto. Luego se incorpora y se lo ajusta al talle.

Marco se dirige hacia el espejo que Shayabami ha instalado para afeitarle. Agarra las largas tijeras y comienza a recortarse la barba.

«¿Se parece a mí el niño? —se dice—. ¿Seré capaz de...?» Lanza un profundo suspiro.

—Busco a un niño mestizo —declara—. Lo busco por todo el imperio sin saber a qué casa, a qué puerta llamar, sin siquiera saber si voy a reconocerle —añade excitándose cada vez más.

—¿Por qué buscáis a ese niño?

—Soy... su padre —suelta Marco, vacilante.

Ai Xue sonríe.

—No parecéis muy seguro de lo que queréis hacer.

Marco deja las tijeras, lleno de rabia. Le es imposible olvidar la promesa que hizo a Noor-Zade en su lecho de muerte.

—Hice un juramento a su madre.

—¿Qué edad tiene el niño?

Marco reflexiona unos instantes.

—Unos seis o siete años, supongo... Tal vez, mientras hablamos, él lleve ya mucho tiempo muerto. Y tú, ¿tienes hijos?

—¿Cómo os sentís? ¿Y vuestro dolor de cabeza?

Marco comienza a vestirse.

—Eres un maestro en el arte de eludir mis preguntas.

—¿Qué haríais con las respuestas?

—Quizás empiezo a interesarme por ti.

—¿Por qué? Si la muerte me arranca de vuestro lado, bueno será que sepáis lo menos posible. Pensad sino en lo que se siente al perder a un perro al que habéis acogido.

—Nunca he tenido perro. Pienso en el niño. Desconoce por completo sus orígenes. Él no conoce a su padre. Lo mismo que yo.

Ai Xue frunce el ceño, interrogador.

—¿Vuestro padre no es nuestro huésped, Niccolò?

—En efecto, pero le he conocido tan poco...

—Al menos sabíais que existía en alguna parte.

—Apenas.

—¿Y por qué pretendéis que la cosa sea distinta con vuestro hijo?

«Mi hijo.»

—Tal vez porque lo merezco. Merezco darle lo que me ha faltado. ¿Sabes, Ai Xue?, a veces espero que, si le viera, le reconocería al primer vistazo. Pero ¿y si no siento ese impulso?

—Tenéis que reforzarlo para que no se agote. Venid, voy a haceros una confesión.

Instintivamente, Marco se acerca, atento, pensando en el sentido de las últimas palabras del chino.

Ai Xue abre su calabaza y saca los instrumentos que habían intrigado ya a Marco: su material de escritura, un estuche con pinceles, una pequeña placa de hierro colado y una barrita de tinta decorado con un dragón esculpido. Los instala en la mesa donde se afeitaba Marco, apartando la pequeña jofaina de terracota. Vierte unas gotas de agua en la placa de hierro, frota sobre ellas la barrita para crear una minúscula mancha de tinta que brilla con fulgurante negrura. Elige un pincel lo bastante fino y, sujetando su extremo con la yema de los dedos, moja la punta en el líquido negro.

—Dadme vuestro brazo.

Marco obedece sin vacilar.

Con gestos rápidos y, sin embargo, con la precisión de una bordadora, Ai Xue traza en el interior del antebrazo de Marco una primera cursiva. El dibujo sube en dirección al codo, antes de descender en una gruesa flecha erizada de llamitas. Ai Xue prosigue su trazado a lo largo de las sobresalientes venas. La caricia de los pelos húmedos de tinta exhala una sensualidad fresca y delicada en la piel del veneciano. El médico levanta el pincel.

—¿Qué has escrito?

—Cerrad el puño —ordena Ai Xue.

El veneciano lo hace. El dibujo parece tomar vida, aparecen las fauces abiertas de un animal, medio tigre, medio dragón, dispuesto a rugir. El corazón de Marco comienza a palpitar con la misma enloquecida velocidad que si hubiera visto un fantasma. Aparta con viveza su brazo, como si quisiera librarse de él.

—Era más o menos eso, ¿no?

—Tienes buena memoria —confirma Marco, aún sofocado.

—El niño lo lleva en el lugar donde yo lo he dibujado.

Marco está pendiente de los labios de Ai Xue.

—Curé a uno de sus compañeros, corroído por la gangrena, no a él —prosigue el chino Ai Xue—. Pero recuerdo que su tatuaje me intrigó tanto más cuanto que trataba de ocultarlo.

De pronto, la esperanza que Marco procuraba contener estalla en su pecho con toda la fuerza de un sentimiento reprimido durante demasiado tiempo. Podrá por fin hacer honor a su palabra de gentilhombre, dejar de maldecirse.

Por fin le es posible creer que el niño tendrá algún día la oportunidad de hacerse hombre. Y, si está vivo, cada vez que Marco pose los ojos en un niño abrigará la esperanza de que sea el suyo, la esperanza de descubrir en él la huella de Noor-Zade, su amor perdido.

—*Dio!* —exclama Marco—. ¿Estás diciendo que viste a un niño que llevaba este tatuaje?

—Sí, fue al norte de Hangzhu, en una granja donde trabajaban otros niños.

—¿Cómo se llama? ¿A quién... qué parece?

—No conozco su nombre. En cualquier caso, no era chino, eso es seguro. Tenía unos ojos finos como granos de arroz negro. Sus cortos cabellos no le impedían tener piojos. Además tenía sarna. Era bastante enclenque, debía de estar mal alimentado. No me habló, pero en su mirada leí furtivamente el brillo de una estrella fugaz.

Marco ha empalidecido al oír la descripción del chiquillo.

—Cállate, Ai Xue.

—Vos habéis insistido, maese.

—¿Cómo puedo aguantar oír esas cosas cuando nada puedo hacer por él?

—Tal vez en cierto momento habríais podido y no hicisteis nada...

Marco le suelta un puñetazo. Ai Xue lo esquiva con facilidad, y mira al veneciano con sus ojos vivos.

—El sabio dijo: «Es más fácil desviar el curso de un río que cambiar el carácter de un hombre» —recita tranquilo.

Intercambian una larga mirada.

—Perdóname —suelta Marco en un soplo—. Háblame de él, llévame hasta él, te lo ruego.

Obligándose a concentrarse, Marco pasa largas jornadas en compañía de su tío Matteo. Aunque poco acostumbrado a esta clase de ejercicio, intenta comprender la organización administrativa del imperio. Éste está dividido en treinta y cuatro provincias, regidas por doce gobiernos. El gobernador no ejerce el poder judicial, que se confía a un juez por provincia, ayudado por algunos secretarios. Los gobernadores chinos quedan bajo la autoridad de los gobernadores mongoles que, a pesar de la excelente red de comunicaciones, han adquirido una independencia real con respecto al poder central. Marco estudia los expedientes, da autorizaciones de explotación, decide las tasas sobre los productos importados, exonera de ellas las ventas al extranjero, desarrolla la industria de la sal y la porcelana.

Encerrado en su despacho con Matteo, Marco no ha visto a su padre desde hace semanas. Niccolò se ocupa de la distribución comercial de la sal, corriendo de mercado en mercado. Cuando Marco le convoca y Niccolò entra en la estancia, el joven vuelve a ser el niño de siete años que vio partir a su padre hacia un viaje tal vez sin retorno y que contenía las lágrimas para estar a la altura.

Niccolò se sienta sin miramientos en un antiguo sillón de la dinastía Jin, y lo acerca a pocas pulgadas de la chimenea donde agoniza un rojizo fuego. «Debe de asfixiarlo de calor», piensa Marco. Del brazo del sillón pende con abandono la mano de Niccolò, que brilla a la luz de las llamas como la de una figura de cera. Éste se quita el gorro, se atusa los escasos cabellos con el mismo gesto maquinal que su hermano Matteo y vuelve a cubrirse.

—¡Bueno, mi pequeño Marco! ¿A qué viene esta convocatoria oficial?

—Señor padre mío, es un favor que solicito de vuestra benevolencia.

—¿Quieres compartir una de mis concubinas?

Y suelta la carcajada, como si la perspectiva le encantase realmente.

Marco lanza un suspiro.

—Debo abandonar Yangzhu.

—¿Ya? ¡Pero si acabas de llegar! ¡Eres peor que yo!

Pero lo ha dicho en tono de elogio.

—Tengo un deber que cumplir.

—Sí, el de gobernar para el Gran Kan —dice Niccolò con perfecta mala fe.

Marco se levanta y camina de un lado a otro para calmar su nerviosismo. «¿Por qué, a fin de cuentas?» También él es un hombre. Se acerca a su padre que no le quita los ojos de encima, con una indiferencia casi insultante.

—Tengo una pista para encontrar al hijo de Noor-Zade.

—Noor-Zade... Noor-Zade... ¿La esclava que vendí en Venecia y con la que me ofendiste al traerla de nuevo a mi caravana?

—Exactamente —replica Marco con voz firme.

—¡Si tuviera que buscar todos los hijos que he sembrado, no dispondría de tiempo para nada más! —exclama Niccolò.

—Tal vez hubierais debido buscarlos —insiste Marco con verdadero rencor—. ¿Recordáis que dejasteis a dos de ellos en Venecia, hace ocho años?

—¿Los hijos de la encantadora Fiordalisa?

—Los que ella tuvo de vos, en efecto.

—Pero ¿cómo se llaman? Creo que lo he olvidado.

—Uno Stefano y el otro no había nacido cuando vos partisteis.

—Sí, claro —asiente Niccolò, soñador—. ¡Cuánto habrán crecido cuando regresemos a Venecia! Pero ¿por qué preocuparte del pequeño bastardo? Ni siquiera sabes dónde encontrarlo.

—Tal vez tenga una idea.

—¿Te das cuenta de los *soldi* que tendrás que desembolsar? ¿Por qué cargar con una boca para alimentar?

Marco interrumpe sus paseos. Mortificado, mira a su padre.

—No me creéis capaz de generosidad, ¿verdad? ¿No se os ocurre que yo pueda sentir afecto por ese niño? Ni siquiera imagináis que pueda preocuparme por él o, peor aún, sentir deseos de darle lo que me pertenece. Ésa es la idea que tenéis de mí... ¿O tal vez de vos mismo?

Su voz tiembla, pero su mirada es penetrante.

Niccolò salta de su asiento como si fuera a arrojarse a la chimenea para consumir su furor.

—¡Marco Polo! ¡Guardaos mucho de ser insultante!

—¿Podéis encargaros del gobierno de Yangzhu en mi ausencia? —pregunta Marco en un tono calmado.

—¿Estás loco? ¡También yo tengo mis asuntos! No puedo esperarte *ad vitam aeternam* en los sillones, por lo demás muy confortables, de este palacio.

Marco duda unos instantes, sorprendido por la viva reacción de su padre.

—Señor padre mío, había esperado...

—¡Pues bien, te equivocabas!

Marco comienza a enfadarse. Avanza hacia su padre al que domina ahora con su estatura.

—Esperaba no tener que recordároslo: obtuve del Gran Kan lo que vos deseabais.

—De modo que, evidentemente, te debo algo —se indigna Niccolò con tan amplios movimientos de brazos que las anchas mangas corren peligro de incendiarse al rozar las llamas.

Marco rodea la mesa para ocupar su lugar en el sillón de gobernador.

—No me debéis nada, pero puedo privaros del comercio de la sal en cualquier momento.

—Voy a hablar de eso con Matteo. Decida lo que decida, seguiré su consejo.

Eso no promete nada bueno, pues Niccolò manipula a su hermano desde su más tierna infancia.

—Durante mi ausencia sólo tendréis que encargaros de los asuntos en curso bajo la supervisión de mi secretario —insiste Marco.

Shayabami les interrumpe dirigiendo a su amo una discreta señal. Niccolò, olvidando que regaló su esclavo a su hijo, se dispone a responderle. Marco y Shayabami se miran, incrédulos. Niccolò se aparta, vejado.

—Señor Marco, vuestras cosas están listas, tal como me habéis ordenado.

Marco mira a su padre, que le da la espalda, ocupado en aplastar con sus botas las ascuas para dejar sólo tibias cenizas en el hogar grisáceo.

—Partiré dentro de una hora.

En este nuevo viaje, Ai Xue no es ya sólo el intérprete sino también el guía. Puesto que conoce muy bien la región, elige las rutas que deben seguir. Consigue que hagan un alto en la montaña sagrada Tai Shan. Es un espectáculo que deja sin aliento. El monte parece suspendido en los aires, sostenido por llanuras de vaporosa bruma cuyas columnas serían los pinos, escalonados como en un jardín en miniatura.

Ai Xue relata a Marco la historia del monte. Domina el lugar donde nació Confucio. Su madre subió a él para expresar el deseo de tener un hijo. Desde entonces, las mujeres lo escalan para formular la misma petición.

El médico intenta convencer al veneciano de que no le siga hasta la cumbre. Los seis mil cuatrocientos veinticuatro peldaños, asociados al vértigo, son una prueba que un extranjero no puede soportar.

—Si no lo consigo, volveré a bajar.

—No, quien ha iniciado la ascensión debe proseguirla. Y no os ayudaré.

—No dejaré que me ayudes.

Shayabami, viendo que su amo se dispone a subir, se acerca tímidamente a él.

—Señor Marco, os acompañaría de buena gana, pero los caballos me necesitan.

Shayabami corre para vigilar a los animales. Sin decir palabra, los otros inician la subida. Al comienzo, Marco se interrumpe para admirar el paisaje que se revela en todo su esplendor a medida que se elevan. Pero quienes le siguen se ven obligados a detenerse también, pues la escalera es, en ciertos lugares, tan estrecha que dos hombres no pueden cruzarse, ni siquiera de perfil. Desde el pie hasta la cumbre de la escalera, sus rocosas paredes llevan grabados textos sagrados. Marco se concentra cada vez más en los ágiles pies de Ai Xue, que le precede. Aunque tiene la boca seca, cuanto más se agota, más le parece a Marco encontrar en su interior nuevos ánimos. Le domina el vértigo, pero también cierta euforia. Comprende que la meditación comienza desde el primer peldaño. La regularidad del movimiento de las piernas lleva al espíritu a elevarse con el cuerpo. Al llegar arriba, Ai Xue se vuelve hacia Marco.

—¿No habréis olvidado pedir un favor a vuestros dioses antes de subir?

—He rogado para encontrar a mi hijo —consigue exhalar Marco en un soplo.

En la cima, Ai Xue parece estar en su elemento, cosa que despierta la admiración del veneciano. Recuperan el aliento, instalados en unas lápidas conmemorativas, mientras contemplan un espectáculo mágico, cimas cubiertas de pinos y sumidas en la bruma.

—En realidad, Ai Xue, ¿quién eres?

—Soy doctor en letras. Obtuve el primer puesto en el concurso del palacio imperial. Eso no significa nada para vos, maese Polo, pero para nosotros es el mayor de los honores.

—Vamos, si bastaría con que tu familia tuviera dinero bastante.

—¡En absoluto! —se indigna Ai Xue—. Para el concurso tenemos un sistema muy seguro. Escribimos nuestro nombre, luego lo ocultamos para que el corrector no conozca al alumno. Y se hacen tres correcciones sucesivas para evitar errores de apreciación.

—Me cuesta creerlo. ¿Qué hiciste luego?

—Fui prefecto de la provincia de Hangzhu, de donde era originaria mi familia. Hace apenas tres años, Hangzhu era la capital imperial. El último de los Song mantenía allí una fastuosa corte.

—¿Entonces eres un gran mandarín? —exclama Marco, incrédulo.

Ai Xue agacha la cabeza.

—Lo era. Ahora soy un simple médico.

—¿Te lo propuso el Loto Blanco como un modo de pasar desapercibido? En ninguna parte rechazarían a un médico.

Ai Xue sonríe, divertido por la idea.

—No, en nuestros días es una profesión mucho más rentable, eso es todo.

—¿Y tu familia? ¿Sigue en Hangzhu?

—No —responde simplemente Ai Xue, volviéndose—. Vamos, bajemos.

El descenso le parece mucho más peligroso a Marco. Más de una vez debe sujetarse a la pared de la montaña.

—Es difícil regresar a la tierra una vez que te has elevado.

Prosiguen su ruta, atravesando campos y aldeas. Cierta mañana, Marco acompaña a Ai Xue al mercado, mientras Shayabami guarda los caballos. En el suelo, hay cestillas de mimbre que contienen especias y géneros de todas formas y colores. Marco reconoce frutos de jengibre e higos secos ensartados en collares. Un mercader saluda respetuosamente a Ai Xue; luego los conduce hasta un puesto ante el que un hombre se dedica a observar la mercancía sin comprar nada. Ai Xue mantiene con él una larga conversación. El médico elige una enorme estrella de mar y una serpiente enrollada, ambas secas. Rechaza con un gesto el caparazón de tortuga que el mercader le quiere endilgar y entrega sus adquisiciones al hombre, que resulta ser un cojo.

Éste arrastra a Marco y Ai Xue a través del mercado. El veneciano dirige miradas interrogadoras al chino, que se limita a sonreírle, confiado. Ante una caseta de bambú se ha reunido una innumerable multitud. Al acercarse, Marco descubre, colgadas de largos cilindros, aletas de tiburón frescas.

Por fin, al salir del mercado, encuentran la carreta del cojo, vigilada por un niño de unos diez años. Shayabami y los caballos se reúnen con ellos, y todos reemprenden el camino en pos del cojo. El chiquillo no les quita la vista de encima.

Cuando llegan a la granja, el cojo guarda enseguida las mercancías compradas por Ai Xue.

—Aquí encontré al niño —le explica el médico a Marco—. Nuestra sociedad ha visto al cojo en el mercado.

El corazón de Marco acelera sus latidos.

—¿Crees que podrás reconocer al pequeño? —pregunta.

Ai Xue mueve la cabeza, dubitativo. Después se vuelve hacia el contramaestre cojo y comienza a interrogarle antes de traducirle a Marco lo que dice.

—¡Hace mucho tiempo ya! —exclama el cojo—. Desde entonces, he renovado la mitad de mis obreros. Cuando la temporada ha terminado, sólo me quedo con los más robustos para que trabajen en la granja.

—El niño del que te hablo era mestizo. Traduce, te lo ruego, Ai Xue.

El hombre menea la cabeza.

—Llevaba un tatuaje muy particular en el brazo. En este lugar —dice Marco, mostrando lleno de esperanza, el tatuaje todavía visible en su propio brazo.

—Nunca le he visto.

Marco comienza a impacientarse.

—Ai Xue, ¿puedes dibujárselo tú? Lo verá mejor.

El chino saca de su calabaza un largo pincel y con mano ligera traza en la arena la figura del tatuaje. El capataz hace de nuevo un signo de negación.

—Es importante —insiste Marco sacando de su cartera de cuero de león un manojo de irresistibles argumentos.

En tales circunstancias, el enviado del Gran Kan sólo es un simple mercader extranjero.

El hombre se embolsa los billetes antes de proponer:

—Id a ver en el granero, señor. Todos duermen allí.

Antes de que Ai Xue haya terminado de traducir la frase, Marco se ha precipitado hacia el edificio de adobe contiguo al cuerpo principal. Con el corazón palpitante, se detiene ante la gran puerta. El capataz le sigue los pasos.

—No los despertéis, señor. Esta noche tendrán trabajo.

El portalón de madera chirría sobre sus goznes y la luz del día inunda los pequeños cuerpos entremezclados en el desorden del sueño. Algunos se mueven, gimiendo. Marco avanza con pasos silenciosos por entre los niños, que duermen con expresión apacible, aunque algunas caras muestran arañazos o huellas de golpes. Delicadamente, el veneciano levanta el brazo del más próximo. Nada. Pasa por encima de los durmientes, le da dulcemente la vuelta a un chiquillo que se resiste. «¡Tal vez sea él!» Es un error, en ese brazo no hay ningún dibujo. Marco prosigue su búsqueda, cada vez con menos miramientos. Algunos despiertan con gruñidos de protesta. Marco mira incluso a las niñas, porque ¿y si la memoria le traicionase? A medida que va examinando esos cuerpecitos, surge en su mente esta pregunta: ¿Por qué busca a ese niño en particular? ¿Por qué no adoptar a uno de esos chiquillos abandonados? No deben de ser muy distintos de su hijo y todos necesitan un padre que se ocupe de ellos.

Los pequeños comienzan a incorporarse, sus caritas están arrugadas de cansancio a la luz del día.

—¡Me los habéis despertado! ¡Salid, señor, os lo ruego! ¡Él no está ya aquí!

Marco ha terminado su inspección. La compasión que le atenaza el pecho le impide decirles nada a los niños que, enfuruñados, le ven salir a toda prisa del granero.

De pronto, Marco da media vuelta y agarra al capataz por el cuello.

—¿Cómo sabes que él no está ya aquí? ¡Habla o te mato!

El cojo, temblando ante la cólera del extranjero, comienza a balbucear.

Ai Xue traduce a toda velocidad.

—¡Tuve uno que huyó, pero hace ya mucho tiempo!

—El que yo busco, ¿no es cierto?

—Se fue a campo traviesa, hacia la ruta de Hangzhu.

Marco lo suelta, y el capataz se deja caer de rodillas.

—Hay pocas posibilidades de que siga vivo, maese —dice Ai Xue con suavidad.

—Lo sé —responde Marco, sombrío.

Pero si Dios le da fuerzas para buscarlo, también habrá concedido al niño el valor para sobrevivir.

—¿Cuál es su nombre? —pregunta al capataz apretando los dientes.

Fascinado, no aparta los ojos de las cortesanas que apenas se dignan mirarlos. Los farolillos de papel de seda difunden una luz suave. Almohadones bordados cubren el suelo. Los biombos siguen las paredes de la estancia, dibujando con arte su contorno. Cada uno de ellos muestra dibujos muy sugestivos de situaciones atrevidas. El sol está alto en el cielo y las mozas disponen de tiempo para prepararse. No van maquilladas y visten atavíos sencillos y púdicos. Dao Zhiyu y Xighang, el niño que le había defendido, están sentados en el suelo con los codos apoyados en las rodillas y el mentón en las manos. Aunque Xighang es todo sonrisas, Dao Zhiyu, intimidado, mira a hurtadillas a las muchachas.

De rodillas, sentada sobre sus talones, una de ellas peina con cuidado su cabellera, que le llega a los riñones. Se vuelve hacia una de sus compañeras:

—Fan-fi, ya está, puedes empezar.

Fan-fi avanza contoneándose de un modo exagerado y lanza una ojeada a los chicos.

—Yo le encuentro bastante mono, al nuevo pequeño —dice con una sonrisa.

La otra muchacha se levanta, estirando con gracia su silueta vivaz y flexible.

—Vamos, mantente derecha —le ordena Fan-fi.

Su compañera le da la espalda. Fan-fi agarra las tijeras, separa los cabellos de su compañera en mechones y, con precisión y rapidez, los va cortando uno a uno. Los cabellos caen diseminándose sobre la alfombra de seda, como pájaros que desplegaran sus alas.

—¡Qué suaves son! —exclama Fan-fi—. ¡Tienes un secreto para mantenerlos así!

La otra se ríe, halagada.

—Escucho los consejos de la patrona, y tú debieras hacer lo mismo.

—No me apetece acabar como ella —dice Fan-fi en tono acre.

—Lo que tenemos que hacer es comenzar mejor aún. —Sacude la pesada cortina negra de su cabellera para que caigan los últimos pelillos—. Tú, el nuevo, ¿me ayudas? —le pregunta a Dao Zhiyu.

El muchacho se levanta enseguida, presuroso. Cuando se acerca a la cortesana, un efluvio de perfume asalta su olfato. Por primera vez en unos años, Dao Zhiyu percibe el aroma satinado del jazmín. Con un escalofrío de desagrado, se aparta para huir de aquel olor que le recuerda las correas del látigo del capataz.

La muchacha le mira, sorprendida.

—El chico es un poco salvaje —explica Xighang—. Y, además, es mudo.

—Arroja los pelos al fuego —le pide ella a Xighang—, de lo contrario, traen desgracia.

Mientras el muchacho lleva a cabo la tarea, ella se dirige a Dao Zhiyu mirándole con curiosidad.

—Espera, enséñame qué llevas aquí. Parece un tatuaje...

El chiquillo aparta el brazo rápidamente, ocultándolo en la espalda. Permanece junto a la chimenea respirando el olor a quemado de los cabellos abrasados. Su malestar se disipa poco a poco.

—Pero, si no habla, ¿para qué nos sirve? —pregunta Fan-fi.

—Me protege —responde Xighang.

Las mozas se echan a reír.

—¡Es verdad! —afirma el chiquillo—. A veces tengo que insistir para encontraros clientes. Por la calle los hombres no siempre tienen tiempo para eso. Entonces, discuto, el tipo me rechaza, insisto, me suelta un bofetón. Y en ese momento, ¡sorpresa! Porque mi compañero es muy fuerte. No lo parece a primera vista, de modo que no desconfían, pero os juro que sus puños pueden hacer daño.

Lo cierto es que Dao Zhiyu piensa a menudo en Chang, su primer amigo, al que abandonó en el campo de jazmines. Desde entonces, trata de redimir su falta ayudando a quienes son más flojos que él.

—De acuerdo te creemos, pero no por ello vamos a pagarte el doble.

—Está bien —responde Xighang con la majestuosa condescendencia digna de un jefecillo de banda.

—Vamos, Fan-fi, dales lo que se les debe.

Fan-fi saca de un cofrecillo de laca negra varios billetes y se los tiende a Xighang. El muchacho los cuenta lentamente.

Dao Zhiyu intercambia una larga mirada con la cortesana, que comienza a anudarse los cabellos en lo alto de la cabeza. Al chico no le parece mucho mayor que él.

—Todavía tenemos que prepararnos. Vamos, largaos. ¡Hay trabajo! —ordena Fan-fi echándolos fuera.

8

La cortesana

Las últimas llanuras que Marco, Ai Xue y Shayabami atraviesan están cubiertas de arrozales
donde trabajan campesinos tocados con grandes
sombreros de paja.

A lo lejos, la tranquila inmovilidad de un lago
azul es un descanso para la vista. El tejado de oro
de las pagodas refleja el fulgor de la luz irisada del
sol poniente. Alrededor de la planicie se alzan unas
colinas que encierran la ciudad en un estuche de
verdor. Al otro lado, un río corre apaciblemente, y
antes de llegar al mar se ensancha formando un
estuario. La ciudad está protegida por unas altas
murallas rectangulares de mampostería recubier-
tas de ladrillos encalados.

Vista desde lejos, parece la mayor ciudad del
mundo, con sus numerosos arrabales que salpican
la llanura en el exterior de las murallas. Algunos de
ellos son más grandes que Venecia, de modo que
sería posible caminar seis o siete días sin salir de la
ciudad.

—El lago es artificial —explica Ai Xue—. Construyeron un dique hace centenares de años para retener las aguas que bajan de las montañas vecinas.

—¿Cómo sabes todo eso?

—Nací aquí, en Hangzhu —recuerda el médico con una amplia sonrisa—. Estoy en mi elemento. En las murallas se abren trece puertas monumentales, que dan paso a las grandes avenidas de la ciudad, y cinco puertas más que dan paso a los canales.

—¿Los canales? —pregunta Marco con tono intrigado—. ¿Hangzhu tiene canales?

—¡Más de los que nunca has visto!

Marco sonríe ante la idea de descubrir, a miles de leguas de Venecia, una ciudad gemela. Impaciente, espolea su caballo.

Se dirigen a la ciudad por el oeste, pasando bajo unos arcos rematados por unas banderas. En la parte oriental, más vulnerable, las puertas están precedidas por unas barbacanas de defensa. Tardan más de una hora en entrar en la ciudad, pues las puertas son demasiado estrechas para absorber la multitud de carros, caballos, asnos y porteadores que se empujan entre injurias y maldiciones.

Una vez franqueadas las murallas avanzan a lo largo de las riberas del río, muy bien pavimentadas con anchas piedras planas.

—Estas losas impiden que, como antaño, la corriente se lleve las orillas.

Marco se asombra ante la limpieza de las aguas. Ai Xue le explica que unos canales más estrechos acarrean las inmundicias hacia el océano.

De pie en la popa de las embarcaciones, los bateleros bogan valiéndose de una pértiga o un remo, como los gondoleros de Venecia. Los muelles están protegidos por muretes que tienen una puerta en cada embarcadero.

Unas barcazas enormes transportan arroz, otras transportan madera, carbón, ladrillos, tejas y sacos de sal. Por los canales se entrecruzan también unos barcos impulsados por múltiples ruedas hidráulicas de paletas, cargados de toda clase de mercancías. En algunos de ellos han instalado su domicilio familias enteras. La ropa se seca, tendida en la cubierta, donde el que cocina siempre es un hombre, pues se supone que el varón transmite más energía a los alimentos.

—¡Qué cantidad de arroz!

—Aquí lo hay para todos los gustos. Arroz precoz, arroz tardío, arroz pelado de invierno, arroz de espigas amarillas, arroz de tallo, arroz con gluten, arroz de tallo corto, arroz rojo...

—¡Vaya! Ni siquiera en la corte he visto tantas variedades. ¿Qué diferencia hay entre ellas? El arroz es siempre arroz ¿no?

—Tú mismo lo probarás. Tu insaciable curiosidad quedará satisfecha.

Ven pasar los barcos cargados de pasajeros que discuten a gritos. La madre tiende la colada que acaba de lavar en el canal. Una pandilla de niños harapientos juega en cubierta; mientras ríen a carcajadas van dando vueltas alrededor del abuelo sentado en una vieja estera como un montón de ropa olvidada. Cuando ven a Marco en la orilla, los chiquillos se interrumpen y le contemplan con una mezcla de espanto y curiosidad. Comienzan a susurrar entre sí, los más pequeños se ocultan detrás de los mayores pero, incapaces de perderse el espectáculo, sacan la cabeza por entre las piernas de los más grandes para contemplar al extranjero.

—Recuerda que hace apenas tres años que los mongoles conquistaron la ciudad. Es lógico que no nos prodiguen una cálida bienvenida —advierte Ai Xue—. ¡Hang-zhu es la antigua ciudad imperial!

Desembocan en la Vía imperial, amplia avenida que corta en ángulo recto otras calles más modestas. Los cascos de los caballos resuenan sobre el adoquinado, que en el centro está cubierto de gravilla.

—Bajo nuestros pies, un canal subterráneo evacua las aguas de lluvia, para que las calles nunca se vean inundadas pero queden limpias.

—Muy ingenioso. Hangzhu no se parece a ciudad alguna.

—Es cierto —admite Ai Xue con orgullo—. Tiene un plano cuadriculado, como un tablero de go.

Ai Xue conduce a Marco por las animadas callejas de la ciudad. La gente se empuja, mujeres, niños, ancianos, sin distinción de rango o de edad. Los codos se convierten en armas para avanzar en el tumulto. Algunos han adiestrado a sus asnos para que distribuyan adecuadamente algunas coces.

—La ciudad cuenta con ciento noventa mil familias.

Maravillado, Marco descubre que la gran urbe consta de prietas hileras de edificios, algunos de los cuales tienen al menos cinco pisos. Se sorprende al ver que están construidos con madera y bambú, y que entre ellos no hay el menor campo, huerto o jardín. Las viviendas están pegadas unas a otras como en una colmena, unidas entre sí por el tejado. Pero en los ricos barrios del sur, hay magníficos parques muy bien cuidados en los que se levantan unos quioscos.

A Marco Hangzhu le recuerda Venecia, por la maraña de sus canales. Pero la ciudad es tan desmesurada como la propia China. Los ríos son tan anchos y los puentes tan altos que los navíos que surcan el océano pueden navegar por sus aguas. Al contrario que en Venecia, las calles están adoquinadas y poseen pendientes de desagüe para los días de lluvia. Con el corazón oprimido, Marco se deja invadir por una oleada de emociones y recuerdos nostálgicos.

—Henos aquí en la Ciudad del Cielo —susurra Ai Xue, encantado.

Marco advierte en los ojos del médico un fulgor que no le conocía.

—Yo diría más bien la Ciudad de las Aguas.

—Aguardad hasta llegar al Paraíso, no querréis volver a bajar. El antiguo palacio imperial se encuentra al sur de la ciudad. Allí se extienden, también, los barrios ricos, hacia la colina de los Diez Mil Pinos. Más hacia el sur aún, del lado del monte de los Fénix, se han instalado los mercaderes pudientes, en especial los que se dedican al comercio marítimo. Gente que se parece un poco a vos, en suma.

La multitud se apretuja en las callejas, todas ellas adoquinadas con piedra y ladrillo, de modo que están bastante limpias y se puede caminar por ellas sin ensuciarse. Aunque Marco se ha acostumbrado a los amplios espacios de las estepas y llanuras del imperio, recorre con agrado las sombrías y estrechas callejas de Hangzhu, tan parecidas a las de Venecia que le resultan familiares. El cielo, en lugar de ser una inmensa bóveda extendida a uno y otro lado del horizonte, se recorta ahora en estrechas franjas por encima de su cabeza, entre dos hileras de tejados tan cercanas que parecen querer tocarse.

Apenas inclinados por el peso de su carga, unos hombres transportan sobre las espaldas unos cestos colgados a ambos extremos de una larga vara de bambú que hacen girar con destreza cuando deben enfrentarse a un paso delicado. Los cestos están hechos con varas de mimbre entretejidas. Todos los oficios se afanan en su tarea: barberos, astrólogos, vendedores de arroz o de agua caliente, de pasta o de fideos. Varios curiosos se detienen para observar la rapidez y habilidad con que un peluquero corta el pelo a sus clientes. Un quincallero repara unas ollas.

Hacia el norte, detrás de la Vía imperial, están los barrios pobres.

Todas las casas exhiben en la fachada una tablilla donde se han inscrito los nombres de los ocupantes.

—Ya veis, los habitantes han respetado perfectamente el edicto del Gran Kan —observa Ai Xue mostrando las famosas tablillas clavadas junto a cada puerta—. ¿Cuándo queréis que comencemos a buscar?

—Dentro de un rato.

Lejos de las grandes mansiones de los ricos, las casas tienen unas fachadas muy estrechas, pero se alargan por detrás hacia exiguos patios. La mayoría de las plantas bajas están ocupadas por tiendas de artesanos o comerciantes. Los vendedores de fideos muestran sus largas madejas de pasta. Unos obreros aceitan el papel con que han de cubrir las ventanas. Las tiendas de incienso, de velas y aceite de soja exhalan sus perfumes hasta en los más estrechos callejones. Los compositores de piezas literarias, los copistas, y los expertos en libros se inclinan sobre sus escritos.

Ai Xue se adelanta una vez más hacia otra de las tablillas con la lista de nombres y, tras una atenta lectura, sacude la cabeza.

—No hay ningún Dao Zhiyu.

Al cabo de varias horas, Ai Xue comienza a cansarse, Shayabami a suspirar y Marco a impacientarse.

—Ya os lo he dicho, maese Polo, tal vez los propietarios no hayan inscrito su nombre.

Varios saltimbanquis callejeros reúnen a su alrededor una multitud de curiosos que dificulta más aún el paso. Un malabarista actúa junto a un manipulador de marionetas, no lejos de un espectáculo de sombras chinescas ante el que Marco se detiene, fascinado por la habilidad del artista.

Éste, además de las aclamaciones de la multitud, recibe, encantado, mucho dinero. Algunos le dan incluso rollos de sapeques, una moneda anterior a la conquista mongol cuyas piezas, agujereadas, están enhebradas en una cuerda formando un verdadero collar. El artista se lo coloca con orgullo alrededor del cuello y saluda a la muchedumbre con grandes sonrisas, encorvado bajo el peso de las monedas.

Uno de los saltimbanquis se ha acercado a Ai Xue con una profunda reverencia. Conversan en voz baja y luego el hombre se aleja.

—Nuestros informadores no han encontrado nada —le dice Ai Xue a Marco—. Nos sugieren que busquemos en los hospicios donde recogen a los niños abandonados.

Al día siguiente, el veneciano, compadecido de su viejo esclavo, le ordena quedarse en la posada. Ai Xue y Marco visitan los tres hospicios de la ciudad. Los oscuros y polvorientos corredores dan a un patio interior donde niños de todas las edades juegan, con la brutalidad propia de la edad de la inocencia. Cuando ven aparecer a Marco en el umbral, se quedan todos inmóviles, estupefactos tanto por su presencia como por su fisonomía.

Por orden del director del hospicio todos exhiben, tímidamente a veces, el antebrazo. Marco los examina con atención, pero menea la cabeza, desolado.

—Podéis llevaros al que queráis, señor, son todos buenos trabajadores y están sanos —dice el director.

Pero antes de que Ai Xue haya acabado de traducir esas palabras, Marco ha saludado ya a su interlocutor y abandonado el patio. El médico chino alcanza al veneciano en la calle.

—Ai Xue, comienzo a pensar que nunca le encontraremos.

—No desesperéis, la ciudad es vasta.

—También el imperio. ¿Por qué ha de estar aquí y no en otra parte?

—Es lo que revelaron los astros en la montaña del Tian Shan.

—¿Y por qué concederles más credibilidad que a la Madona?

—¿Habéis recurrido a vuestra diosa?

Marco suelta la carcajada.

—¡Sí, claro está! ¡Mi diosa!

—Entonces, no debéis preocuparos. Le encontraremos.

Delante del hospicio, un anciano se ha instalado para cocer en un brasero algunas legumbres y pedazos de carne. El olorcillo les abre el apetito.

—Maese Polo, mi estómago reclama vuestra clemencia. No hemos comido nada desde esta mañana.

—Tienes razón.

—Venid entonces, voy a llevaros a una posada donde nos servirán como a mandarines.

Al pasar ante una pagoda cuyo letrero ostenta un gran cucharón, Ai Xue le desaconseja a Marco entrar, aduciendo que en ella el servicio es muy mediocre. Encuentran por fin la gran puerta del Tigre Llameante. Bajo la arcada se está asando la mitad de un cerdo, que gira en el espetón. Impaciente, Marco penetra enseguida en el establecimiento. Ai Xue entra a su vez.

—Dejadme hablar a mí —dice.

La gran sala está ricamente decorada con colores vivos, rojo y verde, y rodeada de reservados íntimos. El patrón les lanza una mirada de experto y les propone aislarse.

Pero Marco prefiere quedarse donde los demás clientes. Elige una mesa al fondo, desde la que ve el conjunto de la sala. Les entregan a cada uno un pergamino bellamente iluminado. Marco se limita a observar con atención los signos caligráficos.

—Es la lista de platos.

—¿Quieres decir que podemos elegir? —pregunta Marco, asombrado.

Ai Xue sonríe.

—¡Esto es Hangzhu!

—Decide por mí.

—Os propongo comenzar con unos rollos de capullos de gusanos de seda y unos rollos de gamba —dice Ai Xue—. Luego, pescado al jengibre almizclado y cerdo con brotes de bambú silvestre. Y acabaremos con frutos secos, naranjas y mandarinas confitadas.

El posadero se acerca, deferente.

Ai Xue precisa:

—El pescado, crudo y helado. El cerdo, asado pero no abrasado. Y los rollos, solos para mí y con su salsa para él. Tráenos también arroz dorado, arroz viejo y arroz con granos de loto rojo.

El hombre toma el pedido de otra mesa y luego se dirige hacia la cocina donde repite cantando la lista de los platos.

Un mensajero mongol entra en el restaurante. Busca con la mirada entre los clientes, y por fin se apresura a arrollidarse ante Marco Polo.

—¿Vos sois el señor Marco Polo?

—Lo soy.

—Un mensaje de Yangzhu, señor Polo.

Marco abre el pliego, recordando que le es imposible pasar desapercibido. Reconoce enseguida el sello de su padre. Niccolò, sin duda por pereza tanto como por afición al lujo, se ha hecho confeccionar un sello con sus iniciales, a la moda mongol. En efecto, los mongoles, analfabetos en su mayoría, dictan sus mensajes y han encontrado ese práctico método para firmarlos.

Marco recorre rápidamente la carta.

—Se «digna» encargarse en mi ausencia del gobierno de Yangzhu. ¡Viejo pillastre! ¡Pues claro! No está en condiciones de negármelo.

—Vuestra relación paterno filial es muy complicada.

—Digamos que no tenemos costumbre de estar juntos...

El encargado se acerca a saludarlos, todo sonrisas. Se dirige a Ai Xue con entusiasmo.

—El patrón nos invita a tomar el té en una casa que él conoce, donde encontraremos una especialidad de Hangzhu que podría interesaros y ayudaros a liberar vuestras energías.

Marco suelta una risita ante lo que cree una broma.

—Querido Ai Xue —comenta—, me temo que un té no sea suficiente o, en todo caso, habría que añadirle una bebida más fuerte.

Ai Xue le dirige una misteriosa sonrisa.

—Ya conocéis el té, lo sé. Pero ¿conocéis las casas de té?

—Es una lástima que no puedas trabajar con nosotros. Para los pequeños como tú y yo es lo más rentable que existe.

En el barrio de la Dulce Armonía, Dao Zhiyu y Xighang, a los que han echado de la casa, permanecen apostados junto a la puerta coronada por un farolillo multicolor cubierto de un cestillo de bambú. Su luz brilla como un sol en la noche.

—Bueno, ¿me esperas aquí?

Dao Zhiyu asiente con la cabeza. Se oculta tras un montón de canastos.

Xighang se despide con un gesto y después de plantarse en medio de la calle, empieza a pasear como si aguardara a alguien. Pasa un grupo de cinco hombres, uno de los cuales sostiene un farolillo encendido. El chiquillo se acerca con una gran sonrisa. Trotando a su lado, le suelta su cantinela con el entusiasmo que dicta el hambre.

Los sujetos sonríen, vacilan. Cuando se detienen y se consultan, Xighang ya casi ha ganado la partida. Sólo habrá de conducirlos. En efecto, siguen al chiquillo hasta un porche bajo el que desaparecen.

Dao aguarda un buen rato. Finalmente, su compañero reaparece con el semblante muy alegre. Se acerca a Dao dando saltitos, y éste sale de su escondrijo:

—¡Han entrado todos, mira!

Entusiasta, Xighang entreabre su camisa y muestra los billetes que se ha embolsado. Dao sonríe, compartiendo la felicidad de su amigo.

—¡Espera! Mira a aquellos dos, ¡allá voy!

En el mar proceloso de la noche, dos hombres que cabalgan por el centro de la calle atraen todas las miradas. Uno de ellos, chino, tiene el rostro desfigurado y las manos retorcidas de quienes han sido torturados por los mongoles. Su sonrisa, que parece casi incongruente, provoca al mismo tiempo fascinación y repulsión. Más extraño aún es el otro jinete. Dao Zhiyu nunca ha visto a nadie semejante. Sus ojos son pasmosamente redondos y claros. Sus cabellos, anudados en la nuca, forman rizos como los tallos de los jazmines. Tiene una nariz grande y una tez de yeso que le hace parecer enfermo. Su espesa barba está bien recortada y luce un recio mostacho. Pese a sus ropas mongoles, Dao está seguro de que no pertenece a esta raza. Sin saber por qué, su corazón ha comenzado a palpitar con violencia. Le invade una sensación de familiaridad. De pronto, recuerda y reconoce al curandero, al arrancador de la «gran greña». Fue en otra vida.

Quiere retener a su amigo. Pero éste se ha lanzado ya al asalto de sus próximas presas. Dao regresa a su escondrijo. Se encoge sobre sí mismo como si quisiera desaparecer en las profundidades de la tierra.

—Te estás esforzando en vano, pequeño —dice Ai Xue.

—¡Os conduciré al paraíso, señor! —insiste el chiquillo.

—¡Ya sabemos adónde vamos!

Marco y Ai Xue descabalgan y confían la montura al servidor, frente a la casa.

—Pero ¡si es aquí donde quería yo traeros! —exclama el chico, ofendido y tan decepcionado que siente que las lágrimas le abrasan los ojos.

—Ya ves, no te necesitábamos.

—¡Vamos, dejadme entrar con vos, por favor! —suplica dando vueltas a su alrededor, febril.

—¿Quién te paga, los clientes o la casa?

—La casa.

—No te preocupes, diremos que tú nos has enseñado el camino —dice Ai Xue con un ademán tranquilizador.

En cuanto ambos hombres desaparecen bajo el porche, el muchacho corre a reunirse con Dao.

—No he ganado nada —le suelta agitando la cabeza—, y no es extraño, era un miembro del Loto Blanco. ¿Recuerdas a los hombres que vinieron el otro día?

Sin responder, Dao agarra con fuerza la muñeca de su compañero y le dobla el brazo en la espalda. El chiquillo ahoga un grito y se arrodilla gimiendo.

—¡Déjame! ¿Qué estás haciendo?

Dao Zhiyu registra al chiquillo y de entre sus ropas extrae una cartera cara, de cuero de león. Le da vueltas y vueltas, examinándola de cerca. En su interior hay muchos billetes, todos nuevos.

—No pensaba quedármela, ¡te lo juro! —declara Xighang.

Dao Zhiyu da una palmada amistosa y protectora a su amigo. Reparte entre los dos el botín y se queda con la cartera.

Ai Xue precede a Marco por la puerta estrecha y sucia. Recorren un hediondo pasillo hasta llegar a un patio. El veneciano cree descubrir el paraíso oculto detrás del lodo. El patio cuadrado, embellecido por un jardín hecho con pinos y cipreses enanos, está rodeado por unas galerías cubiertas. Los balcones están pintados de púrpura y verde, y tienen persianas del mismo color. Racimos de flores caen en coloreadas cascadas de las balaustradas. El patio está iluminado por farolillos de papel de arroz, rojos y dorados. Bajo las columnas, un entramado de varas de bambú sostiene las perchas donde se balancean loros de distintos colores. En unas jaulas cantan unos pajarillos, acogiendo con sus trinos a los visitantes.

Bajo las galerías se deslizan unas siluetas, con las piernas ceñidas por estrechos pantalones. Sus cabellos, sembrados de perlas y piedras multicolores, están recogidos en lo alto de la cabeza en primorosos bucles, dejando al descubierto sus gráciles nucas. Visten ajustadas túnicas de seda que permiten ver, a cada paso, unos pies minúsculos y vendados de los que surgen unas finas extremidades.

—Parecen... hadas —murmura Marco, maravillado.

—Acercaos, veréis que son de carne y hueso.

Con encantadoras sonrisas las heteras invitan a entrar a los recién llegados. Al traspasar el umbral se encuentran de inmediato rodeados por el rumor de las conversaciones y el canto de las cortesanas que hacen música para distraer a los hombres. Las jóvenes que los escoltan les dicen algo a los dos hombres.

—Os ofrecen bebida —traduce Ai Xue—. No aceptéis nada sin decírmelo a mí —le advierte al veneciano. En el interior, ante los ojos de Marco se despliega un espectáculo abigarrado. La estancia está llena de magníficas flores, orquídeas, flores de loto, rosas, y las paredes están adornadas por pinturas y caligrafías en papel de arroz que a buen seguro revelan secretos que el veneciano no comprende. Algunas cortesanas de sonrisas enrojecidas por un maquillaje de laca se bambolean en taburetes redondos con patas en forma de coma. Unos pequeños hornillos transportables, provistos de brasas de carbón, están dispuestos en el centro de las estancias, como la hoguera en las tiendas mongoles.

—En Hangzhu, es posible encontrar muchachas de una belleza inimaginable. En cualquier otra parte, fijar en ellas vuestra mirada os convertiría en un criminal. Pero, aquí, el placer es una industria que antaño estaba organizada por el Estado. Hace sólo tres años, bajo la dinastía de los Song del sur, antes de los mongoles, este burdel pertenecía al Estado.

—¿Las mozas entregaban su dinero al imperio?

Ai Xue suelta un discreto eructo.

—Era una buena fuente de beneficios. Como el monopolio de la sal, del alcohol, del té y del incienso. Pero ahora no sé qué piensan hacer los mongoles.

—¿Intentas sondearme?

Ai Xue se limita a sonreír.

—Hay tantas prostitutas que ni siquiera están encerradas en un barrio. Se desparraman por toda la ciudad. Tienen mucho talento y saben adivinar los gustos de los clientes, tanto chinos como extranjeros. No tienen preferencia por ninguna nacionalidd en particular. Gracias a ellas, quienes salen de Hangzhu afirman que han visitado la Ciudad del Cielo y que sólo aspiran a regresar. Sin embargo, un consejo: no se os ocurra mirarlas jamás a los ojos. Son auténticas hechiceras. Quedaríais embrujado.

Ha pronunciado estas últimas palabras en tono impasible.

Unos sillones de bambú ofrecen sus confortables brazos. Marco se deja conducir hasta allí por una joven belleza sonriente. Ai Xue elige una silla cuyas patas se cruzan en forma de equis.

—¿Sabéis cómo llaman aquí a estas sillas? —pregunta ella a Marco con alegre risa—. Una silla «bárbara».

Ai Xue no necesita pedir que los atiendan. Una sirvienta se le acerca ya, cargada con una bandeja de laca. Se inclina para ofrecer buñuelos. Cuando Marco va a tomar uno, advierte que ella lleva los pechos desnudos. Sorprendido y turbado, deja caer el buñuelo en la bandeja. La moza disimula la risa tapándose la boca con la mano.

—Aquí sirven el mejor té de la ciudad —afirma Ai Xue—: té de los joyeles, té del bosque de perfumes o té de las nubes blancas. No os dejéis tentar por el té del dragón negro, no es para extranjeros. Pero podemos estar seguros de que aquí emplean la mejor agua, la del rocío campestre.

Marco se fija en unos lingotes de té, oscuros sobre las bandejas de laca roja.

—O, si lo preferís, la casa fabrica un licor de flores de ciruelo que es exquisito. Poneos cómodo, hace calor aquí. Y no os preocupéis, si sentís algún malestar, aquí estoy yo.

Marco se decide, para empezar, por un té de cítricos y violetas. Ai Xue toma un licor de madroño, servido en taza de plata. Cuatro muchachas cuyas túnicas de seda tienen una larga hendidura que les descubre los muslos avanzan, cargadas con una pequeña mesa baja de patas rectas y finas. Se arrodillan. Una de ellas pone a calentar el agua en un hervidor, sobre un hornillo de carbón cuyas brasas atiza con un abanico. Entre tanto, otra desprende de un lingote de té unas hojas que procede a aplastar. Luego, las pasa a la tercera, que las tamiza antes de ponerlas en la tetera y verter encima agua caliente. Una vez hecha la infusión, la vierte con la ayuda de un cucharón en la taza que sostiene la cuarta muchacha. Ésta coloca sobre un platillo dorado la taza sin asa, cubierta por una pequeña tapadera. Arrodillada, le tiende la infusión a Marco y aguarda.

Ai Xue se inclina y susurra al oído del veneciano:

—Por lo general, lo hacen en la cocina. Pero aquí, en vuestro honor, realizan toda la ceremonia. Así se sirve el té en Hangzhu. Una de ellas permanecerá a vuestro lado hasta que hayáis terminado vuestro té.

—Y supongo que, según la costumbre, será de buen tono que sea mi preferida. Siendo a cual más bonita, puedo dejarme seducir.

Ai Xue mueve la cabeza.

—No, aguardad un poco antes de elegir, maese Polo. Confiad en mí...

Mientras, Marco aprecia la calidad de la porcelana, fina y transparente de la taza. Comprueba con cierta admiración que el desarrollo de la industria, impulsado por el Gran Kan, da sus frutos hasta en Hangzhu. Devora varios huevos de codorniz, delicadamente ahumados y aromatizados con plantas.

Aunque habla en mongol, Ai Xue le dice en voz baja a Marco:

—Dejadme discutir con ellas el precio de sus servicios. De lo contrario, pagaríais el doble.

Luego, Ai Xue se vuelve y lanza en chino a la matrona:

—Trátale bien, es un emisario del Gran Kan. Tarifa especial —precisa escupiendo en el suelo.

Una pequeña china pasa cojeando. Uno de sus pies es muy pequeño y está vendado como los de sus compañeras, pero el otro se ha desarrollado normalmente.

—Detrás están los baños. Estamos acostumbrados al agua fría. Pero hay agua caliente para los extranjeros.

—¿Los mahometanos?

—Sí. Y los extranjeros como vos también. Para todos los que tienen ganas de que les dé un masaje ante un bol de té una joven y hermosa sierva. Pero hoy es el día de la rata. Nada bueno para el baño.

—Lástima —lamenta Marco examinando una bella flor de la casa.

La matrona se acerca a ellos y conversa en chino con Ai Xue. Éste asiente con la cabeza antes de inclinarse hacia Marco:

—Mirad, ¿qué os parece aquélla?

Marco sigue el gesto del chino. Su atención se ve atraída, de inmediato, por una mujer fina y esbelta. Ceñida en una túnica de seda roja, su silueta parece trazada de una sola pincelada de los minúsculos pies hasta el moño negro y realzado con perlas y flores. Marco queda fascinado por la curva de sus caderas, por sus cabellos lisos que forman en la nuca un grueso moño muy prieto. Su mirada se desliza por las piernas de la muchacha y ve que ésta lleva alrededor del tobillo una fina cadena de oro que subraya la pequeñez de su pie que, con el empeine desmesuradamente arqueado, casi parece más alto que largo. Junto al biombo bordado, la cortesana, con la mano en la cadera, no aparta los ojos de Marco. Él intenta adivinar sus rasgos, que disimula la sombra de un farolillo.

—Ésta es experta en longevidad, maese Polo —comenta Ai Xue—. Y creo que podéis permitírosla...

La matrona llama a la joven en chino. La muchacha despliega con gracioso gesto su abanico de seda. Tras éste, pintado con flores de loto, sólo aparecen sus ojos orillados de negro y sus párpados que aletean como mariposas nocturnas. La forma de sus dedos largos y finos, el arco de sus cejas cuidadosamente pintado, la cinta de sus cabellos de ébano parecen haber sido creados ex profeso para armonizar perfectamente con el abanico.

El veneciano contiene el impulso de apartar el abanico para descubrir, por fin, ese rostro cuyo cuerpo tanto promete.

De la ascensión hasta el piso, Marco recuerda el gracioso balanceo de las caderas de la cortesana. Ésta le lleva a una habitación de lujoso encanto. Unos biombos de papel de arroz decorados con refinadas escenas eróticas distribuyen el espacio de la habitación formando una geometría celestial. El perfume almizclado del incienso inunda la atmósfera con su espesa dulzura. Unos farolillos destilan su suave claridad sobre una cama con sábanas de seda. Marco se recuesta en los almohadones, junto a una mesa que sostiene unos recipientes con vino de arroz y té humeante. Le indica por signos a la muchacha que se acerque. El rostro de la cortesana está tan maquillado que parece llevar una máscara de alabastro. Por encima de sus cejas, por completo depiladas, se ha dibujado con un pincel unos arcos de un negro de ébano. Su boca muy pintada de rojo tiene forma de corazón. Y, aunque apenas sonríe, una hechicera expresión de alegría ilumina sus ojos brillantes como la tinta.

Marco tiene la vaga impresión de que esa cara no le es del todo desconocida.

Ella le da vuelta a un panzudo reloj de arena posado en una consola. El rosado polvo de oro comienza su inexorable caída.

—¿Cuál es tu nombre, hermosa mía?

—Yo conozco el de mi huésped, maese Polo —dice ella con aire travieso—. Sois alguien importante.

De acuerdo con la costumbre, ella le sirve primero el té y luego licor de arroz.

—¿Eres acaso hechicera?

—Todas las mujeres lo somos un poco. Pero, desde la puesta del sol sabía que iba a pasar esta noche con vos. Me habían avisado.

—¡Si yo mismo ignoraba que vendría aquí!

Con un andar oscilante, como una orquídea balanceándose en su tallo, ella se acerca a Marco y se arrodilla ante él con un movimiento felino.

—Tengo un regalo para vos, señor. Es mi secreto.

Saca de su manga un pañuelo de seda, cuidadosamente doblado en cuatro.

Él lo abre delicadamente, intrigado. En su interior brilla una joya que Marco reconoce enseguida: la medalla de Michele. Está tan conmovido que unas lágrimas le asoman a los ojos.

—¿Cómo es posible? —pregunta Marco contemplando a la muchacha con atención.

—En las montañas del oeste, no habréis olvidado que vuestra medalla... —dice ella como respuesta.

—¿Cómo te llamas? —intenta recordar Marco.

—Xiu Lan. He ido con frecuencia al templo para quemar incienso y rogar para volver a veros. Mis plegarias han sido escuchadas.

Xiu Lan ha perdido su dulzura infantil, sustituida por una sensualidad arrolladora. Su tez se ha aclarado. Lleva alta la cabeza, con un orgullo de amazona dispuesta a convertirse en dueña de su destino. ¡Qué lejos parece estar la torpe campesina que Marco conoció casi tres años atrás! Sus manos están ahora cuidadas y parecen más finas con sus largas uñas lacadas. Presa de intensa emoción, Marco se cuelga de nuevo la medalla al cuello y le hace seña a la joven de que se acerque. Se pregunta si Ai Xue sabía...

—Permitidme que os lea las líneas de la mano, maese Polo.

Ella le toma la mano y le examina la palma un largo rato, volviéndola una y otra vez.

—Esta mano ha conocido a muchas mujeres. Su piel guarda la huella de todas ellas.

Marco se inclina para verificar si esas huellas son realmente visibles. La muchacha, sin inmutarse, vuelve a agarrar la mano del extranjero y posándole la boca sobre la palma, la desliza por la muñeca y recorre con los labios las abultadas venas del brazo hasta llegar al hueco opuesto al codo. Marco se estremece.

—Tus labios son excelentes lectores —susurra con los ojos entornados—. ¿Cómo has venido a parar aquí?

—Mi padre me vendió a un mercader que comerciaba con mujeres. Cuando yo tenía seis años, este hombre había pasado por nuestra aldea y había predicho que podría convertirme en concubina. A mi padre le habría gustado que fuera la vuestra. Tras vuestra partida, me vendió al mercader a un precio muy alto. Desde entonces, he vivido con la esperanza de volver a veros y guardando como un tesoro la joya que vos habíais olvidado. Aprendí el oficio de cortesana y si no me mostraba avara de mis favores era porque mantenía la ilusión de poder complaceros algún día. Siempre que un cliente pedía un favor especial yo me ofrecía a satisfacerle. De modo que me he vuelto experta en el arte de los juegos de las nubes y la lluvia. Y, aunque un ardiente viento primaveral ha estado soplando durante mucho tiempo en el cielo de mis noches, nunca las nubes me dieron su lluvia. Ahora que os tengo ante mí, el corazón me late en el pecho como un pájaro que debe emprender su primer vuelo y que sabe que si no lo logra, caerá al pie del árbol y será devorado, lejos del nido, por un zorro al acecho. Por eso hago durar ese momento en que el pájaro aún puede confiar en que desplegará majestuosamente las alas, como un hermoso flamenco, y mecido por la corriente se remontará en el aire y se desposará con el cielo.

—¡No recordaba semejante elocuencia!

—Yo no sabía mongol e ignoraba el arte de componer poemas. Y nada sabía de los demás juegos.

—Ven —ordena Marco.

En lugar de obedecerle, ella se levanta y se dirige hacia un cofrecillo de laca negra. Saca una baraja de naipes y la tiende a Marco. Las cartas representan sugerentes figuras eróticas. El veneciano contempla excitado cada una de esas escenas, todas provistas de una leyenda, como «el tallo de jade llama a la puerta», «forjar la espada en la vaina escarlata», «el cetro de jade entre las cuerdas del laúd» o también «el tigre blanco dando un brinco».

—Está escrito en mongol —se sorprende Marco.

—Existe otro juego en chino —explica ella—. Deberéis escoger una al azar, señor.

Tomando de sus manos las cartas, Xiu Lan las baraja con habilidad y las extiende ante él. Marco vacila largo rato, clavando su mirada en la de la joven. Impasible, ella aguarda sonriente. Marco se decide y toma la carta llamada «la mariposa bebe el néctar de la flor».

—Poneos cómodo —maese Polo—, murmura ella con voz lasciva.

Algo achispado por el licor de arroz, Marco se deleita contemplando la figura sinuosa de la cortesana, ceñida por la túnica de seda que dibuja sus piernas esbeltas y sus curvas seductoras. Su vestido tiene una abertura que muestra con impudor sus largos y torneados muslos. Ella se desabrocha lo alto de la túnica. Un nuevo mundo aparece ante Marco. Le parece que Xiu Lan ha crecido. Sus pechos se han redondeado. Su cuerpo resplandece como una joya liberada por fin de la tela que la engastaba. Pero ella, con un arte consumado, no descubre de inmediato su desnudez, sino que dosifica sabiamente el pudor y la indecencia. Hace resbalar su estola a lo largo de su brazo y acaba por desanudar del todo los lazos de su vestido que cae a sus pies. Sólo conserva las medias, de seda bordada, sujetas a media pantorrilla por una cinta y que caen hasta cubrir sus pequeños pies, de los que sólo asoma la punta. Finalmente, se ofrece, orquídea longilínea con el corazón rosa de té y los pétalos de una blancura y una transparencia espléndidas.

Impaciente, Marco se levanta, con los ojos brillantes. Toma a la muchacha por las muñecas y la atrae hacia sí. Se inclina hacia ella y, brutal, besa sus pechos cuyos pezones están maquillados de rojo.

—Aguardad —dice ella rechazándole con dulzura.

Se deshace de su abrazo. Con gracia, baraja de nuevo los naipes.

—La última vez, maese Polo, olvidasteis darme un presente, como estaba convenido.

—Pero te dejé uno cuyo recuerdo has guardado en tu carne —responde él con voz ronca.

Avanza hacia ella, dispuesto a estrecharla entre sus brazos. La muchacha se oculta detrás de las cartas, desplegándolas en abanico. Suspirando, Marco retrocede y se decide a escoger una.

—Ahora es demasiado tarde, maese Polo. Cualquier regalo que me hagas, tendré que entregárselo a la encargada. Si fuera libre, sería distinto...

—¿Y qué debes hacer para serlo? —pregunta Marco, que se huele la respuesta.

—Si tuviera una casa donde pudiera recibiros y serviros, maese Polo...

Impaciente, él le pone la mano detrás de la nuca, hunde los dedos en la negra cabellera y oprime su boca con la suya. Con la lengua entreabre el terciopelo de sus labios, roza el esmalte de sus dientes y le acaricia el interior de las mejillas.

Aturdida, Xiu Lan ya no respira.

De pronto, llaman a la puerta. Marco vuelve la cabeza. Una silueta aparece al trasluz tras el papel de arroz. Una jovencísima muchacha descorre el panel y asoma su carita. Xiu Lan se aleja para ocultarse tras un biombo decorado con aves fabulosas.

—Maese Polo, un mensajero para vos...

La sierva se vuelve para hacer una señal. Unos pesados pasos martillean los peldaños de la escalera. El mensajero aguarda el permiso de Marco antes de entrar en la estancia. Se arrodilla para tenderle un mensaje sellado. El veneciano abre el pliego.

Mi pequeño Marco:

Kublai Kan te felicita por tu actuación en Yangzhu. Ahora, te reclama de inmediato en la corte. Ya conoces la impaciencia del emperador. Apresúrate, te lo ruego, a complacerle en nombre de quien será siempre tu muy honrado padre.

Niccolò Polo

Marco imagina con cuánto orgullo su padre habrá escrito con su propia mano el mensaje gracias a sus anteojos.

El sol se levanta sobre la casa de té, vacía ahora de clientes. Las siervas han lavado ya los baños que, de momento, están destinados a las cortesanas. Tras su noche de trabajo, cada una se ocupa de sí misma. El eco de sus animadas conversaciones repercute en las baldosas de la sala. Brotan risas de los rincones, también, a veces, algunos llantos.

Xiu Lan se quita las joyas, una tras otra, y las coloca en un cofre de madera lacada. Una sirvienta vendrá luego a recogerlas para guardarlas, junto con las demás, en una habitación cerrada con llave. Se las devolverá al anochecer.

La joven se quita las peinetas y agujas y suelta las largas guedejas de su negra cabellera. De una botella de porcelana, Fan-fi vierte un poco de aceite en la palma de su mano y unta los cabellos de su compañera, mechón a mechón, reavivando su brillo.

—Me pregunto a veces cómo será ser una esposa, pertenecer a un solo hombre —murmura Fan-fi—. Puedo llegar a envidiarlas, incluso a las concubinas. Debe de ser descansado compartir un hombre con otras mujeres.

—Sí, pero serías la esclava de un solo dueño —observa Xiu Lan, levantando la voz para dominar el rumor de las conversaciones.

—¡Mientras que ahora tengo varios! —responde la otra—. Las faltas que cometimos en nuestra vida pasada nos han hecho renacer mujeres y ser condenadas, en esta vida, a la reclusión perpetua.

—De todos modos eres más libre que si fueras la esposa de un mercader o de un funcionario que te impusiera sus concubinas, el vendaje de cuyos pies y cuya fidelidad tendrías que supervisar. Y que te daría mortales palizas si le apeteciera, sin incurrir en la menor sanción. Al menos, si nosotras somos asesinadas, el culpable es castigado.

Xiu Lan se quita el maquillaje con mucha agua. Han pasado ya las horas en que debía valerse de su cuerpo. Puede por fin desnudarse con tranquilidad por primera vez en la noche. Frota con suavidad cada parcela de su piel, haciendo desaparecer la capa de polvos y maquillajes que la protege para que la mancilla del combate cuerpo a cuerpo, del que sale siempre vencida, resbale por ella sin dejar rastros.

Xiu Lan toma un espejo de metal pulido y contempla su rostro libre de afeites que recupera fugazmente los rasgos de la niña que fue. Pero, por la noche, vuelve a ser parecido al de Fan-fi. Ésta es la tradición de la casa de té. En efecto, la encargada exige a las muchachas que se maquillen de un modo similar para ofrecer el mismo rostro amable y sofisticado a todos los clientes. Comprueba celosamente que se hayan depilado bien las cejas y pintado con pulcritud las cejas nuevas sobre los párpados.

Fan-fi machaca con cuidado una mezcla de alumbre y hojas de balsamina roja. Luego, se unta con ella las uñas, de un rosa oscuro ya. De este modo cuida, cada semana, que conserven su color.

—Le gustaste al extranjero. Ha sido tu único cliente esta noche.

—Si hubiera querido, me habría podido marchar con él. Habría podido convertirme en su concubina.

Cuando el baño ha terminado, Xiu Lan vuelve a vendarse los pies. Los suyos son tan minúsculos que constituyen una de sus mejores bazas en la casa. Pero no debe dejarles gozar mucho rato de esos instantes de alivio. Aprieta la seda blanca de modo que las puntas de los pies parezcan afiladas como los cuernos de la luna creciente.

—¿Y qué te lo impedía? —pregunta Fan-fi con una pizca de envidia.

—Tengo mejores ideas, para él y para mí. —Y prosigue a media voz—: Siempre he dicho que no me quedaría aquí. Cumpliré mi palabra.

—¿Por quién te tomas? Debieras considerarte honrada por trabajar en una casa de la antigua ciudad imperial.

—El imperio ha cambiado de bando. Lo que yo quiero es acercarme al Gran Kan —insiste Xiu Lan, decidida.

—¡Un mongol!

—Es el emperador...

Una sierva se aproxima presurosa a Xiu Lan:

—¡La matrona os llama! ¡Pronto!

Ayudada por Fan-fi, Xiu Lan acaba de vestirse y va poniéndose sus pendientes de cristal mientras camina.

Con la sonrisa en los labios, se apresura hacia la salita particular de su ama, convencida de que va a recibir unas felicitaciones. Penetra en la pieza sumida en la oscuridad. Las cortinas de papel de arroz siguen cerradas. La silueta de un hombre se recorta al fondo de la estancia.

—Entra y cierra —ordena la voz.

Ella obedece.

—Acércate.

Ella avanza a pequeños pasos, con los ojos muy abiertos en la penumbra. Está a pocas pulgadas de él cuando, de pronto, la mano del hombre le abofetea el rostro. Xiu Lan cae al suelo, sorprendida y aturdida por la violencia del golpe.

—¡El extranjero! ¡El emisario del Gran Kan! ¿Por qué no le has hablado del niño? ¿No era eso lo que tu ama te había ordenado?

El furor del desconocido es tal que la joven enmudece.

—¡Hubiera debido encargarme personalmente de ti! Si al menos hubiera podido dejarle solo...

Pese a la oscuridad, Xiu Lan adivina el rostro desfigurado del hombre. Recuerda que la matrona le había pedido que hablara de un niño con el brazo tatuado, perteneciente a la pandilla que les buscaba clientes.

—¿Por qué tenía que mencionar al pequeño? —replica ella—. ¿Qué importancia tiene?

—Eso no te incumbe. La próxima vez que el chiquillo venga a verte, retenle. No se te ocurra desobedecer otra vez, de lo contrario... ¿Quieres volver a vivir tu primera noche en la casa?

Xiu Lan se estremece al recordarlo.

Arrancado brutalmente de su sopor por unas pequeñas patadas, Dao Zhiyu se incorpora, con los puños cerrados, dispuesto a golpear.

—Tranquilo, no sabía si dormías o...

El hombre le contempla con una mezcla de compasión y temor. Dao retrocede, siempre a la defensiva.

—Ven, te llevaré el hospicio.

Dao busca a su alrededor a sus camaradas. ¿Se los han llevado ya o han conseguido huir? Los que entran en el hospicio ya no regresan jamás. En ese

lugar deben de hacerles trabajar hasta el agotamiento para comérselos luego.

—Ningún chiquillo debe estar fuera. Orden
del Gran Kan —prosigue el hombre acercándose
al muchacho.

Al oír ese nombre, Dao echa a correr como un
conejo, internándose en el dédalo de callejas que
conoce como su propio bolsillo. Se desliza bajo los
puestos de los mercaderes de arroz, pasa entre las
piernas de los vendedores de agua caliente, pero
de pronto topa con otro hombre, éste inmenso,
que lo agarra apoderándose de él como de un simple ratón. Dao Zhiyu se debate, suspendido por el
cuello y agitando en vano las piernas en el aire.

—No tengas miedo. Allí comerás hasta quedar
ahíto aunque no sepas lo que eso significa.

9

Sueño imperial

Tras dos semanas recorriendo las carreteras recién construidas a lo largo de las costas mongoles Marco cruza las primeras puertas de Khanbaliq. Ha conocido la humillación de tener que pedirle dinero prestado a Ai Xue, pues le habían robado la cartera en la casa de té de Hangzhu. Sin embargo, antes de abandonar la ciudad impartió instrucciones concretas a Shayabami mientras Ai Xue pagaba sus deudas. Dio a su esclavo el nombre de Xiu Lan y su dirección. Le ordenó que le encontrara una casa. «Hermosa, sofisticada, con jardines secretos y puertas ocultas, a su imagen y semejanza, en una palabra. Quiero que compres esa vivienda y la instales allí, diciéndole que es el regalo que yo le debía. Luego, te reúnes conmigo en Khanbaliq.»

Marco llega a la Ciudad imperial donde, tras haberse dado a conocer, le asignan una residencia en el barrio de los dignatarios y gobernadores del emperador. La morada y el servicio tienen el esplendor de un palacio. Ai Xue se separa del veneciano para reunirse con los suyos. Después de haberse acicalado en la casa de baños, Marco regresa al albergue donde, en ausencia de Shaya-bami, hace que acuda el sastre. En efecto, aunque Marco tenga medios para adquirir un abundante vestuario, continúa encariñado con sus viejas ropas que, como una segunda piel, sigue llevando cuando viaja. Para presentarse ante el Gran Kan, mejor será lucir un atuendo nuevo y flamante.

Finalmente, recién afeitado, tocado con un gorro de pieles, vestido con una túnica de seda púrpura bajo su manto, se dirige a la Ciudad imperial.

En los jardines cubiertos por una capa de escarcha, un puñado de soldados mongoles se pasa botellas de vino de arroz. Se mantienen separados de los cortesanos, que visten a la china. Uno de los guerreros mira a Marco con atención. El veneciano se dice que sus rasgos le son familiares, pero no puede identificarle. Le saluda con discreción. El otro, viendo en ello una invitación, se acerca a grandes zancadas.

—Señor Marco, sincera es mi alegría al volverte a ver vivo, pero lo será más aún cuando te hayas entrevistado con mi padre.

Marco, al oírle hablar, ha reconocido a Namo Kan.

—Comparto tu alegría, príncipe Namo, pero mi dominio de la lengua mongol no es perfecto y temo no entender el sentido de tus palabras.

Namo se acerca más aún a Marco y lo toma del brazo con sus rudos modales de guerrero de las estepas. Un fulgor feroz brilla en sus ojos.

—Marco Polo. Debes rechazar la nueva misión del Gran Kan. Mi hermano mayor Zhenjin, desde que se ha convertido en el heredero aparente de mi padre, comienza ya a reorganizar la corte a su guisa. Ha sabido que habías tomado a tu servicio a un médico poco recomendable, lo que te hace sospechoso a sus ojos. Sabe que Kublai presta oídos a lo que le dice nuestra madre, y como mi hermano la domina, le dicta lo que ella ha de aconsejarle al Gran Kan.

—Perdóname, príncipe Namo, pero lo que sé de la emperatriz Chabi me ha demostrado que tiene discernimiento y juicio bastantes para descubrir las buenas y las malas opiniones de su entorno. Zhenjin no es el único que quiere utilizar su influencia ante nuestro Señor y dueño.

—Sin duda, pero Zhenjin es el único primogénito de mi madre...

Namo ha pronunciado su última frase con una emoción que dice mucho sobre sus propios sentimientos.

—Durante los años de cautividad en el kanato de la Horda de Oro,* tuve tiempo para reflexionar. Comprendí por qué nuestros primos se oponen al Gran Kan. Kublai no es el lobo de las estepas que Gengis Kan era —añade el príncipe.

Marco descubre un acento de nostalgia en la voz de Namo.

* Parte de la Rusia actual, bajo la autoridad mongol pero opuesta a Kublai.

—Pareces lamentarlo —le contesta—. Tu padre es un gran emperador. Ha dado cuerpo y vida al sueño de Gengis Kan. La extensión de su imperio lo prueba.

—Sin duda, pero mírale, se ha vuelto gordo y viejo y temo que muera en la cama.

Marco no puede evitar una sonrisa.

—No por ello su muerte será menos digna.

—Debiera cuidar más a nuestros hermanos mongoles y un poco menos a nuestros súbditos chinos.

El veneciano patea el suelo, intentando calentarse.

—¿Por qué me cuentas eso?

—Él no me escucha. Yo no soy como Zhenjin, no he crecido entre las sedas de los palacios, aprendiendo esta complicada lengua. ¡Qué ironía! Nosotros, hijos del Kan, somos los únicos mongoles autorizados a saberla. En la corte no me conocen. Mi padre me educó como un soldado. Sé combatir mejor que él. Por lo que a montar se refiere, probablemente ya no exista ni un solo caballo en todo el imperio capaz de soportar su peso. Quizá yo no entienda nada de política, pero conozco nuestras provincias. En cambio, Zhenjin nunca ha salido de Khanbaliq, a la que se obstina en llamar Tatu. Por mucho que hable en chino y vista manto de seda, seguirá siendo un mongol. Si algo he aprendido de los chinos, es que «el dragón engendra un dragón y el ave fénix un ave fénix».

Marco, incómodo, se dispone a dirigirse hacia la entrada de palacio.

—Príncipe Namo, debo acudir a la convocatoria del Gran Kan —concluye saludando a Namo.

Pero el príncipe, con un gesto vivaz, le retiene bruscamente.

—Marco Polo, no olvido que te debo la vida. Pero debes escucharme. Rechaza la nueva misión del Gran Kan. Zhenjin te ha condenado.

Mientras Marco cumple el ceremonioso rito de prosternarse ante el Gran Kan tendiéndose tres veces boca abajo en el suelo, la advertencia de Namo resuena con amenazadores ecos en su mente.

Chabi se halla junto a su esposo. Como de costumbre, evita posar sus ojos en el extranjero, pero Marco sabe que no va a perderse nada de la audiencia. Zhenjin asiste a la ceremonia, con la actitud orgullosa de un futuro emperador.

Kublai va vestido con una túnica de seda bordada, muy costosa, cubierta con un rico manto de piel de armiño. Hace girar en su gorda y arrugada mano un velloso melocotón.

—Mira esta fruta, Marco Polo. Procede de lo más profundo de mi imperio. De un paraje que yo no conozco. Sin embargo, sus habitantes me temen y me respetan. Me pagan tributo. Les he dado escuelas, graneros de cereales para los duros inviernos. He construido caminos. Les he proporcionado la mejor policía y la mejor justicia que nunca han conocido. ¿Sabes tú que, a veces, los chinos se quejan incluso de mis tribunales, considerándolos benévolos? Les respondo: ¿por qué matar a los criminales cuando podemos hacer que trabajen útilmente en obras para la colectividad?

Kublai acaricia el melocotón, haciéndolo rodar en su palma.

—Pero volvamos a esta fruta. Ha sido cogida esta mañana. Once mensajeros se han relevado para traérmela antes del anochecer, como yo había ordenado, mientras que un comerciante que viajara solo hubiera necesitado diez días. Y todo ello gracias a mis carreteras y los relevos de mis postas, que el mundo entero me envidia. He sometido este país y voy a hacerte una confidencia: también él me ha domesticado. Creo que no podría ya regresar a las estepas de mis antepasados. Este fruto me pertenece y eso me autoriza a comerlo. Así será con todos los frutos que desee.

Kublai hinca los dientes en la jugosa carne. Cierra los ojos de placer. El jugo se desliza por las hebras de su barba.

—Soy un anciano, Marco. Y sin embargo, el entusiasmo anima mi corazón, piafa como un joven potro, e inflama mis entrañas. Pero no sé qué hacer con él. Mientras que tú...

Marco se inclina hacia el anciano, conmovido por sus confidencias.

—Ya lo sabes, eres como mi hijo.

Zhenjin está a punto de atragantarse, Kublai prosigue, sin hacerle caso:

—Voy a confiarte, por fin, el secreto que me ha impulsado a encomendarte numerosas misiones desde que llegaste a mi lado. Acércate más.

Marco, intrigado, obedece mientras Kublai ordena a un servidor que traiga un objeto oculto bajo un tejido de seda. Con los ojos brillantes de malicia, el emperador quita el trozo de tela descubriendo una enorme esfera de madera de sándalo, adornada con alambicados dibujos.

—Mírala de cerca, Marco. ¿Sabes lo que es?

El veneciano se agacha para examinar atentamente esos dibujos que le recuerdan los tatuajes que llevaban los habitantes de Champa.

—Puedes tocarla —insiste Kublai.

El veneciano pasa los dedos por la superficie de madera, grabada con finos surcos.

—¿Que me dices? —insiste el emperador como un niño.

—Es una pieza muy hermosa, Gran Señor, nunca vi otra igual.

El emperador suelta la risa.

—Y sin embargo, la recorres todos los días de tu vida y no la abandonarás hasta el día de tu muerte, cuando seas enterrado según los ritos de tu fe. ¡Es la Tierra!

Marco, atónito, mira a Kublai sin comprender.

—Es un globo terrestre —explica Kublai—, extraordinario, ¿no es cierto? Hace... ¿cuánto?

—Unos diez años, Gran Señor —concluye Zhenjin.

—Hace unos diez años invité a mi corte a un persa llamado Jamal al-Din. ¿Te has encontrado con él?

Marco ha advertido ya que cada vez que cuenta sus viajes y cita uno de los territorios y reinos que ha atravesado, le preguntan si se ha encontrado con ese o aquel visitante, si conoce determinado templo o poblado, como si para quienes permanecen en sus casas, Persia o Egipto se resumieran en un solo personaje y un solo lugar. Ni siquiera el emperador se libraba de ese defecto.

—No, Gran Señor.

—Bueno, el caso es que me regaló unos cuadrantes solares, un astrolabio, un globo celeste y este globo terráqueo.

—Pero es un juego de ingenio, Gran Señor, la tierra es plana.

—¿Estás seguro, Marco? Eres un gran viajero, por lo tanto debieras saberlo.

—En mi país, se afirma que en los confines del mundo las tierras están pobladas de bárbaros.

Kublai sonríe, malicioso.

—Olvidas que, aquí, el bárbaro eres tú.

Y el emperador se echa a reír a mandíbula batiente, y su enorme panza se sacude al compás de sus carcajadas.

—Sin duda, Gran Señor —asiente Marco riéndose a su vez, divertido por la chanza del emperador—. Sin embargo, he cabalgado semanas, meses, años enteros y la tierra era siempre plana, incluso desde la cima de las más altas montañas.

Kublai lanza un gruñido.

—No me preguntes qué prodigiosos cálculos los persas hicieron realizar a los astros para llegar a construir este globo. Afirman que si se pudiera subir lo bastante arriba en el cielo, la tierra se vería así.

Marco sonríe ante la ingenuidad de Kublai ¡como si las estrellas fueran capaces de pensar por sí mismas y obedecer a los hombres! Estupefacto aún por lo que revela el globo, permanece sumido en su contemplación largo rato. Miles de pensamientos afluyen y se entrechocan en su mente.

—Gran Señor, si lo que dicen fuera cierto, significaría que si uno cabalgara o navegara bastante tiempo en la misma dirección...

—... regresaría al punto de partida —concluye Kublai, entusiasta.

Marco sonríe, pensativo.

—Creo que, para un viajero como tú, la idea es agradable —dice el emperador—. Nosotros, los mongoles, permanecemos en nuestros territorios mientras que tú no vacilas en abandonar los que conoces.

—Gran Señor, también vos habéis abandonado las tierras de vuestros ancestros...

—Es cierto. Pero, ahora, este territorio me pertenece. —Hace girar el globo y pone un dedo encima de un punto—. Tú y yo estamos aquí. Mira cómo mi imperio parece más vasto aún en este pequeño globo. ¿Y aquí, qué ves aquí?

—El océano, islas.

—En efecto, islas, pero que componen un solo reino. ¿Has oído hablar del Japón?

—Dicen que es una grandísima isla cerca del reino de Koryo.*

* Corea.

291

—Todo el Asia está a mis pies, Persia, el Oriente Medio. Japón es el último joyel que falta en mi colección. Su rey me desafía. El año del Gallo,* lancé una primera flota para invadir el Japón. Mis hombres estaban mal preparados, porque los mongoles conocen mejor las estepas que los mares o las costas, y debieron embarcar de nuevo hacia Koryo. Desde entonces, he hecho el honor de enviar numerosas ofertas al soberano del Japón, que ha tenido siempre la audacia de rechazarlas.

Cansado después de tan larga parrafada, hace una señal a Zhenjin. El heredero llama a su vez a un servidor que le entrega un rollo de metal casi tan alto como un hombre y bastante ancho. Zhenjin tiende el rollo a Marco.

—Desde entonces, he reforzado mi alianza con Koryo. Mi hija Hu-tu-lu se ha casado con el príncipe heredero. Marco Polo, quiero que entregues este mensaje al rey del Japón. Contiene una nueva proposición de alianza. Quiero que me traigas su respuesta. —Kublai, más calmado, emite un suspiro—. A menudo, eso ha bastado. Mi hijo Zhenjin opina que serás el mejor embajador. Oficialmente, visitas en mi nombre a mi hija Hu-tu-lu. ¡Apresúrate a regresar vivo para informarme sobre el tema, Marco Polo!

El veneciano se inclina profundamente ante el soberano.

* 1274.

—Se hará como ordenáis —afirma, aunque se siente intranquilo al recordar la advertencia de Namo.

Sentado sobre la piel de un tigre con las fauces abiertas, Ai Xue aguarda, aparentemente insensible al frío. Marco se le reúne con paso rápido. El médico se levanta.

—Ai Xue, nuestros caminos van a separarse. La audiencia real lo ha decidido así. Me envían a un país cuya lengua no conoces.

—¿Cuál? —pregunta Ai Xue, audaz.

—Es un secreto que no puedo divulgar. Gracias por tu ayuda, aunque ésta no haya tenido el resultado que yo esperaba. —Marco da media vuelta y comienza a alejarse.

Ai Xue le alcanza.

—¡Aguardad, maese Polo! ¡Podéis aún necesitarme!

El veneciano se detiene, contempla al médico.

—Si no te lo reprocho, has hecho lo que has podido. Este viaje lejos del imperio me ayudará a olvidar la loca esperanza que alimentaba de recobrar a mi hijo.

—No la perdáis, señor, creed que por algo fomento vuestras ilusiones.

—Vamos —dice Marco con un gesto de mal humor—, ni con la ayuda de tu poderosa sociedad has conseguido nada.

—El sabio dijo: «Si deseáis recorrer diez *lis*, pensad que el noveno señalará la mitad del camino».

Estoy seguro de que el niño está en Hangzhu. Lo vieron pero se nos escapó.

—¿Qué quieres decir? —pregunta Marco, interesado.

—El sabio dijo: «El momento concedido por el azar vale más que el momento elegido».

—No respondes a mi pregunta —dice Marco, molesto.

—Confiad en mí, maese Polo —responde poniendo la mano en el brazo del veneciano—. En este momento los míos están trabajando para vos en Hangzhu.

—¿Y si aceptara creerte?

—Prometedme que me autorizaréis a acompañaros a donde vayáis como emisario del Gran Kan.

Xiu Lan entra en la antecámara de la encargada, a la que todas las pupilas están obligadas a llamar madre. Hace una pausa en el umbral, dando tiempo a que las demás muchachas interrumpan sus conversaciones. Todas las miradas se vuelven hacia ella. La joven levanta la barbilla. Sea cual sea la razón por la que la patrona la ha hecho llamar, Xiu Lan quiere desafiar el envidioso desprecio de sus solapados dardos. Fan-fi le dirige una cálida mirada y le estrecha el brazo.

—También me ocurrió a mí, sólo se trata de pasar un mal momento —susurra.

Sin esperar más, Xiu Lan atraviesa la estancia y penetra en el silencio del gabinete privado de la señora. Pero allí, no puede contenerse y da un paso atrás. La encargada está sentada muy tiesa en su sillón que imita el estilo bárbaro. Lleva un peinado complicado, adornado con joyas, que no corresponde ya a su edad, sino que es el reflejo de su pasado esplendor. Los muros lacados de oscuro ensombrecen los rasgos de la patrona, enmarcados por sus perlas negras. El fuerte olor del incienso inunda la pieza de un profundo perfume almizclado.

Las piernas de Xiu Lan tiemblan levemente. Une las manos y saluda con humildad.

—Siéntate, hija mía. No me gusta levantar los ojos hacia ti.

Xiu Lan se arrodilla para sentarse sobre los talones. Oculta las manos en las anchas mangas, y se hinca las uñas en las muñecas.

—Me han llegado unos rumores, hija mía, que me disgusta oír. Quisiera, pues, que el viento se los llevara lejos de mí.

Xiu Lan traga con dificultad.

—Al parecer, en una de tus escapadas por el mar regresaste con el barco lleno.

Xiu Lan se encoge como para hundirse en la tierra. Todo su cuerpo se hiela de pronto. «Si algún día llego a su honorable edad, me pareceré a ella», piensa con aflicción. Los pesados y caídos párpados de la mujer ocultan unos ojos que podrían ser los suyos. Esas mejillas que caen a cada lado del mentón acentúan las arrugas que rodean esa boca de gesto duro. La vejez, caricatura de sí misma que la juventud quisiera relegar al olvido con toda impunidad. Las pestañas demasiado maquilladas (como patas de araña) de la vieja china se agitan una vez. En su rostro se abre una llaga de un rojo vivo. ¿Una sonrisa?

—Madre, estoy buscando un puerto que me acoja.

—¿Y donde puedas descargar la mercancía? Sé también que dejaste escapar una mucho más preciosa, tienes que recuperarla para redimirte...

Xiu Lan asiente con la cabeza.

—Querida pequeña, supe desde que te vi que aspirabas a la navegación de altura. Me satisface comprobar que estás dispuesta a elegir el casco y los aparejos necesarios. Estoy tanto más satisfecha cuanto que me costaste cara y que, gracias a tu ambición, no necesitaste mucho tiempo para pagarme. A tus encantos les quedan aún algunos años fructíferos. Intentaremos evitarte en el porvenir esos regresos imprevistos a puerto, ¿verdad, hija mía?

—Sí, madre —asiente Xiu Lan, que con un nudo en la garganta se aprieta el vientre con las manos.

A medida que el séquito de Marco avanza por el reino de Koryo, el frío empapa a los viajeros hasta los huesos a pesar de sus gruesas pellizas. El veneciano se pregunta si es el frío o el aspecto desolado de los paisajes que atraviesa lo que más le entumece.

Atraviesan una región asolada por el hambre, donde nada crece ya en los campos, donde ni una rata, un gato o un perro atraviesan ya camino alguno. Al borde de las carreteras, mendigan pandillas de niños. Las monturas se hunden hasta las corvas en el lodo formado por antiguas nevadas. Arrozales y campos parecen abandonados. Aunque su grupo sea poco numeroso, se cruzan con muy pocos habitantes pues éstos se han refugiado en las montañas o han huido a las islas al acercarse los soldados mongoles.

Entran en Gaegyong,* capital del reino de Koryo. La ciudad es una verdadera guarnición donde reina el mayor desorden. Jóvenes coreanos enrolados en el ejército imperial vagabundean por las calles en pequeños grupos. Incluso el palacio rebosa de soldados mongoles y caballos de guerra. Su edificio principal, sus templos, y hasta las viviendas han sido transformados en cuarteles, y en todas partes donde había pozos se han construido establos. Ai Xue observa esa situación con el corazón encogido.

Nada más llegar, Marco es recibido por la princesa Hu-tu-lu. El veneciano ve en ello tanto la confianza que los mongoles tienen en sus mujeres como la de un padre hacia su hija. De unos veinte años de edad, la muchacha es de una gran belleza. En honor de Marco despliega un lujo imperial, pese al estado del país. Las mesas están cubiertas de flores raras. Caligrafías pintadas con colores vivos se han colocado en las paredes. La princesa Hu-tu-lu ha hecho disponer en todo el palacio pirámides de farolillos que producen un magnífico

* Kaeseong, a unos 60 km al norte de Seúl.

efecto. Hu-tu-lu le presenta a su hija, de unos dos años, que muestra mucha curiosidad por la fisonomía de Marco. El príncipe de Koryo permanece algo más atrás, y Marco apenas oye el sonido de su voz. Como la presencia de Ai Xue no es necesaria en la corte, puesto que todas las conversaciones tienen lugar en mongol, el médico queda relegado entre los servidores, con Shayabami, que se alegra sobremanera. En efecto, desde que el sirio cumplió con éxito su misión en Hangzhu, cree poder representar el papel de confidente ante su dueño, un papel que disputa a Ai Xue.

Durante toda la comida, melodiosos conciertos acarician los oídos de los invitados. De la corte de Khanbaliq, la princesa se llevó un tigre semejante al que posee su padre.

Al finalizar el banquete, invita a Marco a subir al mirador para admirar a la fiera que corretea en libertad por el parque de palacio.

El príncipe, aprovechando que su esposa está contemplando absorta la agilidad del felino, lleva a Marco a un aparte.

—Señor Polo —dice—, ha llegado a nuestros oídos que tenéis el honor de ser recibido en audiencia privada por el emperador.

Marco adopta un aire humilde.

—Alteza, es en efecto para mí una gran satisfacción que el Gran Kan me conceda a veces esa merced.

—Señor Polo, quiero pediros un favor.

—Alteza, sea cual sea su naturaleza, será para mí un orgullo satisfacer vuestro deseo.

Sin más formalidades, el príncipe se sienta, invitando a Marco a imitarle.

—Señor Polo, el Gran Kan espera que nuestro reino conribuya de nuevo a sus campañas bélicas. Pero nuestro país está destrozado. Tengo intención de enviarle algunos regalos para solicitar su indulgencia. Sabed también que deseo confiaros una carta que espero aceptéis llevarle. Entregada por vuestras manos, no dudo de que el emperador la leerá con atención. ¿Me hacéis el honor de permitirme que os la lea?

—Con mucho gusto, alteza.

El príncipe extiende un rollo de papel de arroz y se aclara la voz.

«Gran Señor, tened la bondad de perdonar mi retraso en enviaros el tributo. Me domina un respetuoso temor ante la idea de contrariar vuestra imperial voluntad. Lamentablemente, siento anunciaros que no tenemos madera para construir nuevos barcos para el ejército imperial...»

El príncipe no ha termiando aún su lectura cuando aparece su esposa seguida por sus cortesanos. El príncipe se levanta y enrolla el mensaje ante la mirada en apariencia indiferente de Hu-tu-lu.

—Esposo mío, ¿me permitís unos momentos con el señor Polo? Tengo que hablar con él.

El príncipe se inclina en señal de asentimiento.

Con un movimiento de la barbilla, Hu-tu-lu invita a Marco a seguirla. El veneciano la acompaña a sus aposentos, que albergan muchos objetos artísticos mongoles, recuerdos de su juventud en la corte del Gran Kan. Panzudos cofres ocupan los muros en toda su longitud, llenos sin duda de sus atavíos. La princesa se sienta en uno de ellos, junto a una bandeja de laca puesta en un trípode de madera labrada.

—Acomodaos, señor Polo, haré que nos sirvan un té muy caliente.

Da unas palmadas. Los servidores se atarean a su alrededor. A Marco, poco acostumbrado a tratar con soberanas, le cuesta disimular su impaciencia. Se agita en su asiento, ante la mirada inquisitiva de la princesa, que le contempla con una expresión muy dulce a la par que perspicaz. Cuando, por fin, el té está servido, ella toma una taza con ambas manos y un ademán de gracia infantil.

—¿Cómo se encuentra mi padre?

—Como la más robusta encina que resiste todas las tempestades.

Ella sonríe, con la mirada llena de nostalgia.

—¿Qué noticias hay de la corte?

—Vuestro hermano Zhenjin...

—¡Zhenjin no es mi hermano!

—Tened la bondad de perdonarme... Zhenjin se toma su papel de «heredero aparente» muy en serio, estudia de cerca las artes y técnicas del poder.

Ella emite una risita.

—¿Qué quería de vos mi esposo? —pregunta a continuación con aplomo.

Sorprendido ante tal entrada en materia, Marco se inclina para tomar su bol.

—El príncipe me ha pedido que lleve un mensaje al Gran Kan —dice tras un momento.

—No lo haréis —ordena ella con autoridad—. El príncipe no conoce el objeto de vuestra misión como lo conozco yo. Regresar a la corte con un mensaje de nuestro reino, tras el viaje que habréis efectuado, y sea cual sea el resultado de éste, sería un acto de inconsciencia. Mi padre podría imaginarse enojosas connivencias entre el Japón, el reino de Koryo y vos mismo, ¿quién sabe?

—Alteza, conozco mis deberes para con vuestro padre —precisa Marco, algo molesto.

—El reino de Koryo es el más cercano al territorio del Japón. Por eso mi padre me eligió para ser su soberana. Unió el destino de Koryo al suyo dando al príncipe heredero su propia hija. Mi padre teme que los coreanos, en vez de abrazar nuestra causa, se nieguen a servir como base de retaguardia. Teme que la vecindad con el Japón haya estrechado los vínculos entre ambos países. Es no conocer el Japón: en su isla su rey se siente invencible.

—Alteza, vuestro esfuerzo por interesaros en los asuntos imperiales es loable para una mujer, sin embargo...

—Sois vos, señor Marco, quien deberíais hacer un esfuerzo para escucharme —exclama ella, enfadada.

Sorprendido, Marco la deja seguir hablando.

—Desde mi llegada aquí, he tenido tiempo de trabajar para mi padre... y para vos. El Gran Kan os ha entregado un mensaje destinado al rey del Japón, ¿no es cierto?

—En efecto, alteza.

—No hay rey del Japón —suelta espaciando las palabras para aumentar su efecto.

Marco calla, frunciendo el ceño.

—Su soberano, al que llaman emperador, es sin duda la más valiosa de sus cerámicas.

La brutalidad de las palabras sorprende a Marco en boca de una mujer tan joven.

—El Japón tiene un gobierno militar cuyo jefe es el *shogun*. Con él debéis hablar —le aconseja ella.

—¿Posee vuestro padre esta información?

—Todavía no. Los japoneses son adeptos de Buda desde hace menos de cien años, pero de un modo muy distinto a los chinos. Han remodelado sus enseñanzas de acuerdo con la doctrina zen.

—Estáis bien informada.

—Consultaremos los oráculos para determinar el día de vuestra partida. En fin, sabed que mi padre insiste para que vuestra misión se cumpla a pesar de los escollos, los vientos y las tempestades —añade con una fina sonrisa.

Marco comprueba que la eficacia de los mensajeros mongoles supera su leyenda. La princesa fingía pedirle noticias de la corte, noticias que conocía ya, y muy bien.

Una semana más tarde, los oráculos se reúnen de nuevo en consejo reducido.

Deciden interrogar a los cielos e invitan a Marco a que asista a su consulta. Al veneciano le cuesta disimular su impaciencia. Se contiene para no oponerse a estas supersticiones que no son las suyas. Al amanecer, toda la corte se dirige a lo alto de un acantilado. Apartados de los oídos profanos, los oráculos preparan su interrogatorio.

—Debemos aguardar la luna adecuada —le confía Hu-tu-lu—. Los días de la rata y la liebre eran de mal augurio para vuestra partida.

Los oráculos lanzan una cometa desde lo alto del acantilado, a cuyo pie las olas rompen contra las rocas con un rugido de trueno. A Marco le fascina su poder. Luego, contempla fijamente la cometa que flota formando volutas alrededor de las nubes, como un hilo que se encanillara.

Ai Xue se acerca a él con cierto disimulo.

—Maese Polo, creo que apreciáis a Shayabami.

El veneciano se vuelve hacia el médico, alarmado.

—Tranquilizaos, su salud no me preocupa mientras estemos en el continente.

—¿Crees que los japoneses se comen a los sirios? —dice Marco divertido.

—Hablo de los embajadores. Los japoneses degollaron a los que Kublai envió con anterioridad.

Un estremecimiento recorre la columna vertebral de Marco hasta la punta del pelo. La advertencia de Namo Kan le viene de sopetón a la memoria. A su pesar, siente que el temor le acelera los latidos del corazón. Kublai nunca le mandaría conscientemente a la muerte...

—¿Cómo lo sabes? —inquiere.

—Los coreanos detestan a los mongoles tanto como nosotros. Ved lo que han hecho con su país. Fue fácil obtener confidencias. He pensado que ésta os interesaría.

—¿Y hay otras?

—Ninguna que os concierna directamente.

—Ai Xue, al decir eso pones a prueba mi confianza.

—Siempre os he dicho que desconfiarais de quienes no son de vuestra sangre.

Marco hace un amplio gesto hacia la montaña.

—En ese caso, debería desconfiar aquí de todo el mundo.

—Todo el mundo desconfía de vos. Sois el extranjero aquí. Tal vez deberíais pensar en regresar al país de donde procedéis.

Marco camina impetuoso, de un lado a otro, esforzándose por disimular su nerviosismo.

—No te tomé a mi servicio para escuchar tus elucubraciones o tus amenazas.

—Entonces, olvidad lo que os he dicho.

Marco sigue con la mirada el trayecto de la cometa. Se vuelve hacia Ai Xue:

—Si es cierto, ¿por qué quieres acompañarme?

El chino esboza una mueca enigmática que a un cristiano podría parecerle una sonrisa.

—El sabio dijo: «Interrogarse es mejor que interrogar a los demás».

«El sabio siempre tiene respuesta para todo», se dice Marco, reanudando con un suspiro su contemplación de la cometa.

Ésta ha emprendido un descenso inexorable. El veneciano se pone la mano en la frente a modo de visera. De pronto, distingue con detalle la forma de la cometa.

—¡Pero si hay un hombre allí arriba! —grita con espanto.

El oráculo se acerca a él.

—Es uno de los condenados a morir atado a una cometa destinada a caer con su carga, a la velocidad determinada por el viento que sople en tal ocasión. Un día de tormenta, sucedió que uno de esos reos se posó suavemente. Fue indultado. Éste, si cae demasiado deprisa, nos indicará que no es el buen momento para que partáis; en cambio, si logra volar el tiempo suficiente, significará que ha llegado el momento propicio.

Desde su llegada al hospicio, Dao Zhiyu no ha dejado de tiritar. Sin embargo, hace menos frío que en la calle y no llueve. Pero la idea de ser devorado por el Gran Kan le aterroriza tanto que no necesita esforzarse para rechazar el alimento que le dan para engordarle. Además, sufre una descomposición de vientre desde hace días. Con su apariencia mestiza, incapaz de hablar, está aislado de sus compañeros de desgracia que le temen igual que a un animal salvaje. Al menos, no se le acercan demasiado. Las noches son especialmente penosas. Amontonados en jergones puestos en el suelo, los chiquillos aprovechan la promiscuidad para hurtarse sus magras pertenencias, un par de zapatos o una pelliza apolillada. Dao duerme con un ojo abierto, más inseguro aún del mañana que cuando era un vagabundo. Ha pensado en escapar, pero están bien custodiados y no le seduce la única alternativa que se le ofrece: volver a las calles.

Aquel día, despierto antes del amanecer, acurrucado e inmóvil para conservar su calor, observa los cuerpecitos que se han acercado unos a otros durante la noche. Poco a poco se levanta la aurora, lívida, arrojando sus hilillos de luz a través del papel aceitado de las ventanas. Unas formas ocre, desmesuradamente agrandadas, se dibujan en los muros. Dao cree ver una silueta de mujer que corre. Es hermosa y tiende hacia él los brazos con una sonrisa resplandeciente.

De pronto, el niño da un respingo, como atrapado en flagrante delito. Los demás se han despertado y se acercan a él con paso cauteloso.

—Vamos, enseña tu secreto.

Dao Zhiyu se levanta y se aleja encogiéndose de hombros.

—¡Vamos, pequeño salvaje!

A una seña de su cabecilla, los chiquillos se arrojan sobre Dao, que se defiende. Pese a su fuerza y su rabia, abrumado por el número, se encuentra al fin sujeto contra el suelo e incapaz de moverse. El jefe, con un gesto seco, le desgarra la manga y descubre ante los ojos de todos el tatuaje de un animal medio tigre, medio dragón que adorna el antebrazo del muchacho.

—¡Es un verdadero salvaje! Ni siquiera sabe hablar. Y, además, está marcado como los caníbales.

El muchacho lucha con todas sus fuerzas. Consigue morder a uno de sus adversarios, que lanza un grito y le suelta. Dao lo aprovecha para dar patadas a mansalva. Por fin dejan de sujetarle. Dao suelta aún varios puñetazos antes de huir, rabioso.

Si al menos supiera en nombre de qué fuerza o qué divinidad lleva esta marca.

10

La isla del Sol naciente

Una gélida brisa ha dispersado las nubes que por la noche cubrían la capital coreana, Gaegyong, para ofrecer a la mirada un cielo limpio. El séquito de Marco Polo, compuesto por una veintena de hombres, entre ellos dos coreanos —el intérprete Kim Yi y un pescador que conoce bien las costas coreanas y japonesas—, abandona la ciudad al alba. Todos los gastos corren a cargo del reino de Koryo, en nombre de su lealtad y su vasallaje al imperio. Marco ordena un breve galope a fin de que sus hombres olviden el frío que los tiene ateridos a pesar de sus mantos de pieles. Llegan sin percances al extremo del reino de Koryo, a Happo. Por suerte, el buen tiempo les permite embarcar enseguida en un pequeño junco. Empujados por un viento constante, ponen el pie en la isla de Tsushima tres meses después de su partida de Gaegyong. Pero cuando se disponen de nuevo a zarpar, estalla una violenta tempestad. Impaciente, Marco obliga al capitán a lanzarse a la borrasca, pero el oleaje es tal que es imposible dirigir el barco y el veneciano acepta regresar a puerto, donde se ven obligados a permanecer durante varias semanas. Los mongoles lo aprovechan para entregarse a unas cuantas borracheras que les calientan el cuerpo.

Durante días, Marco observa, fascinado, el espectáculo de la pesca de algas y conchas, hecha a mano. Unas mujeres que visten largas camisas que les llegan hasta los tobillos y que se cubren la cabeza y la boca con un pañolón, se lanzan al asalto de las olas. Sobre el agua flota un cesto atado a su cintura por un simple cordel. Marco, impulsado por la curiosidad, se sumerge con las pescadoras. Los fondos marinos, densos, opacos, son muy distintos de la laguna de Venecia. La corriente es muy poderosa y balancea a su guisa a los nadadores. El agua está helada pero, tras unos instantes de sobrecogimiento, Marco no siente ya la mordedura del frío a través de su ropa. Recoge algunas algas y conchas y se las lleva triunfalmente. Las pescadoras les quitan la arena para examinarlas mejor mientras sueltan espesas nubes de vaho blanco. Se burlan de él y las arrojan al mar. ¡Eso no se come!

A la semana siguiente, el veneciano organiza un torneo de tiro con arco y de lucha para mantener ocupados a sus hombres. Él mismo se concentra en la lectura de la ópera que le ha dado Kublai, imaginando melodías venecianas. Con gran sorpresa por su parte, Ai Xue vence en el torneo de lucha. Marco se siente tanto más pasmado cuanto que las manos del chino están terriblemente dañadas.

Había observado ya que el médico tenía los dedos lo bastante ágiles para poner sus agujas, pero no había imaginado que también los tuviera tan fuertes.

—¡Tendríais que haberlo visto, maese Polo! —exclama el intérprete coreano Kim Yi—. Vuestro médico es un luchador pasmoso.

Marco abandona la lectura para felicitar a Ai Xue.

—Ignoraba que tuvieras esas cualidades, Ai Xue.

Apenas fatigado, Ai Xue se cambia bajo la tienda dispuesta para los luchadores.

—Soy también un excelente cocinero.

Para aligerar la espera, Ai Xue pasa entonces los días preparando platos que los mongoles devoran sin miramientos.

Los soldados han subido a acostarse. El chino y el veneciano permanecen a solas ante la mesa de la sala del albergue.

Ai Xue traga a pequeños sorbos una sopa mientras Marco se sirve con el extremo de sus palillos soja cruda.

—No sé cómo lo haces, Ai Xue, para concentrarte en una actividad tan trivial como la de cocinar. ¡Es indigna de tu estado!

Ai Xue posa el tazón de sopa para volverse hacia Marco.

—Nosotros, los chinos, podemos responderos que la cocina nada tiene de trivial. También la medicina pasa por el estómago, de modo que el arte de cocinar está en perfecta armonía con mi condición. Voy a explicároslo. Es un juego en el que es preciso hallar la armonía de los cinco sabores. ¿Los conocéis?

—Dulce, salado... ¿Por qué te importa tanto acompañarme al Japón?

—Acre, ácido y amargo. Los cinco sabores se combinan de seis maneras distintas para formar las ocho clases de manjares de nuestra cocina. Buscamos la armonía entre el plato y el que lo degusta.

Marco toma con los dedos un pegajoso rollo frito. Lo muerde. Mientras lo mastica, va reflexionando.

—Esperas obtener un apoyo para el Loto Blanco...

—Y lo que coméis está de acuerdo con lo que sois. Es la alianza lo que importa, en efecto. Una opción no excluye las demás. La cocina china está en armonía con la energía humana, os lo repito, y debe adaptarse a ella. Vos mismo, maese Polo, podéis ser, sucesivamente, generoso, tiránico, tolerante o arbitrario.

Marco se atraganta.

—¿Eso es todo? —pregunta tosiendo.

—Es sólo un esbozo. Este plato se prepara sólo en los territorios del norte, cerca de donde están los bárbaros. Nada tiene que ver con la cocina más de contrastes típica del sur, que precisa todo un aprendizaje para poder saborearla.

—Ya veo. Creo que he sido demasiado generoso contigo.

—No, acabo de decirlo —insiste Ai Xue con una sonrisa encantadora—. Vosotros, los bárbaros, seréis siempre incapaces de comprendernos.

En aquel momento, Marco se pregunta si no tendrá razón.

Por fin, al día siguiente, llega una calma que los oráculos predicen duradera, y Marco ordena que aparejen el barco para hacerse a la mar.

Xiu Lan y Fan-fi caminan con paso decidido. Para la ocasión, se han vestido de modo sobrio y elegante. A falta de poder honrar a los antepasados de unos esposos que ellas no tienen, las cortesanas consagran parte de su tiempo y su dinero a las buenas obras. Pero, para Xiu Lan, estas visitas a los enfermos y a los moribundos representan mucho más que una simple buena acción.

Entran en el patio de un orfelinato donde los niños juegan descalzos en la nieve, salpicando de claras risas el aire cargado de vaho. De pronto, el monje que vigila a los pequeños da unas palmadas. Los juegos cesan poco a poco.

Los chiquillos se apretujan, maravillados, para mirar a las dos mujeres, a las que dedican radiantes sonrisas. Xiu Lan se lo agradece contemplándolos con una expresión afectuosa y conmovida.

—¡Qué monos son! Debe de ser muy agradable ocuparse de ellos.

El monje despliega una sonrisa de circunstancias. A su espalda, los niños le dedican espantosas muecas.

—¡Oh, éste es adorable! —exclama Fan-fi.

Acaricia el pelo del muchachito, pero advierte demasiado tarde que los cabellos se mueven solos sobre su cráneo. Asqueada, se limpia rápidamente las manos.

—¡Qué sucio estás...!

El chiquillo tose. Se rasca constantemente. Tiene las piernas cubiertas de costras purulentas.

—¿No los laváis nunca? —le pregunta Fan-fi al monje, frotándose las manos una contra otra.

—No sirve de nada. Los piojos vuelven en cuanto llega un chico nuevo.

—Podríais al menos cortarles los cabellos.

—Nos falta tiempo —se defiende el monje—. Les damos un techo y arroz.

Oculto detrás de las columnas, un niño mira a Xiu Lan con sus ojos rasgados, negros como lagos de montaña. Con el corazón palpitante, Dao Zhiyu vacila sin decidirse a lanzarse hacia las dos mujeres, a las que ha reconocido de inmediato.

—¿No tenéis más chiquillos que éstos? Deseo tomar uno a mi servicio.

De pronto, a su vez, Xiu Lan reconoce a Dao. Lanza un suspiro de alivio.

—Aquél, por ejemplo, el de allí —dice extendiendo la mano en su dirección.

—Oh, señora, aquel es un salvaje. No habla. Creemos que debe de tener unos ocho años. Es difícil decirlo, todos parecen más jóvenes de lo que son. Lo recogieron en la calle con los pies helados.

Xiu Lan saca unos billetes de su bolsa de seda.

—Gracias, señora, en nombre de ellos —dice el monje tomándolos e inclinándose profundamente—. Todos os deseamos buena salud, una vida feliz, las riquezas de vuestros protectores y la realización de vuestros deseos. Que renazcáis en una tierra pura rodeada de los Budas de los tres tiempos y las diez direcciones.

Al otro extremo del patio, el chiquillo no aparta de ella los ojos. El monje le agarra del brazo y le arrastra hasta las mujeres.

—Es robusto, os durará mucho tiempo —dice elogioso.

—Mostradme lo que lleva en el brazo.

—Un tatuaje. De hecho, nadie sabe de dónde proceden estos pobres pequeños...

El junco abandona por fin Tsushima para dirigirse a Dazaifu. La travesía dura varias semanas. Marco se siente a la vez impaciente por atracar en las costas japonesas e inquieto ante la idea de dirigirse a un país hostil, sin retirada posible. Las fronteras del Japón son las más infranqueables que pueda tener un reino. Una vez en la isla, serán prisioneros con tanta seguridad como si estuvieran encerrados en las mazmorras del Gran Kan.

Una neblina planea por encima del agua, difuminando el límite entre la superficie del mar y el cielo. El océano se levanta en repentinas oleadas. La mayoría de los mongoles están abajo en la cabina, vomitando todo lo que les queda en el estómago. Sólo Ai Xue y Marco Polo permanecen en cubierta para intentar divisar con claridad las costas que se recortan, inciertas, en las brumosas lejanías del océano. Marco nunca habría soñado en dirigirse tan lejos hacia levante. Una sorda angustia le oprime a medida que el junco se hunde en la opacidad blanca, que parece dispuesta a devorar el propio mundo. Cuando Marco era pequeño, la gente decía que en el confín de la tierra los navíos llegaban al puerto del infierno, poblado por demonios y súcubos. Un estremecimiento le recorre todo el cuerpo. Fue capaz de sobreponerse al aislamiento de las cumbres del Tíbet, a las alucinaciones del desierto de Taklamakan, a la desolación del desierto de Gobi, a la cautividad en el campamento de Kaidu. Sin embargo, aquí, en este mar que se balancea, experimenta una sensación de soledad extrema. Contempla a Ai Xue, que tiene la mirada fija en la espuma de las olas que saltan como felinos. De pronto, Marco se siente extranjero. El miedo le oprime el corazón y le humedece las manos. ¿Y si estuviera en el confín del mundo? ¿Y si no fuera a regresar nunca, si se quedara extraviado en este océano de brumas, condenado a errar? Se recuerda de niño, en Venecia, soñando en los mundos desconocidos y tan lejanos por los que vagaba su padre. Su madre, que quería disuadir a su hijo de partir, alimentaba sin embargo el recuerdo de aquel padre ausente, de quien nada se sabía salvo que había desaparecido a las puertas de la Horda de Oro. Marco aspiraba a encontrarle, a reunirse con él, a abandonar esos estrechos canales, esos ambiciosos de cortas miras que intentaban aplastar a los demás en vez de intercambiar sus historias. Imaginaba el encuentro con su padre. Las veladas de Venecia se habrían iluminado con relatos de viajes dignos de Homero. El padre y el hijo habrían recuperado el tiempo perdido, durante el cual habían estado separados, creciendo el uno, envejeciendo el otro. Pero la desilusión fue total cuando regresó aquel padre que todos creían muerto; aquel padre que había dejado a un niño y encontraba a un hombre. Y mientras que el hijo soñaba en un aventurero encantado de compartir sus experiencias, había encontrado a un desconocido avaro de su tiempo y su saber, y ávido de efímeros placeres. Sólo los unía la pasión por partir cada vez más lejos. En eso se habían encontrado por fin, para ese loco viaje: atravesar el mundo en busca del mayor de los emperadores. Marco admiraba a su padre por su capacidad de atravesar países sin interesarse más que por sí mismo. ¿Podría él, Marco, hacerlo mejor? Comienza a pensar, naturalmente, en Noor-Zade y en su hijo. ¿Por qué se siente atado por el juramento hecho a una esclava? Al pensarlo, nota una opresión en el pecho. ¿Quiere encontrar al niño para darle el padre que él había soñado en tener? ¿O para disfrutar él mismo ejerciendo el papel de padre?

Cuando, por fin, la costa se recorta en el horizonte, Marco siente expectación y temor a la vez. La advertencia de Namo Kan no ha dejado de obsesionarle. Ahora es imposible retroceder. Ordena a la tripulación que reúna sus efectos y se prepare para desembarcar. Repite por última vez a Kim Yi las instrucciones que debe traducir a los japoneses.

Pero donde espera encontrar las tan alabadas arenas blancas, Marco descubre con estupor los muros de unas fortificaciones capaces de rechazar cualquier invasión marítima. Distingue en lo alto de una de las torres una silueta armada con una lanza, que desaparece en cuanto avista el junco. Más allá, a lo largo de la costa, se elevan montañas con las laderas tapizadas de pinos verde oscuro.

Las olas se estrellan con estruendo contra las altas murallas. El viento sopla con estridentes silbidos, como para transmitir su advertencia a todo un pueblo.

Han de costear un rato antes de poder atracar en una estrecha playa. Con una maniobra osada, el junco embanca en la arena. Al instante, los mongoles saltan de la embarcación, contentos al volver a pisar tierra firme, aunque no sea la suya. Sin parar mientes en la fatiga, el veneciano ordena emprender la marcha. Confía en que el aire marino logrará disipar el hedor nauseabundo que exhalan los mongoles, tanto tiempo confinados en el fondo de la cala. En silencio, recorren largo rato el pie de las murallas antes de encontrar un escarpado pasaje, por el que trepan uno tras otro.

Tras la desolación del reino de Koryo, el paisaje que se abre ante Marco le parece hechicero. El cielo ha tomado unos tintes pastel, que van del azul al rosa pasando por infinitos matices. A lo lejos, en las laderas de las colinas, unas casitas de extraños techos se superponen como en una construcción infantil, mostrando una armonía de colores que parece haber sido creada para la dulce luz del crepúsculo. El bosque se despliega en tornasolados colores, en los que se mezclan los verdes más azules con los más intensos dorados. El musgo tapiza las rocas hasta en el lecho de los ríos, dejando aparecer a flor de agua largas matas llameantes que brillan bajo el fulgor del sol. Mientras caminan, los expedicionarios bordean cascadas cantarinas y otras que rugen y salpican. Las viviendas que ven carecen de adornos y están construidas por completo en madera. Atraviesan puentes de pino lacado de rojo, que remontan con su arco perfecto numerosos arroyos. En los bancales de cultivo, hombres, mujeres y niños, doblados en dos, se agotan plantando arroz.

Atraviesan una avenida de bambúes tan altos que parecen rozar la bóveda celestial, apenas entrevista a través del follaje.

Instintivamente, Marco comprende la ambición del Gran Kan. Esta isla contiene tesoros ocultos y se empeña en conservarlos celosamente. La belleza arrebatadora del país está a la altura de la dificultad que a buen seguro presentará el cumplimiento de su misión.

El grupo penetra en el bosque. Los jinetes avanzan a través de espesos follajes húmedos. Por fin encuentran una senda que los conduce a un paso a través de la montaña. De pronto, unos jinetes revestidos de armadura aparecen y les rodean en silencio. Llevan un casco que les llega hasta los hombros y de cuya parte superior sobresalen dos curvas púas de hierro. Del cinto les cuelga una larga espada que les golpea la cadera. Sus ojos son rasgados como los de los chinos, pero el color de su tez y sus rasgos faciales son distintos a los de su raza. Su mirada es tan penetrante como cortante parece su hoja. Los soldados mongoles hacen ademán de desenvainar sus armas.

Marco los detiene.

—No lo hagáis, nuestra misión es de embajada.

—¡Son samuráis! —exclama Kim Yi, levemente inquieto.

—Querido Kim Yi, ha llegado el momento de demostrarme que recuerdas lo que hemos estado ensayando durante semanas —dice Marco, tranquilo.

El coreano asiente con la cabeza y se dirige a los jinetes japoneses. Los samuráis no apartan los ojos del veneciano. Éste, aunque no comprende ni una palabra de lo que dice el intérprete, va siguiendo el movimiento de sus labios como para transmitirle sus propios pensamientos. De pronto, por el rabillo del ojo, le parece distinguir que uno de los samuráis se dedica con cautela a deslizar mediante el pulgar el sable fuera de la vaina, dispuesto a atacar. Marco lanza una furtiva mirada a Ai Xue. El chino sigue impasible, atento al discurso de Kim Yi. Si el samurái les agrede, a ellos que han llegado en misión de negociación, será un crimen más del rey del Japón. Sin embargo, Marco no puede dar a los mongoles la orden de defenderse cuando aún no han sido atacados. Sería una agresión inaceptable, porque el Gran Kan ha puesto en ellos toda su confianza. ¿Y si Kim Yi no hubiera comprendido el sentido del mensaje? ¿Y si no lograra traducirlo? ¿Y si los samuráis fueran demasiado belicosos para escucharle...? En la cabeza de Marco bulle un sinfín de dudas y preguntas.

De pronto, con la velocidad del rayo, Ai Xue salta por los aires y, de un solo movimiento, propina dos patadas seguidas a la muñeca del samurái, que ya está desenvainando la *katana*. El ataque es tan rápido que el japonés, sorprendido, no consigue que su caballo retroceda a tiempo, y él mismo pierde el equilibrio. Con un agudo grito, Ai Xue aprovecha esa circunstancia para brincar de nuevo y golpear en el pecho a su adversario, que cae al suelo. Trabado por su armadura, el samurái se levanta trabajosamente. Ai Xue, veloz, recoge del camino una gruesa rama y con ella en alto salta por los aires manteniendo a distancia al samurái, que le descarga un sablazo con fulgurante rapidez. El chino puntúa cada brinco con un breve grito. Con armoniosos y largos movimientos, va esquivando los mandobles y estocadas del japonés. No obstante, éste consigue acorralar a Ai Xue contra un árbol. El chino trepa tronco arriba como si caminara por el suelo y, después de saltar sobre la espalda del samurái, vuelve a caer de pie, con las piernas flexionadas, dispuesto a un nuevo asalto.

El samurái levanta la *katana*, que hiende el aire con lúgubre silbido. El hombre hace con el arma unos molinetes velocísimos antes de descargar el golpe, pero falla de nuevo el blanco y el arma se clava en un tronco resinoso.

Marco asiste, fascinado e impotente, al extraño ballet que se desarrolla ante sus ojos. El samurái maneja con maestría el sable, realizando cortos ataques rápidos como el rayo, seguidos de largas esperas en las que permanece totalmente inmóvil. Cuando la lucha se reanuda, los contendientes se desplazan con tanta rapidez que Marco apenas ve la hoja que corta el aire con siniestro siseo. El helado soplo de la muerte le roza varias veces. El samurái se acuclilla con la espalda muy recta antes de saltar con el arma en ristre. Ai Xue, con todo el cuerpo en tensión, no para de moverse, dando volteretas sobre sí mismo o ejecutando amplios rodeos en torno de su enemigo.

Ai Xue da un salto que le propulsa literalmente a dos metros de altura, y propina dos fuertes patadas al rostro del samurái antes de dejarse caer al suelo. Sin dar tiempo a que el samurái recupere el dominio de sí mismo, Ai Xue vuelve a brincar y le golpea con el canto externo del pie.

Trastornado, inseguro del resultado del combate, Marco se acerca al intérprete coreano que, como él, contempla petrificado la agresión del samurái. Ai Xue revolotea sin descanso, gira apoyándose en un pie y detiene con creciente rapidez los golpes de la espada del japonés. Algo apartado, el grupo de samuráis observa la lucha considerando que su compañero no necesita su intervención.

—Kim Yi, diles que no tenemos intenciones belicosas. ¡Haz algo! De lo contrario, nos decapitarán a todos con el filo de su espada.

El coreano se dirige con energía a los guerreros nipones. El jefe le escucha mientras observa el combate. Luego fija la mirada en los ojos de Marco y pronuncia con acentos brutales unas palabras en su lengua, haciendo que el samurái y Ai Xue se inmovilicen, sin aliento.

—¿Cómo os habéis atrevido a poner el pie en nuestra isla? —le traduce el intérprete coreano a Marco.

—Diles que tenemos el honor de haber sido enviados por el Gran Kan para comunicar un mensaje al rey del Japón.

Tras haber escuchado a Kim Yi, el japonés lanza una orden a su belicoso compañero. Entonces, con infinita lentitud, el samurái baja la espada. Por debajo de su casco, las gotas de sudor que le gotean de la frente le obligan a parpadear.

—Maese Polo, se ofrecen a acompañarnos hasta su señor.

Siguiendo una escolta de la que no tardan en sentirse prisioneros, los hombres de Marco avanzan a marchas forzadas a través de bosques de árboles espinosos con matices de terciopelo oscuro.

Cabalgan una jornada entera alejándose de la costa hasta llegar a un pueblo cuyos habitantes los contemplan con estupor. Tras atravesar la aldea, penetran en un recinto fortificado. Los samuráis los conducen hasta una casa que tiene las paredes de papel. Uno de los guerreros, que responde al nombre de Hakuka, es el encargado de vigilarlos; es precisamente el que les había recibido en la isla con tantos aspavientos. Les obliga a descalzarse. El mobiliario es austero: una simple estera en el suelo y unas mantas enrolladas. Todos ellos comparten una sola habitación. A Marco le cuesta soportar la proximidad de los mongoles, cuya hediondez es más patente en un ambiente cerrado. Ai Xue hace arder bastoncillos de incienso durante sus largas sesiones de meditación, sentado con las piernas cruzadas. La presencia del carcelero limita las conversaciones de los prisioneros. Sólo tienen derecho a una frugal comida diaria, clásico método destinado a debilitar las fuerzas del adversario. Marco lo padeció ya cuando era rehén de Kaidu. Procura olvidar el hambre que le atormenta y concentrarse en su misión. Hakuka, sentado sobre sus talones en el umbral de la estancia, no aparta de ellos los ojos. Marco no puede evitar pensar en el tabú mongol que considera sagrado el umbral de una casa. El japonés parece una estatua, dada su total inmovilidad. El veneciano lamenta no poder comunicarse con él, pues la fuerza de carácter que manifiesta le impresiona mucho y le gustaría recoger de él ciertas enseñanzas. Fuera, la lluvia comienza a caer. Las gotas tamborilean con violencia en las paredes de papel. Encogido sobre sí mismo, Marco acaba sumiéndose en un sueño durante el que imagina padecer los asaltos de un samurái sin ser capaz de esquivarlos.

Cuando por fin van a buscarlos, Marco se siente lleno de una nueva combatividad. Hakuka los precede a través de un jardín dispuesto con primor. Amplias losas de piedra cubren el suelo de arena. Aquí y allá, sobre unas rocas de más de un metro de altura, unos árboles de gruesos troncos pero minúsculo follaje surgen de anchas macetas de arcilla. A Marco le parece que son pinos o cedros, cuyas ramas se despliegan en vastas copas de varios niveles. Los caminos que recorren están flanqueados de roquedales que representan montañas enanas.

Penetran en una antecámara de gran sobriedad. Ai Xue ha adelgazado, pero sus ojos brillan de impaciencia. El guía los precede en silencio hasta una sala de audiencia presidida por un personaje metido en carnes y rodeado por una guardia personal de hermosas muchachas. Apenas ha puesto Marco el pie en la sala cuando éstas comienzan a dar vueltas a su alrededor lanzando unas risitas. Bajo la túnica del dignatario se transparenta su musculatura recubierta por una gruesa capa de grasa. Éste hace gala de una arrogancia y una seguridad que se hacen más evidentes cuando habla, pues su voz es firme y cortante. El intérprete coreano traduce al mongol para Marco.

—Pregunta quiénes somos y la razón de nuestra presencia en la isla.

—Dile que venimos a impartir a su soberano la orden de someterse al mayor emperador del mundo.

—No podemos decir eso, Marco —interviene Ai Xue discretamente.

El veneciano se vuelve entonces hacia Kim Yi.

—¡Evidentemente! Prueba más bien a decir esto: nos prosternamos a sus pies, honorable gobernador e imploramos de su gran benevolencia el honor de ser admitidos a la presencia de su soberano en nombre de Kublai Kan.

—Dejadme a mí.

Ai Xue empieza a soltar una larga parrafada en chino, que el intérprete coreano parece escuchar distraído. Marco intenta poner buena cara. ¿Por qué Ai Xue le ha hablado en chino a Kim Yi? El intérprete traduce lo dicho al gobernador, que comienza a impacientarse también ante esa interminable conversación. Finalmente, el gobernador responde agitando los brazos sin dejar de mirar a Marco. Éste se obliga a permanecer impasible durante toda la traducción del coreano, seguida de la de Ai Xue. Éste dice lo siguiente:

—Consiente en concederos el insigne honor de hablar con el *shogun* en Kamakura,* pero pide que dejéis aquí vuestra escolta.

—¿Quiere que vaya solo?

—Sí.

—Me niego. No debemos separarnos, suceda lo que suceda. De todos modos, te necesito al menos a ti y al intérprete. De lo contrario, ¿cómo podría hacerme comprender?

El japonés emite ruidosos suspiros.

—Está perdiendo la paciencia, ¿qué decidís, maese Polo? —pregunta Ai Xue.

—Lo que te he dicho. O vamos todos o no vamos.

—No podemos decírselo así.

—Ni siquiera sabes lo que traduce el coreano —objeta Marco.

—Vos tampoco.

Marco inclina la cabeza.

Las discusiones prosiguen en vano durante varias horas, y los prisioneros son devueltos a su celda sin estar seguros de su suerte.

* Durante la era Kamakura, el Japón estaba dirigido por el poder militar del *shogun*, instalado en Kamakura, mientras que el emperador residía en Heian (actual Kioto).

Marco no consigue conciliar el sueño durante las siguientes noches. Duda del éxito de su misión, y teme que les obliguen a hacerse a la mar sin haber podido penetrar más en territorio japonés. Aun suponiendo que lleguen ante el *shogun*, todavía no habrá cumplido ni una mínima parte de su misión. En la penumbra, adivina la silueta oscilante de Hakuka recortándose en la claridad de la fría luna de primavera. Sus rayos macilentos entran en la estancia a través de los paneles de papel. Pero a medida que el astro asciende por el cielo, sus haces perforan la noche como flechas de una luz tan blanca como una tez de mujer. Por las estrechas ventanas, las flores de los cerezos se ven volar al albur del viento, como una lluvia de copos de nieve.

Su régimen de comidas mejora. Les sirven platos de pescado crudo cortado a finas láminas. Kim Yi explica a los mongoles, asqueados, que así consumen los japoneses todo lo que procede del mar. Marco se deja seducir por la gama de colores, del rosa coral al blanco lechoso, que decora su plato de gres. Prueba con cuidado un trocito de pescado, casi sangrante, y sorprendentemente le gusta. Las cantidades son modestas pero el exquisito sabor de los alimentos exige que se paladeen despacio. El primer día Marco ha devorado aquella única comida tan deprisa como los mongoles, pero después ha aprendido con Ai Xue a hacer durar ese momento de placer y de alivio.

—Imaginad que deseáis a una hermosa mujer. Los mejores momentos son, a menudo, los que preceden a su posesión. Asimismo, si sabéis esperar, la oruga se convertirá en mariposa.

—Quienes no esperaron, inventaron la seda...

Los dos hombres intercambian una sonrisa. A costa de supremos esfuerzos, Marco consigue olvidar las punzadas del hambre pensando en el goce sublimado que le depararán los manjares que sus ojos devoran ya.

Al día siguiente, les sirven platos de pescado y marisco, moluscos y crustáceos, acompañados de un bol de arroz.

Durante una nueva audiencia el gobernador les comunica que ha decidido acceder a su petición, siempre que vayan escoltados por samuráis.

Tienen que esperar aún varios días antes de poder abandonar Dazaifu. Por la mañana, devoran un almuerzo más copioso de lo que nunca han comido desde su llegada al Japón. Ai Xue sorbe ruidosamente el bol de sopa humeante. Los mongoles consumen con aspecto asqueado el pescado, que tragan con una gran bola de arroz. Marco degusta largo rato el té verde que le calienta hasta los huesos. La cremosa espuma que flota en la superficie de la ardiente infusión le deja un sabor amargo en la lengua. Sólo lamenta no haber sido autorizado a lavarse, pues comienza a oler tan mal como los mongoles.

Kim Yi les cuenta que el té sólo se vende en el Japón desde hace unos cincuenta años, gracias a los coreanos. Relata con cierta admiración las técnicas de cultivo del té, la selección de los brotes, el modo de cubrir los arbustos cuando llega el gran calor para que las hojas conserven su frescura. Por primera vez, Marco comprende que los coreanos sienten más afinidades con los japoneses, pueblo pescador y montañés, que con los chinos, gente letrada de las llanuras, y desde luego con los mongoles, rústicos guerreros de las estepas.

Los samuráis son apenas una decena, pero su aspecto imponente provoca respeto y temor. Sus cascos parecen más bien máscaras que hacen muecas de furor. Nunca se quitan su muy sofisticada armadura, que se adapta perfectamente a sus articulaciones. Se mantienen en una actitud muy rígida. Cuando Marco comprende que Hakuka ha sido designado para tomar el mando de la tropa, se siente casi tranquilizado. El samurái traza en el suelo una cuadrícula con nueve letras y un dragón en el centro.

—Es una práctica del budismo zen —explica Kim Yi— para conjurar la mala suerte e impetrar buenos presagios para nuestro viaje.

Dao Zhiyu no consigue relajarse. Como un animal al acecho, dirige la mirada a todos lados. Xiu Lan, en cambio, pasea por el mercado de Hangzhu con un placer que tiene cierto sabor a libertad. El canto de los pájaros se mezcla con el de los grillos, cristalino como las gotas de agua de una lluvia estival.

La joven se deja embaucar por un vendedor de horóscopos, luego se demora largo rato ante un puesto de ungüentos y perfumes. Dao Zhiyu se aleja, incapaz de permanecer quieto. Nervioso, se oculta tras un puesto de golosinas. Xiu Lan le alcanza.

—¿Quieres?

Señala unos pequeños muñecos de azúcar, en forma de mandarines y concubinas, envueltos en dorados estuches de miel. Unos dulces representan animales salvajes o míticos, otros semejan pájaros de resplandeciente plumaje. Dao Zhiyu observa fascinado la minuciosa hechura de las golosinas. Maravillado, esboza una sonrisa ante un pequeño dragón modelado con azúcar de soja.

—Lo tengo también de cebada o sésamo —propone el mercader.

Mudo, Dao Zhiyu mira a Xiu Lan con ojos de elocuente intensidad.

—Quiere éste —dice ella tendiendo un billete—. Y dadme también caña de azúcar.

Delicadamente, como si recogiera flores de jazmín, Dao Zhiyu toma el pequeño dragón. Se lo mete en la bocamanga donde lo guarda oculto como un tesoro.

Xiu Lan chupa golosa la caña de azúcar.

—Pero bueno, ¿no te lo comes?

Inquieto, Dao Zhiyu adopta un aire culpable. Xiu Lan le acaricia el pelo con ternura. Regresa hacia el puesto del vendedor de golosinas.

—Dámelos todos —dice.

Xiu Lan se permite el lujo de tomar un palanquín para regresar a casa. Dao se agarra a los montantes de madera, algo asustado. Se detienen ante un portal ricamente adornado. Penetran en un primer jardín rodeado de árboles, atraviesan un puente curvado y prosiguen su camino hasta la suntuosa morada. Dao está maravillado.

Antes de tomar al chiquillo a su servicio, Xiu Lan ha arreglado la casa y el parque, que eligió con Shayabami, de acuerdo con las ancestrales reglas del Feng Shui. Ahora que ha recuperado al niño, no está obligada a estar siempre presente en la casa de té. Incluso le permiten recibir en su propia morada a los clientes. Su fama comienza a extenderse en Hangzhu.

Una vez en sus habitaciones, Xiu Lan regala a Dao, deslumbrado, tres camisas de tela y un par de zapatos apenas usados.

Luego hace que laven al niño. Le zambullen en un baño helado. La sangre se contrae en sus venas produciéndole un dolor brutal. Dao resopla provocando las risas de las sirvientas. Poco a poco, su cuerpo se acostumbra al frío. Se incorpora para apoyarse en el banco sumergido.

Xiu Lan hace una seña a su criada. Ésta arroja en el baño piezas de metal y piedras ardientes que, en contacto con el agua, crepitan unos instantes desprendiendo un humo pálido. De inmediato, el jabón exhala su aroma, mezcla de guisantes y hierbas. La sirvienta toma el frasco puesto en el borde de la bañera de loza y derrama en la palma de su mano el líquido, que se desliza por sus dedos.

Dao Zhiyu se deja frotar por la sirvienta, encogido sobre sí mismo. La experiencia es nueva para él. Una oleada de calor le hace sudar. Cuando la criada se vuelve para tomar una toalla de lino, Dao, con un ademán veloz, agarra el frasco y vierte a su vez el líquido en su mano. Abre la boca y, con una mueca, se frota la lengua con todas sus fuerzas, como si el gesto pudiera devolverle la palabra.

Al salir del baño, Xiu Lan ha preparado unos cataplasmas a base de ajo y espárragos para aplicárselos al niño. Lo conduce hasta una pequeña habitación. El chiquillo retrocede, a la defensiva.

—Déjanos —ordena la cortesana a la criada.

Ésta obedece tras haber hecho una gran reverencia.

Xiu Lan se sienta sobre los talones para estar a la altura de Dao. Sus miradas se cruzan. Ella permanece serena, impasible, preguntándose por qué ese chiquillo de la calle tiene tanta importancia para el Loto Blanco y para Marco Polo. Dao Zhiyu la devora con los ojos, como si temiera que desapareciese. Pero, incapaz de contenerse, el chiquillo empieza a rascarse. Las lágrimas asoman bajo sus párpados entornados.

—Tu piel está enferma —dice Xiu Lan—. Estas medicinas van a aliviarte. No haré más que poner esos emplastos sobre tus llagas. Si lo deseas, lo haré todos los días, hasta que te cures.

Dao la mira con expresión huraña.

Xiu Lan toma con gesto lento unos lienzos empapados. Se aproxima al niño. Él no aparta la mirada y, temblando y prietos los dientes, se confía a ella. Xiu Lan le desnuda lentamente y le invita a tenderse de través en la cama. Aplica los lienzos sobre la piel dañada. Dao Zhiyu, tenso y tembloroso, siente que poco a poco le invade una extraña sensación. El aire parece circular mejor por sus pulmones y la energía por todos sus miembros. Su cuerpo se vuelve pesado en el lecho. Cierra los ojos.

Al cabo de varias semanas de tratamiento, la piel del chiquillo recobra un aspecto normal. Ahora aguarda con impaciencia el momento en que Xiu Lan va a ponerle los cataplasmas. Hurta un espejo para mirarse con curiosidad. Sigue sin pronunciar una sola palabra. Sin embargo, Xiu Lan no deja de hablarle, como si el niño pudiera contestarle.

—Pronto estarás curado, Dao, ya no tendré que cuidarte.

Xiu Lan juraría que ha visto en los ojos del pequeño una fugaz sombra de pesar.

Cuando, tras haber atravesado los bosques de arces y franqueado los torrentes, la delegación del Gran Kan llega a avistar Kamakura bajo la vigilancia de los samuráis, todos los miembros del grupo extranjero respiran con alivio. Pues vuelven a ver seres humanos, personas que transportan mercancías, se disputan para ser los primeros.

La agitación que reina en Kamakura recuerda la de Khanbaliq. Cuando entran en la ciudad es día de mercado. En los mostradores de los tenderetes están descargando grandes pescados, atún plateado, pedazos de ballena, pez espada gris, que chorrean agua de mar sobre los pies de los viandantes. La primavera, precoz, ofrece el espectáculo de los cerezos en flor. La ciudad se despliega en minúsculas callejas, callejones que se hunden en la sombra formando interminables marañas en las que la mirada no penetra. Unas siluetas de mujeres desaparecen bajo los porches iluminados por farolillos de papel rojo.

—Vendedoras de primavera —explica Kim Yi.

La ropa tendida se balancea dulcemente en las ventanas, regando a veces el pequeño jardincillo que hay abajo. En una esquina, unos hombres queman un enorme montón de basuras que los vecinos van engrosando sin cesar. Extraños olores asaltan las narices de Marco, el ácido perfume del pescado seco, el olorcillo agridulce de las frituras, los vapores sosos de grandes legumbres terrosas. Las mujeres, con su hijo a la espalda, transportan pesados cestos en la cabeza. Unos vendedores ambulantes llaman a los parroquianos, pero su grito se les hiela en la garganta al ver pasar a ese extranjero, escoltado por un pelotón de samuráis. No muy lejos se levanta la montaña que no habían dejado de distinguir desde que desembarcaron en la gran isla, el monte Fuji, cubierto de luminosa blancura. Marco lo compara con el monte Ararat, en la Gran Armenia. La montaña, con la cima como cortada, se yergue orgullosa y blanca. Parece adornada con árboles en flor.

Entran en los jardines de palacio por un gran portal rodeado de arces. El parque ha sido diseñado con un gesto exquisito. Un laberinto de puentes está tendido, como una tela de araña, por encima del pequeño lago, que es posible vadear gracias a una hilera de losas planas. Un curso de agua se ramifica en cientos de arroyuelos, cada uno de los cuales riega un bosquecillo de plantas y minúsculos arbolillos. Desde lo alto de una colina artificial se desploma una ristra de cascadas formando inmensas nubes de gotitas en los que se refleja el arco iris. Cuando ya han dejado atrás las cascadas aparece, envuelto en un halo de vapor de agua, el palacio. Sus tejados se curvan hacia el cielo.

Son tan numerosos que sus filas sucesivas parecen formar un encaje de tejas que se extiende hasta el horizonte. Sus armazones de madera púrpura están a menudo al descubierto, y su decoración es muy modesta comparada con la de las construcciones chinas. Ascienden por una suave pendiente que llega al umbral del palacio, como preparando al visitante para una audiencia imperial.

De inmediato son introducidos en una vasta sala donde conversan reunidos varios hombres que visten uniforme militar. Cuando su grupito se dispersa aparece el *shogun* Tokimune, jefe supremo del Japón, ataviado con su traje de gala. Es un coloso que domina con su prestancia a todos los demás señores. Su barba negra es muy espesa, lleva los cabellos recogidos en un complicado peinado. Los contempla con altivez.

—He aquí, pues, los últimos enviados de Kublai.

Al escuchar la traducción de Kim Yi, Marco se pregunta con inquietud en qué sentido ha empleado la palabra «últimos». Visiblemente, los extranjeros no son bienvenidos. Marco es el primero en hacer una gran reverencia, imitado por su séquito. Los samuráis les dan la orden de arrodillarse. Reticentes primero, acaban haciéndolo.

—Señor, vengo en embajada en nombre del Gran Kan Kublai, dueño del más poderoso imperio que el mundo haya conocido.

—Pequeña embajada para tan gran soberano...

—Señor, el Gran Kan no intenta impresionaros con su magnificencia.

—Quiero que regreséis ante Kublai y le digáis que me envíe una embajada digna de nuestro poder.

A Marco le cuesta creer lo que dice el intérprete coreano, cuyo tono frío no se adecua a la exasperación del *shogun*. El veneciano presenta el gran rollo metálico, casi del tamaño de un hombre, que contiene el mensaje de Kublai. Dos servidores lo entregan al *shogun*, y le ayudan a desenrollar el papel. Enojado, el magnate lo recorre con rapidez antes de dejarlo caer al suelo.

«Evidentemente, no comprende nada, y el sello de Kublai no basta en absoluto para impresionarle», dice Marco para sus adentros.

Se reanuda el intercambio de traducciones que todos escuchan con la mayor concentración. A Marco se le permite conocer el contenido del rollo.

—He aquí lo que dice el mensaje de Kublai: «Nos, por la gracia del Cielo, emperador, ordenamos al rey del Japón que escuche mi voluntad. Mis antepasados recibieron del Cielo el mandato de extender su reinado sobre China. Innumerables son los países extranjeros y lejanos que temen nuestro poder y solicitan nuestra benevolente protección. Nuestras relaciones debieran ser las de un soberano y su vasallo, pero gracias a mi ecuanimidad, cultivamos los vínculos sin nubes de un padre y de su hijo. Pero creo que el rey del Japón sabe ya todo eso. Sin embargo, ni una sola vez el Japón me ha enviado embajada para solicitar el establecimiento de relaciones amistosas conmigo. Temo que tu país, rey del Japón, no haya sido bastante advertido de la voluntad del mío. Con este fin te envío un emisario que se encarga de esta misiva. Deseo un intercambio de tributos entre nuestros dos países con el fin de entablar mutuos vínculos de amistad y paz. Los países que rodean los cuatro océanos, dicen los sabios, forman una sola y misma familia. Quien se negara a establecer relaciones con mi imperio, se negaría a entrar en esta familia y me obligaría a recurrir a la fuerza armada. Pero ¿quién desearía semejante final? Por ello, rey del Japón, sopesa tu respuesta. El Japón es un país famoso por conocer los ritos, y espero que respete las conveniencias».

Marco contiene el aliento. El rostro del *shogun* se ha petrificado, impasible, al escuchar las palabras del intérprete. Sólo sus ojos lanzan relámpagos de furor.

—¿Habéis visto nuestras fortificaciones ante el mar? Hemos necesitado cinco años para edificarlas y se han sacrificado centenares de vidas. Eso os dará una mínima idea de nuestra determinación. Pero estoy cansado de oír y de repetir, desde hace años, el mismo discurso. No sois los primeros que se han atrevido a mancillar nuestra tierra. Me apena comprobar que el kan no tiene que decirme nada más. Él y yo no tenemos el mismo sentido del humor.

A Marco le cuesta tragar saliva, pendiente de los labios del intérprete que traduce con voz monocorde las vehementes palabras del *shogun*.

—¡Ejecutadlos! —suelta fríamente Tokimune.

Atónito, Kim Yi no traduce de inmediato la sentencia, pero Marco no necesita intérprete para comprender el espanto que refleja su rostro.

Con un impulso incontenible, Marco se levanta de un salto. Los samuráis se agitan, pero el *shogun* los contiene con un gesto.

—¡Señor, no podéis hacer eso!

El *shogun* no responde y se limita a esperar.

Marco tiene la garganta seca.

—Venimos en embajada para establecer relaciones entre nuestros dos países.

Cada momento de traducción es un segundo más ganado a la vida.

—Lo que traéis es un mensaje de guerra.

Tras un gesto del *shogun*, los guardias comienzan a rodearlos para prenderlos. Marco se rebela, con los puños prietos de rabia.

—¡Señor! ¿Cómo sabrá el Gran Kan que habéis rechazado su oferta?

Un samurái le propina en el vientre un golpe con el canto de la mano. Marco se dobla, falto de aliento, y después se yergue penosamente.

—Señor, escuchadme —dice con voz ronca—. El Gran Kan podría imaginar que hemos perecido en el mar, que hemos zozobrado. ¿Cómo sabrá que hemos entregado su mensaje? Entonces mandará a otros embajadores. No somos los primeros que nos presentamos ante vos.

—Y sin duda no seréis los últimos. Sabed que el imperio celestial nunca se dejará invadir. Tu kan se equivoca si imagina que vamos a ceder ante él. Ningún poder extranjero pondrá el pie en nuestra isla bendecida por los dioses. Seréis degollados. Así serán tratados todos los perros que se atrevan a presentarse ante mí.

—El Gran Kan ha de llegar a enterarse de vuestra advertencia. Tal vez renuncie entonces a intentar una expedición militar... tal vez esté dispuesto a reconocer vuestro poder. Debemos regresar a Khanbaliq para comunicarle vuestra posición.

El *shogun* detiene de nuevo, con un ademán, a sus guardias. Esboza la sombra de una sonrisa.

—Tu palabras son acertadas. El Gran Kan debe saber que toda empresa militar contra nosotros estará condenada al fracaso. Regresarás al continente y le dirás que si pone el pie en mi isla no vacilaré en cortarle yo mismo la cabeza, y ésa es la suerte que quiero reservar a todos los que violen nuestro territorio.

Hace un gesto y uno de sus consejeros se apresura a sentarse ante un escritorio. Finalmente, el *shogum* prosigue con voz fuerte y decidida.

—He aquí mi mensaje: «El Hijo del Cielo del imperio del sol naciente se dirige al Hijo del Cielo del imperio del sol poniente. Hemos leído con benevolencia tu mensaje y comprobado con placer la respetuosa humildad que revela. Mide, oh kan, lo valioso de mi mirada vuelta hacia ti. Me enviaste ya varios emisarios, supongo que para mi propio regocijo. Pues a mis samuráis y a mí mismo nos complació mucho cortarles la cabeza con la hoja de nuestros sables. Por lo visto eso no ha bastado. Sabe entonces que nunca mi país se someterá a una nación extranjera. No ha nacido aún quien nos haga renunciar. Es un hecho. Hay reglas, no me toca a mí cambiarlas. Somos y seguiremos siendo la única civilización bajo el Cielo».*

Mientras el escriba termina de caligrafiar el mensaje y lo enrolla para sellarlo, el *shogun* agrega:

—Te perdono la vida para que transmitas este mensaje. Pero con una condición...

—Concedida de antemano, señor —dice Marco rápidamente.

—Volverás solo al país de tu kan. Tus compañeros se quedarán como rehenes. Si tu kan emprende una acción contra mí, haré que los ejecuten.

Marco vuelve la cabeza buscando la mirada de Ai Xue. El chino está impasible. Sólo una gota de sudor revela la brutal tormenta que invade su alma.

* Los mensajes de Kublai y de Tokimune son verídicos.

Un grito desgarra el silencio. Xiu Lan se incorpora de un salto. Corre hacia la escalera, está a punto de caer al suelo, se detiene, jadeante. Al llegar al umbral de la estancia sumida en la oscuridad, escruta vacilante la negrura. El grito se prolonga, penetrante, inaguantable. Xiu Lan entra en la habitación. El niño se retuerce, con la boca abierta, como presa de una crisis de demencia. Ella intenta levantarlo en brazos, pero el muchacho pesa más de lo que imaginaba, y debe dejarlo en su regazo.

—¡Cambia las sábanas, están empapadas! —ordena a su criada que aparece por la puerta entornada.

Dao levanta la cabeza con los ojos desorbitados, aterrorizado y sorprendido. Xiu Lan le pone con suavidad la mano en la nuca y le apoya suavemente la cabeza contra su pecho. Él se abandona a esta caricia. Con los ojos cerrados, se agarra a ella, le rodea el cuello con los brazos, y posa la cabeza sobre el hombro de la joven. Se tranquiliza poco a poco, entumecido aún de sueño. Su respiración se hace más lenta. Xiu Lan disfruta de la calidez frágil y apaciguadora del cuerpo del niño, que la ciñe con infinita ternura. Ese contacto le recuerda cruelmente la pesadumbre de su vientre vacío. Unas lágrimas ardientes y dulces se escurren bajo sus párpados. Se siente llena de una maternidad frustrada. Permanece así escuchando la respiración del niño, que poco a poco se acompasa a su propio aliento. Ese abrazo no tiene nada de la sensualidad de las caricias de su vida de cortesana. Vencida por una emoción sin par, deja que transcurra la noche, velando con amor el sueño del niño.

Desde que llegó a casa de Xiu Lan, Dao Zhiyu no sale nunca, muy feliz por haber encontrado un hogar donde se encargan de él y lo mantienen caliente. Quisiera hacerle a Xiu Lan preguntas sobre su padre. En secreto, está convencido de que, aunque ella no se lo confiese, Xiu Lan es su madre, tanto más cuanto que no le asigna ninguna tarea en particular. Ella es consciente de que su protegido tiene los modales propios de un golfillo callejero. Al principio, le sorprendió metiéndose furtivamente trozos de comida en el bolsillo mientras estaban en la mesa. Pronto advirtió que la inactividad perjudicaba al niño, que estaba cada vez más agitado. Pasadas unas semanas, se decidió a confiarle el cuidado del jardín. Reticente primero ante la idea de encargarse de las plantas, Dao Zhiyu comenzó a encontrarle gusto y pronto siguió con atención el florecimiento de un rosal que había podado días atrás.

Al caer la noche, Xiu Lan desaparece y le deja solo en su habitación. Aunque ella cierra con llave sus aposentos, él ha encontrado un medio de pasar por los tejados y ocultarse tras una cortina de papel de arroz, para espiar lo que hace la joven. Al principio, el olor a jazmín le disuadió, pero, decidido a satisfacer su curiosidad, cierta noche se apoderó del frasco de perfume y se agazapó tras la cortina prohibida. Ésta se levantó de golpe, y Xiu Lan se irguió ante él, vestida con una sencilla túnica de lino, y con el rostro limpio de maquillaje. Parece tan joven que Dao Zhiyu apenas la reconoce. Petrificado de terror, como si fuera a ser expulsado a golpes de bambú, esconde a su espalda el perfume.

—Entra, Dao. Así verás mejor lo que hago.

El niño se desliza hacia el interior. Ella vuelve a sentarse ante los pequeños botes llenos de polvos de todos los colores. Hunde el dedo en ellos y se maquilla con leves toques en las mejillas, los párpados, los labios. Vuelve la cabeza y contempla con satisfacción a Dao. El chiquillo ha engordado, sus cabellos han crecido y su piel es tan lisa como la de un recién nacido.

—¿Qué ocultas detrás de la espalda?

Él se encoge de hombros. Ella se ladea y echa una mirada tras él.

—¡Eh, ladronzuelo! —grita.

Quiere quitarle el frasco de las manos, pero Dao es más rápido y corre hacia la ventana. Desgarra el papel aceitado y, con todas sus fuerzas, tira el recipiente al jardín. El frasco se rompe con un ruido seco, mezclando su aroma con los de la naturaleza. Indignada, ella levanta la mano para abofetearle. Él la esquiva y huye por la habitación.

—¿Tienes idea del número de noches que he necesitado para pagarme un frasco de este precio? —grita, furiosa Xiu Lan.

Dao asiente con la cabeza, y sale de detrás de la mesa.

Ella se muerde el puño de rabia.

—Tienes suerte de estar protegido, de lo contrario... Además, ¿por qué eres tan valioso? ¿Lo sabes tú?

Él mueve la cabeza, apenado.

Dejándose caer en un taburete, Xiu Lan rompe a llorar. Desde que volvió a ver a Marco Polo, la oprime una invencible sensación de angustia.

—Vamos, acércate —dice entre dos sollozos.

Dao Zhiyu avanza hacia ella sin saber qué hacer. Xiu Lan se sobrepone, se seca los ojos con un pañuelo de seda. Hunde delicadamente las yemas de los dedos en un bote de crema.

—¿Recuerdas que una noche te pusiste a gritar?

Dao la mira con asombro, abriendo mucho los ojos.

—Eso significa que las palabras están en tu interior. No has encontrado aún la llave pero, algún día, saldrán también, como los gritos.

Xiu Lan acaricia las manos del niño, cubriéndolas con un ungüento suavemente perfumado.

—Ya verás —añade—, cuando seas mayor serás guapo y fuerte. —Luego se echa a reír—. Por lo general, trato con hombres menos tímidos que tú.

Le acaricia con los dedos la muñeca. Dao Zhiyu, hechizado, se abandona poco a poco a esa delicadeza a la que no está acostumbrado.

—Muy pronto tú y yo dejaremos de vernos —anuncia de pronto la joven—. Tendré que entregarte a un hombre. Llevas un bonito tatuaje.

Devuelto brutalmente a la realidad, Dao retira las manos y las oculta en las bocamangas, al tiempo que mira a Xiu Lan con rabia.

Ella sigue observándole sin decir palabra. La dulzura de esa mirada le turba, porque sólo está acostumbrado a la curiosidad o al odio. El silencio se prolonga. Xiu Lan lo rompe.

—Enséñamelo. Es muy bonito. Diríase una especie de dragón o de tigre. ¿De dónde procede?

El muchacho se limita a encogerse de hombros.

—¿Es tu signo astral? Entonces no puede ser tigre ni dragón, yo diría más bien búfalo. Tozudo, tonto y cobarde.

—¡No es verdad! —grita enfadado Dao.

Xiu Lan prosigue la conversación como si no hubiera oído hablar a Dao por primera vez, aunque su corazón estalla de gozo.

—¿El búfalo no es tu signo? —pregunta con una sonrisa.

Él se enoja de nuevo.

—No lo sé.

—Enséñame el tatuaje.

Él agita la cabeza, decidido.

—Cuéntame entonces su historia.

Dao suspira antes de preguntar:

—¿Es verdad que no volveremos a vernos?

Xiu Lan se lleva una mano al vientre. El sabor de las hierbas amargas de la encargada le vuelve a la boca.

—Podrías estar orgulloso de este dibujo que llevas —comenta sin responder a su pregunta.

Él la mira, pasmado.

—¿Por qué?

—Podría hablarte. Hay que saber leer.

El niño baja los ojos, avergonzado.

—No sé.

—¿Quieres que te enseñe?

—¿De qué va a servirme? —dice con acento rabioso.

—Tal vez para comprender lo que se oculta en el fondo de ti mismo.

11

El furor del Gran Kan

Después de varios meses, Marco Polo entra por fin en Khanbaliq, acompañado sólo por Shayabami, a quien por fortuna había dejado en la corte de la princesa Hu-tu-lu.

Atravesó de nuevo el Japón, se embarcó con unos pescadores japoneses que le abandonaron en la isla de Tsushima. Allí, sin dinero, sin intérprete, con una tablilla de oro del Gran Kan que no tenía valor en el territorio, tuvo que dar pruebas de imaginación y persuasión para convencer de que le aceptaran a bordo de otro barco. Llegado a la isla coreana de Happo, vendió una de sus pellizas para pagar el pasaje en un navío hasta el continente. Una vez en él, inició su viaje a pie, y al verle transido de frío, unos campesinos que iban en carro se apiadaron de él y le recogieron. Se tumbó sobre los fardos y durmió pese al gélido viento. En el reino de Koryo no existía ningún servicio de postas que permitiera al viajero dirigirse rápidamente al otro extremo del país. Continuó avanzando así, a pie o en carro, al albur de los encuentros, prometiendo a quienes le ayudaban unas recompensas que no estaba seguro de poderles dar. La experiencia adquirida durante la travesía del Himalaya le sirvió para impedir que sus pies se helaran, porque se forró las botas con pajas o hierbas arrancadas al borde de los caminos. El deshielo no tardó en transformar las carreteras en lechos de barro por los que intentaba avanzar con el pesado andar de un caballo de labranza. Contrajo un catarro que le hizo estornudar y sonarse como su tío. Compartió una noche con dos niños mendigos, a los que abrigó bajo su manto, confiando en que también su hijo hubiera encontrado a alguien que le reconfortara en momentos de necesidad. Por primera vez desde su llegada a Khanbaliq, empezó a añorar Venecia. El perfume de la laguna, la dulzura de sus inviernos, el refinamiento de las damas, los duelos de los galanes, la lengua como una música. Se preguntó qué le había hecho viajar a miles de leguas de su tierra natal, qué le había impulsado a llevar a cabo misiones en las que arriesgaba su vida para servir a un soberano que no era el suyo, en medio de pueblos que no dejaban de mirarle como a un animal raro. Lejos de sus amores adolescentes, sin amigo, sin hermano, le invadió un sentimiento de soledad tan intenso que se echó a llorar, indiferente a las miradas de los viandantes que le tomaban por loco.

Cuando llegó a la capital coreana no paraba de toser y escupir y estaba tan demacrado que Shayabami, que se moría de inquietud desde la partida de su amo, le recibió con espanto. Marco tenía agujereadas las suelas de las botas y su manto de pieles era un harapo. La princesa Hu-tu-lu no necesitó un informe de embajada para adivinar el resultado de la misión. Le ofreció un banquete que estuvo a punto de sentarle mal tras aquellos meses de dieta, y un lecho donde permaneció durmiendo durante varios días. Finalmente, la princesa le dio prisa para que abandonara el reino de Koryo y se dirigiera, lo antes posible, a Khanbaliq. Le proporcionó un séquito digno de su rango y su misión, con caballos mongoles y escolta armada.

Cada vez que se da a conocer mostrando con manos temblorosas la tablilla de oro del Gran Kan que, en este territorio, recupera todo su sentido, siente que el miedo le va abandonando. Cada puerta que atraviesa le aproxima al santuario donde estará seguro. En el centro de China está la capital del emperador, en el seno de esta capital está la Ciudad imperial, y en el corazón de esta ciudad está el palacio del Gran Kan. Impaciente, Marco desdeña pasar por sus aposentos para cambiarse.

En el umbral de palacio, se hace anunciar. De inmediato, un ujier le precede con presurosos pasos. Marco se siente lleno de energía, de una combatividad que le haría mover montañas. Sabe que, como él, el emperador está impaciente. Marco recorre los salones casi a la carrera, como si fuera a reunirse con su propio padre. Nunca las galerías le parecieron tan largas, ni tan vastas las salas, ni tan llenos de cortesanos los corredores, ni tan lentos los guardias en abrir las puertas. Por lo general, la mirada que los habitantes de la corte le dirigen está llena de curiosidad, de desprecio incluso. Pero esta vez, sus ojos expresan una enorme incredulidad.

En la sala del consejo es evidente que le esperan. Por todas partes hay un derroche de lujo. Todo brilla; brillan los dorados de los biombos y brillan los rostros de los cortesanos. Los rayos de sol que se deslizan por las ventanas sacan fulgores a las figuras que adornan el centro del poder. Los dragones, casi vivos, exhiben orgullosamente sus colmillos de esmalte.

Kublai va vestido de gala. Está sentado al estilo mongol, con las piernas abiertas, los pies afianzados en el suelo, las manos posadas en las rodillas. Sus consejeros le rodean. P'ag-pa saluda a Marco con afabilidad, Zhenjin apenas si le dirige una fórmula de cortesía. Chabi le recibe con la discreta calidez habitual. Kublai escruta a Marco desde lo alto de su tranquila seguridad. Marco tiene la sensación de que su corazón palpita al compás del de Kublai. Se deja caer para la prosternación ritual y, cuando su frente toca el suelo, le parece imposible levantarse.

—Me han anunciado tu regreso. Estoy muy contento de verte tan mugriento —dice el Kan sonriendo.

Un pasajero vértigo asalta a Marco cuando levanta la cabeza hacia el emperador.

—En efecto, Gran Señor, no he deshecho mi equipaje para presentarme ante vos enseguida.

—Apresúrate, sobre todo, a contarme los detalles de tu expedición.

—Gran Señor, permanecí más de lo que me hubiera gustado en el Japón, largas semanas en aquel país hostil. Aproveché ese tiempo para observar las costumbres de sus habitantes. Es un pueblo sanguinario al que le gusta matar. Me he salvado por milagro. Todos vuestros precedentes emisarios fueron ejecutados. Sólo debo la vida al cansancio del *shogun*, que ya no quiere ver cómo otra embajada extranjera pone el pie en sus islas. Me apresuré a salir del Japón, pero mis compañeros han sido retenidos como rehenes.

Kublai frunce el ceño, preocupado.

—Prosigue, Marco Polo.

—Gran Señor, os lo digo humildemente: no ataquéis el Japón. El país está formado por escarpadas montañas y furiosos torrentes. Sus tierras no son buenas para el cultivo. Apenas si consiguen hacer crecer té en las laderas de sus colinas, y arroz en los bancales excavados en la montaña. Aun conquistado, este país no aumentará vuestras riquezas. Además, la travesía por mar es muy azarosa. Yo mismo fui retrasado varias semanas a causa de una fuerte tormenta que impedía que los barcos abandonaran el puerto. Escuchadme, Gran Señor, no ataquéis el Japón.

Kublai reflexiona largo rato, sondeando al veneciano con la mirada.

—Muy atormentado te veo, Marco Polo. No puedo creer que se deba a lo que viste allí. Eres aguerrido, has atravesado peligros que pocos hombres habrían superado. Me gustan los desafíos. Oigo lo que me dices, pero eso no hace sino atizar mi deseo. ¿Qué dice su rey?

—No tiene ningún poder. Quien dirige el país es el *shogun* —rectifica Marco.

El Gran Kan hace un vago gesto con la mano.

—Sí, lo sé, mi hija me mandó un correo.

Marco se saca de la manga el mensaje que le ha salvado la vida.

—Vuelvo solo, Gran Señor. El *shogun* pretende ejecutar a mis compañeros si intentáis desembarcar.

Kublai se levanta, furioso.

—¡Amenazas!

—Gran Señor, recordad que he venido a traeros esto.

Kublai rompe el sello y desenrolla el papel. Se levanta y lo lanza a lo lejos, con furor.

—¡Es ilegible! ¡Ese gusano lo ha hecho escribir en japonés! —exclama con voz atronadora.

Marco y todos los asistentes dan un respingo.

—¿Qué dice ese documento, Marco?

El veneciano traga saliva con esfuerzo; se ve obligado a reconocer el fracaso de su misión, y eso le causa una terrible humillación.

—El *shogun* rehúsa someterse a vuestra autoridad —dice con voz apagada.

Kublai golpea con el puño el brazo de su trono, con una mezcla de cólera y exaltación.

—¡Perro! Lo sabía.

—Se preparan para repeler un ataque. Han elevado ya en la costa un muro de fortificaciones.

—Perfecto. Zhenjin, toma nota: voy a crear un «secretariado para el castigo del Japón». Se encargará de la expedición oriental.

Chabi se inclina al oído de su esposo. Él la escucha atentamente, puntuando sus palabras con gruñidos de aprobación.

—Tienes razón, Chabi. De modo que enviaré a muy pocos de nuestros hermanos e hijos mongoles. Invadirá el Japón un ejército chino y coreano. Estos dos países siempre han soñado con conquistarlo. Les daré esa satisfacción. Ha llegado ya la hora de probar la pólvora a gran escala. Prepárate, Marco Polo, pues tomarás parte en la campaña. Quedas relevado de tus funciones de gobernador.

La sentencia ha caído, es una condena.

Con alivio, Marco regresa a su hogar en el corazón de la Ciudad imperial. Durante los días siguientes, declina numerosas invitaciones de los nobles mejor situados en la corte. Rechaza incluso la de Namo Kan, poco deseoso de satisfacer la curiosidad del príncipe mongol tras esa expedición que todos condenaban al fracaso, prediciendo su muerte. Haber regresado vivo y haber dejado tras de él a sus compañeros es una tortura cotidiana. Marco se concentra en su correspondencia, escribe a Sanga, a su padre y a su tío, incluso a Xiu Lan.

Varios días más tarde, recibe con sorpresa la visita de Sanga. Ordena que le hagan pasar de inmediato en su salón decorado con unas estampas chinas que acaba de adquirir.

Sanga saluda a Marco con una inclinación, a la manera china. El veneciano le responde del mismo modo.

—¡Sanga, amigo mío! De modo que has regresado del Tíbet.

—Hace sólo unos días. He sabido a mi regreso que habías realizado un viaje del que muchos no han regresado.

—Es cierto —dice Marco apartando la cabeza.

Da unas palmadas, ordena que les sirvan el té.

Se instalan en el suelo sobre una gruesa alfombra de Persia.

—Muy sombrío estás, Marco Polo. Antes eras un anfitrión más caluroso.

El veneciano lanza un suspiro.

—No tengo razones para alegrarme.

—Habla pues, amigo mío.

—El Gran Kan monta una expedición contra el Japón.

—No es la primera vez.

—Tomaré parte en ella...

Sanga calla, aturdido por la noticia.

—Pero... no eres un soldado —acaba diciendo.

—Tampoco soy mongol.

—¡Todavía no te has marchado!

Marco se quema al beber el té y suelta una exclamación de dolor.

—¿Y qué es de ti? —pregunta.

—El Gran Kan me ha alabado por mi acción en el Tíbet. He apaciguado la revuelta. Mi protector, el venerable lama P'ag-pa me ha confiado nuevas responsabilidades en la organización de su casa.

—¿Vas a quedarte en la corte, entonces?

—De momento sí.

Marco se levanta, súbitamente incapaz de permanecer sentado.

—Y yo no he encontrado aún a mi hijo.

—¿El de mi hermana la princesa?

A Marco le produce una extraña impresión imaginar a su antigua esclava en esta calidad de princesa.

—Sí —dice.

Sanga cierra los ojos unos momentos, como para recogerse.

—No me atreví a preguntártelo.

Marco se planta ante su amigo.

—Sanga, si yo no volviese, te tocaría a ti proseguir esa búsqueda.

Tras la marcha de Sanga, Marco va a sentarse a su escritorio, toma un pincel nuevo y escribe con su mejor caligrafía mongol un mensaje a Kublai, pidiéndole autorización para ir a visitar a sus parientes, en Yangzhu, antes de partir hacia levante.

En los días siguientes, mientras aguarda la respuesta del Gran Kan, Marco redacta su testamento, por el que lega sus bienes a sus parientes y a los hospicios de niños abandonados de Hangzhu. Cuando lo está sellando aparecen dos correos que le entregan al mismo tiempo dos mensajes. Uno lleva el sello imperial del Gran Kan. Sin embargo, comienza por abrir el otro, procedente de Hangzhu...

12

La sangre del Dragón

En el mensaje de Hangzhu, Marco ha encontrado una invitación para el teatro. Nada más obtener la aprobación del Gran Kan para su viaje, el veneciano, cuyo escaso equipaje estaba listo desde hacía varias semanas, se ha apresurado a ponerse en camino. La primavera de 1281 se despliega en un tierno paisaje de capullos en plena floración bajo un sol todavía suave. Marco se dirige hacia Hangzhu sin ni siquiera pasar por Yangzhu, a pesar de los reproches de Shayabami, que estima que si el Gran Kan le ha autorizado a abandonar Khanbaliq, ha sido para que Marco visite a su padre y su tío, que le esperan ciertamente con impaciencia.

En cuanto llega a Hangzhu, Marco alquila una habitación en un albergue reservado a los extranjeros, en los barrios lujosos, no lejos del lago. Contempla con nostalgia aquella extensión de agua tan apacible por la que se deslizan tranquilas embarcaciones. La última vez que la vio, Ai Xue era su guía.

Nervioso ante la perspectiva de encontrarse de nuevo con Xiu Lan —¿quién si no habría podido dirigirle tan curiosa invitación?—, Marco se dirige al teatro en pleno día. Una multitud inmensa se apretuja, alegre e indisciplinada, ante la entrada. Desde la conquista mongol, el teatro vive un extraordinario florecimiento. Todos los literatos cuya carrera se ha visto brutalmente interrumpida se han vuelto hacia las artes escénicas, muy apreciadas por los mongoles que las financian generosamente. Es la primera vez que Marco asiste a una ópera, pues las obras se representan siempre en chino. Pese a su impaciencia, espera su turno como los demás para penetrar en el teatro recién remozado. Dragones de vivos colores brillan con sus escamas acabadas de esmaltar. El veneciano sube por la escalera de madera y, utilizando desvergonzadamente los codos, encuentra un lugar entre las primeras filas. En la suya están muy apretujados y algunos deben permanecer de pie. Mordisquean cabello de ángel seco y tostado.

En la escena, gracias a una complicada maquinaria, unas nubes blancas se levantan por los aires al ritmo de las flautas. Constituyen el único decorado, pero la expresividad de los actores basta para imaginarlos bogando por los mares o subiendo una imaginaria escalera. Marco nada comprende del argumento, si es que lo hay, y tampoco puede compartir los accesos de risa o emoción a los que los espectadores se entregan con unánime entusiasmo. Debe limitarse a admirar los trajes y los maquillajes de los actores.

A fuerza de contemplar a la actriz principal, Marco reconoce con estupor a Xiu Lan. Va tan maquillada que no parece ella. Su tocado monumental la obliga a caminar muy despacio. Pero irradia felicidad y Marco sonríe viéndola así. En cuanto finaliza el espectáculo, el veneciano corre hacia las bambalinas. Pero le impiden el paso, despidiéndole como a un galanteador demasiado enardecido. De modo que se ve obligado a esperar, ante la mirada burlona de un coloso medio metro más alto que él.

Aparece por fin la flor de luna. Se ha desmaquillado y sus cejas apenas están perfiladas por un trazo de lápiz. Se arroja en brazos de Marco, como si se hubieran separado la víspera, antiguos amantes, buenos amigos. El veneciano responde al abrazo estrechándola contra sí.

—¡Llevadme al lago! —ordena ella.

Xiu Lan contempla fascinada la lisa superficie del agua. La joven tiene una expresión de tranquila gravedad que Marco no le conocía.

—Uno de los nuestros ha dicho que este lago es semejante a las cejas y los ojos de un rostro humano —dice ella.

Marco se deja impregnar por la quietud del lago de Hangzhu. Todo aquel paisaje ha sido creado por la mano del hombre, que al parecer ha puesto en su obra lo mejor de sí mismo. Si el mundo tuviera un porvenir, éste comenzaría allí.

Los pabellones budistas rodean el lago con sus armoniosas construcciones. Sobre el pico del

Trueno se levanta una pagoda azul, tan alta como el más elevado de los pinos. Los barcos se cruzan rozándose, barquitas salidas de los canales de la ciudad, manejadas con un remo sujeto en la popa, o embarcaciones más rápidas impulsadas por ruedas o pedales. Otras, de fondo plano, transportan hasta diez familias que se reparten así el precio del pasaje.

El veneciano ha alquilado una barca de remos cuyo nombre es *León de oro*, adornada como todas las demás con esculturas de madera pintadas con vivos colores. El interior de la cabina está forrado de madera de cedro.

Apenas el remero ha abandonado la orilla cuando unos botes se acercan a ellos ofreciéndoles juegos de ajedrez, de dardos o de pelotas, y también vajilla, licores y una comida. Marco compra flores de loto y se las regala a Xiu Lan. Los ojos de la muchacha brillan en el crepúsculo.

A medida que se deslizan por la espejeante superficie, el paisaje va desvelándose poco a poco, como una pintura. Palacios, templos, monasterios, jardines cuyos altos árboles descienden en suave pendiente hasta el agua. De las demás embarcaciones brotan risas y gritos de júbilo. Algunos hombres intercambian discretas miradas con Xiu Lan, sin duda conocidos íntimos.

—¡Maese Polo! ¡Mirad! ¡Vayamos hacia aquella barca, os lo ruego! —grita Xiu Lan incorporándose con brusquedad.

La embarcación comienza a bambolearse peligrosamente.

—¡De acuerdo!

El batelero les lleva hacia la barca que ha señalado la joven. En el interior del casco transporta barreños de agua donde nadan tortugas y flotan moluscos.

Marco, acostumbrado desde su más tierna edad a navegar en las góndolas de Venecia, se yergue frente a la brisa del lago. Xiu Lan, también de pie, se siente tan cómoda como él. Su manto rojo de largas mangas blancas chasquea al viento, levantándose como las alas de un pájaro.

—¿Cuál quieres? —pregunta él.

Ella examina las tortugas con atención, como si su futuro dependiera de ello. Se inclina para verlas mejor de cerca. Por fin, vuelve a levantarse con una gran sonrisa que le ilumina el rostro. Señala una tortuga con el dedo y habla en chino con el vendedor. Éste saca el animal y se lo entrega a Marco.

El veneciano la toma pero lo mantiene lejos de sí extendiendo los brazos, algo asqueado. La tortuga agita impotente las patas.

—¡No la soltéis! —exclama Xiu Lan, riendo.

Paga al vendedor.

—¡Eh! ¿Qué estás haciendo? —se indigna Marco.

—Eso es cosa mía —responde ella sencillamente.

Luego, ordena al batelero que se aleje hacia el centro del lago.

Como si bebiera un licor de mucho grado, Marco se embriaga con la belleza de su rostro, liso, transparente, de frágiles párpados, con la boca tierna como un pétalo de rosa.

—Eso es, aquí está bien —dice ella.

Aguarda a que la barca se haya estabilizado. Luego se levanta y toma la tortuga de las manos de Marco. No ríe ya y su semblante expresa de nuevo esa extraña y bella gravedad. Pronuncia algunas palabras en su lengua. Con un gesto solemne, suelta al animal, que cae al agua. La tortuga agita las patas antes de ponerse a nadar hacia las profundidades, encantada al haber recobrado su libertad.

Xiu Lan deja que su mano flote en el líquido elemento hasta que el agua del lago ha recobrado su habitual quietud. Con la yema de los dedos, roza la superficie en la que se dibujan unos círculos cada vez más amplios.

Marco la interroga con la mirada.

—Es un rito. Para ahogar las penas —explica ella con un nudo en la garganta.

Él acerca la mano a la suya. Ella se estremece, helada.

—He enterrado a un hijo —murmura con voz apenas audible. Luego ordena con brusquedad—: Regresemos.

Marco empuja la puerta y penetra en el jardín. Tras la hormigueante multitud de Hangzhu, cree haber entrado en el Edén. Los jazmines liberan su sutil y azucarado aroma, nubes de golondrinas pasan piando, un ruiseñor canta encaramado a los cerezos en flor, un petirrojo se posa en la rama de un hibiscus. Marco cruza un puente en miniatura, en forma de arco iris, que atraviesa un pequeño arroyo cantarín cuyos recodos bordean un prado recién segado y se pierden bajo las retorcidas raíces de un árbol de grandes flores, rojas y amarillas, que caen como campanas hasta el suelo. Un jardinero poda aplicadamente un seto.

La luz del crepúsculo acaricia con su calor el palacio, como el abrazo complace al amante. Los tejados alzan sus aleros, terminado por un friso calado del que gotean, en tiempos de lluvia, arroyos de agua, reproduciendo indefinidamente el ideograma de la felicidad. Tras haber cruzado el puente de cien rodeos, que sirve para ahuyentar los malos espíritus que al parecer sólo saben seguir una línea recta, Marco penetra en una especie de laberinto. Desde allí, ve grandes charcos cubiertos de flores de loto, corrientes de agua atravesadas por múltiples puentes y, bajo un techo desmesuradamente arqueado, un bosque de árboles enanos obtenidos al atrofiar las raíces y ligar los tallos y las ramas. Perfumes de flores raras le asaltan por todas partes, cantos de pájaros se responden de una punta a otra del jardín. Troncos de pinos entrelazados guían al paseante hacia grutas secretas donde se ocultan estanques. Pequeñas cascadas se desploman en unas aguas tumultuosas donde brillan como piedras preciosas los reflejos dorados de peces desconocidos. La mirada de Marco se ve atraída por una columna de nubes blancas que se levantan en el cielo límpido. Al acercarse, descubre que es el humo que exhalan unos guijarros transparentes que al ardor producen un aroma exótico. Alrededor de la gruta hay una refinada colección de rocas de forma y colores extraños.

El paisaje compone un conjunto tan armonioso que parece un cuadro. El pensamiento de Marco se evade, siguiendo los meandros de este espectáculo que estimula la imaginación. Se imagina en la corte de los Song como un mandarín rodeado de suntuosas concubinas, consejero del joven emperador, a quien enseña a manejar una barca por el lago de Hangzhu.

Tras su paseo por el agua, Xiu Lan se ha eclipsado, misteriosa, dándole una dirección para reunirse con ella más tarde.

Marco se demora largo rato contemplando un inmenso roquedal cuya silueta recuerda la del oleaje en alta mar.

A lo lejos, una sombrilla de papel de arroz gira como una inmensa flor entre los árboles. Marco aprieta el paso. Un grupo de muchachas toca pequeños instrumentos musicales en torno a la mujer oculta por la sombrilla. Bajo las botas de Marco cruje la grava del camino. Ella se vuelve.

Xiu Lan aparece como el sol que al amanecer ilumina por fin una noche demasiado larga. Su cuerpo está moldeado por una túnica de brocado rojo transparente, realzada con hilos de oro. Lleva un manto abierto por los lados que, a cada uno de sus movimientos, permite pensar que tal vez descubra su desnudez. Ciñendo sus torneadas caderas, un fino cinturón de jade hace tintinear unas minúsculas campanillas cuya melodía acompaña sus pasos. Lleva un tocado complicado y soberbio, que en parte desvela su nuca con cierto impudor. La mitad de sus cabellos está recogida en un alto y sofisticado moño adornado con peinetas de oro y plata coronadas por flores artificiales y con alfileres de perlas, todos ellos de una exquisita belleza. La otra mitad de su cabellera cae hasta sus riñones, en un espeso telón de un negro brillante. Su collar de perlas hace juego con sus pendientes. Muy maquillada de blanco, con los ojos rodeados de oscuro, la boca invitadora como una cereza madura, la joven resplandece. Su rostro se ilumina con una hermosa sonrisa al ver al veneciano.

—¿Os habéis extraviado, maese Polo? —pregunta con voz suave.

—Admiraba ese sorprendente roquedal.

—Es un fragmento de montaña llegado del Tíbet. Fue esculpido en tiempos del esplendor de los Song, luego lo sumergieron en las aguas de un río durante decenas de años para hacer desaparecer todo rastro de la mano del hombre.

—En verdad, Xiu Lan, he penetrado en el jardín del Edén. Y tú eres su sacerdotisa.

Ella se acerca y le toma familiarmente del brazo para llevarle hacia un puentecillo. Su perfume de jazmín embelesa a Marco.

—Dime, Xiu Lan, ¿dónde estamos?

—En mi casa —responde ella sin mirarle.

—¡Shayabami se ha mostrado muy derrochador!

Ella se planta ante él.

—Yo elegí la casa. También yo me he convertido en alguien importante. ¿Acaso no soy experta en lo que aquí llamamos los juegos de las nubes y la lluvia...?

—¿Es una invitación?

—Un ofrecimiento tan sólo. ¿Estáis dispuesto a aceptarlo, señor extranjero?

La joven ha recuperado, de nuevo, una expresión lánguida.

—Ya sabes que me gusta la aventura... —dice él riendo.

Ella lo conduce a una avenida que lleva a la mansión. El esbelto palacete parece haber crecido en medio del parque como un árbol multicolor fruto del extravagante sueño de un poeta mandarín. Descansa sobre simples pilares de madera, que crean un inmenso espacio de galerías cubiertas por las que se pierde la mirada, decoradas con biombos y bellos arbolillos enanos.

La techumbre, cuyas tejas, como escamas de un pez, brillan con tonos de jade y amarillo, parece dispuesta a emprender el vuelo con sus alados extremos. Las maderas de sándalo y áloe están barnizadas de rojo y verde, y relucen como la laca. Algo más lejos, las columnas están finamente pintadas de oro y turquesa. Unos dragones y unas aves fénix velan por el conjunto, con las fauces abiertas y la mirada vivaz.

En el interior, Xiu Lan le invita al espacio de recepción. El suelo está compuesto de ladrillos esmaltados y de un entarimado incrustado con flores de oro. En las paredes han extendido grandes rollos cubiertos de pinturas que representan grandiosos paisajes, del valle de Chang-zhi o de la montaña sagrada de Tian Shan. Marco admira una estatua, posada en una mesilla de laca negra, que representa una amazona que viste un largo manto de color jade. Sus rasgos están esculpidos con tanta finura que apenas se distinguen y, sin embargo, son tan expresivos que diríase que van a animarse.

—Es una antigüedad, de la dinastía Tang —explica Xiu Lan con orgullo.

—No te ha bastado una imitación.

—El trabajo nunca sería tan delicado.

Xiu Lan hace que les sirvan la cena en la galería. Los muros que rodean el recinto llegan sólo a la cadera, permitiendo divisar una magnífica vista del lago. El aire fresco penetra a suaves ráfagas. Las ventanas están confeccionadas con un enrejado de bambú y forradas con papel aceitado. Justo al otro lado, hay un estanque cubierto de nenúfares, flores de loto, jazmines, orquídeas de todos los colores, flores rojas de banano, flores de canela. Un molinete las va abanicando para que sus olores perfumen el interior de la estancia.

La cena se sirve con palillos de asta. Xiu Lan no se cansa de mostrarle su nueva riqueza.

—Voy a revelarte un secreto, Xiu Lan —le dice Marco—. Promete que no vas a divulgarlo.

—Os lo prometo.

—Acabo de regresar de la isla del Japón.

—Se dice que allí tienen extraordinarias cortesanas, muy bien educadas.

—Las llaman *geishas*.

—Ah, ya sabéis entonces de qué os hablo.

—Nada tienes que envidiarles, créeme.

—¿Formaba eso parte de vuestra misión secreta? —pregunta ella, picada.

—Tienes razón, nada sé de estas *geishas*...

—Creo que lo decís para complacerme...

—¿Y qué? ¿Hay acaso mejor causa que complacer a una mujer? A veces te encuentro increíblemente veneciana...

Con la punta de los palillos, Xiu Lan toma un grano de arroz.

—He ido a consultar a un astrólogo —comenta—, ha calculado vuestro signo astral. Sois tigre. No me sorprende. Tenéis su ímpetu y su generosidad.

Marco se echa a reír.

—Allí, en mi país, no damos crédito a las mismas cosas, pero tenemos otras manías.

Ella hace una señal a un servidor. Éste toma un largo tubo de bambú con el que apaga, soplando, los farolillos de papel. La galería queda en una penumbra bañada por la luz azulada de la luna. Xiu Lan invita a Marco a seguirla a través de una larga columnata.

El suelo de la alcoba está cubierto de brocado. La decoración es negra y roja. Las paredes están adornadas con tapices realzados con hilos de oro. Barnizado con laca negra, el lecho de madera preciosa está cerrado, en tres de sus costados, por tablas decoradas con pinturas. El cuarto lado lo cierra una cortina. La cabecera de la cama está ocupada por un

reposacabezas de porcelana colocado sobre esteri-
llas de junco. Unas sirvientas queman perfumes e
incienso, mientras otras preparan té en una tetera
en forma de luna. Xiu Lan las despide y sirve ella
misma a Marco el humeante brebaje.

—Es té verde. Excelente para vos.

—¿Cuáles son sus virtudes?

—Longevidad, fuerza —responde mirándole
con intensidad—. Éste es de la mejor cosecha. Fue
recogido en primavera, durante el período de los
insectos excitados, en las primeras horas del alba,
para que las hojas estuvieran aún cubiertas de
rocío. Unas muchachas puras lo recolectaron con
la punta de las uñas, para que no se manchara con
su sudor, y se lavaban de continuo las manos en
una jarra de agua. Esos gestos sagrados eran acompañados por los sonidos de unos músicos que toca-
ban el címbalo y el tambor.

Con los párpados cerrados, Marco moja con
voluptuosidad los labios en la taza.

—Tienes razón, me parece aún sentir el perfume de esas muchachas... —murmura con una
sonrisa.

—¿Qué os parece mi modesta morada?

—Muy poco modesta. Digna de una princesa.

—¿Es cierto? —exclama ella con ojos brillantes—. Vos que habéis visto los más hermosos palacios del mundo, ¿estáis seguro de lo que decís?

Se inclina hacia ella y antes de contestar le da
un beso.

—Evidentemente.

—Pero aquí falta algo de vuestro país.

—¿Qué sabes tú de eso? Basta con que yo esté aquí.

Xiu Lan se acurruca contra él amorosamente.

—Sois un hombre influyente en la corte, ¿no es cierto?

—En efecto.

—Sé que al Gran Kan le encantan las jóvenes doncellas y que, hace que cada cierto tiempo le entreguen media docena.

—Es cierto —confirma Marco que comienza a divertirse.

—Conozco una tribu donde son especialmente hermosas.

—¿Tan hermosas como tú?

—¡Mucho más aún! —responde sonriendo.

—Y...

—Me sentiría muy honrada proporcionándoselas al Gran Kan.

—¿Ah?...

Ella suspira, levemente molesta.

—¿Podríais obtenerme este favor?

—¡Ah, ya estamos, bribona! ¿Pretendes utilizarme? Pero en verdad debieras pagarme tú —exclama él—. ¿No te basta el magnífico regalo que te hice?

Xiu Lan, más contenta, le dirige una mueca felina.

—Lo merecía ampliamente... Adoro mi nueva casa. Maese Polo, ocuparéis siempre un lugar especial en mi corazón.

—Si yo te presentara... —dice Marco pensando en voz alta.

Ella comienza a dar palmadas.

—¡Oh, sí! Me sentiría tan honrada...

—¿Estarías dispuesta a ser honrada por el Gran Kan? —pregunta él, hiriente—. Es viejo como un capullo seco, está gordo como una babosa obesa y, además, es un bárbaro.

—También vos sois un bárbaro. Y, por otra parte, aunque sea un mongol, es de todos modos el emperador —reconoce ella, impresionada.

Una sierva le acerca un plato lleno de setas negras secas, un bol con agua caliente y una pequeña bolsa de satén. Xiu Lan pone unos puñados de setas en la bolsa, y la aprieta con la mano para calibrar su dimensión.

—Se hinchan una vez mojadas. Podría apetecernos probarlas —dice con aire travieso.

Se aleja de Marco y, con un gesto, se quita la túnica transparente que cae a sus pies. Sus ojos brillan como un diamante negro al sol. Marco arde en deseos de acariciar el satén de su piel transparente. Es tan suave que el veneciano teme estropearla. Sus negros cabellos que le caen hasta las caderas llevan entrelazadas grandes perlas del color del agua que con sus reflejos iluminan su cuerpo desnudo.

Jadeando, Marco siente encenderse en su vientre el fuego de un volcán apagado durante demasiado tiempo.

Ella se sienta al borde de la cama y posa con gracia la mano entre los muslos de Marco. Advierte bajo sus dedos la emoción del veneciano, que se estremece.

Impaciente, atrae a la joven cortesana contra sí.

—Aguardad, señor, aguardad —susurra ella con su dulce voz.

Lentamente, le quita a Marco las botas, le desata las calzas, le despoja de la camisa. Con su boca y sus manos, tan expertas que no parecen serlo, Xiu Lan va rozando los musculosos muslos del extranjero, los poderosos brazos que quieren rodearla. Marco reacciona con un voluptuoso estremecimiento al sentir esas sedosas caricias.

Reina un sorprendente silencio, roto sólo por el crepitar de las velas que agonizan en el interior de sus farolillos.

De pronto, Marco desliza la mano tras la blanca nuca y aferra la brillante cabellera, llama nocturna que resbala como arena entre sus dedos. Xiu Lan le mira y a él le parece ver reflejada su alma en aquellos ojos tan sombríos. La joven entreabre sus labios de un rosa pálido. Con delicada dulzura, él la estrecha contra sí. Ella responde al abrazo con el mismo ardor. Los dos ruedan sobre la cama, donde les envuelven los cobertores de seda. Permanecen largo tiempo prietos el uno contra el otro, rostro en la cabellera, mejilla en el hombro, muslo contra vientre, seno contra pecho. Armonía de corazones que palpitan, de alientos que quieren absorber el aire que el otro respira. Marco besa a Xiu Lan en la boca, y ella se sorprende al sentir los labios de él tan suaves y tiernos. El veneciano le acaricia los sueltos cabellos que se extienden en espesos rayos de noche. Ella se abandona a sus voluptuosos besos que depositan en su carne el ardiente velo del deseo. Xiu Lan conoce todas las magias de las mujeres, hasta su intimidad que ofrece, a cada abrazo más sedosa.

Detrás de ellos, la cortina de seda se ha estremecido imperceptiblemente.

«Muy pronto tú y yo dejaremos de vernos. Tendré que entregarte a un hombre.»

Un rayo de sol saca a Marco de su sueño. Abre los ojos, entorna los párpados, se da la vuelta bajo el cobertor... para descubrir que está solo. Se levanta de un salto. Recorre con la mirada la habitación. Nadie. Se levanta, desnudo. Al posar los pies en el suelo, el frío sube por sus muslos, contrae sus nalgas, llega hasta los riñones, pellizca el hueco de su nuca. Da un paso más poniendo el pie bien plano: la planta se va acostumbrando a la temperatura del suelo. Primero, oye unos murmullos, como el chapoteo de una fuente. A través del enrejado de la ventana, percibe una silueta sumergida en la pequeña alberca que hay abajo. La sirena del cuerpo de jade se desliza entre las flores acuáticas, arrastrando tras ella su opulenta cabellera negra como la cola de un traje regio. Una vez llegada al otro lado de la alberca, apoya los brazos en el borde y sale del agua, esbelta, desnuda: una diosa. Con una sonrisa, Marco vuelve a arrebujarse en los cobertores de seda. Un instante más tarde, aparece ella envuelta en un lienzo. Él le abre los brazos. La diosa se arroja en ellos y se acurruca en el hueco de sus poderosos hombros.

—¿Está el agua tan helada como tú? —pregunta él.

—¡Más aún! Es excelente para los humores, la circulación de la energía. ¿Me has visto enferma alguna vez? Durante los grandes calores, todos acuden a mi casa, gracias al pabellón del frío, que construí con pinos del Japón, blancos como el marfil. Lo habréis visto en el jardín.

—¿Cuántos hombres visitan tu palacio durante el calor?

—Los más importantes.

Marco toma su mano.

—También a mí me gusta volver aquí. Xiu Lan... quisiera tenerte a mi lado siempre.

Ella se yergue de pronto, mirándole con aire huraño.

—¿Qué queréis decir?

—Quiero ser el único hombre en tu vida.

—¿Por qué? Me hacéis soñar en parajes que nunca he de ver. Y os doy amor como ninguna esposa o concubina sabe hacerlo. ¿Por qué cambiar la naturaleza que tan útil nos ha sido a ambos? Encuentro que conseguimos una buena armonía. Soy la tierra, sois el cielo. Así nos tocamos.

—Sin encontrarnos.

—Os debo mucho.

—Gracias —admite él, acerbo—. Es cierto que te instalé aquí. ¿Qué privilegio me concede eso?

—Pero es que además tengo que sufragar el mantenimiento de la casa. Unos diez sirvientes apenas son suficientes. Aprovechad los momentos que pasamos juntos. No penséis en los que nos separan. Así se alcanza la felicidad y la paz reinará en vuestro corazón.

—¿Y si te tomara por concubina? Vendría a menudo a verte aquí.

—Queréis una mujer a vuestra disposición. Ya me tenéis, ¿qué más pedís?

—No lo sé, un hogar, una familia, una casa que edificar...

—Alimentáis un sueño que sois incapaz de realizar. Habéis atravesado el mundo para llegar a China. Y una vez aquí, habéis vuelto a partir por los caminos. Sin duda sois el hombre que más ha viajado en todo el imperio. No os podéis estar quieto. La que os retenga en su casa más de una noche no ha nacido aún. Sois como los mongoles. Por eso os entendéis con ellos. Sois un nómada.

—Ellos son guerreros.

—Vosotros, los mercaderes, no sois muy distintos. Por eso nos importa tanto reteneros aquí, maese Polo. Si regresarais a vuestro país contando todas las maravillas que habéis visto, seríamos invadidos por los de vuestra raza.

—Necesito que seas sólo para mí —acaba soltando él, casi colérico.

—Es imposible. Si queréis privar a los demás hombres de mi compañía, tendréis que pagar. Pasadme una renta anual equivalente a la suma que en total cobro de los clientes que recibo. A mi casa vienen estudiantes de la escuela imperial, letrados, embajadores.

Marco calla, negándose a admitir que ella tiene razón.

En el jardín, los cantos de los pájaros festejan con alegría la mañana que se levanta. Pasado un largo momento, Xiu Lan rompe el silencio. Tras ellos, la cortina de seda ha oscilado.

—O, si no... llevadme a la corte... Y si deseáis una familia, podría daros hijos —añade, lánguida.

Marco no contesta, sumido en el nuevo dolor que crece día tras día. Desde su regreso del Japón, ha perdido la esperanza de encontrar a su hijo por medio de Ai Xue. No deja de preguntarse dónde se hallará el niño, qué estará haciendo en cada momento. Siente sobre todo la necesidad de saber con certeza si vive todavía o ha muerto.

—Tuve ya un hijo...

—¿Dónde está? ¿Con su madre?

—Ella murió. Fue raptado poco después de nacer. No sé dónde está, lo busco en vano...

Xiu Lan se acerca al veneciano, muy interesada.

—Ni siquiera podría reconocerle —prosigue Marco—. Si no llevara esa marca...

—¿Qué marca? —pregunta al instante la muchacha.

—Un tatuaje... en el brazo —responde Marco con un gesto.

Ella se anuda el pelo en la nuca con aire indiferente.

—¿Podríais dibujarlo? —le propone.

Y le entrega una hoja de papel de arroz, un pincel y su tintero, que parecían aguardar allí para ser utilizados.

Marco se sienta en la cama con las piernas cruzadas, y con mano vacilante reproduce aquel dibujo que persigue como una quimera. Concentrado en su obra, no ve que el rostro de Xiu Lan enrojece poco a poco. Ella procura disimular su creciente agitación, pero no puede evitar lanzar una furtiva ojeada hacia la cortina de seda. Luego se levanta, se envuelve en un simple velo transparente y se acerca a la cortina. Sin resolverse a apartarla, se vuelve y va a buscar una bandeja puesta en una fresquera al pie de la ventana.

—He preparado para vos ese plato mientras dormíais. Setas doradas en nidos de golondrina y corazón de cactus.

A Marco le cuesta contener su emoción.

—Xiu Lan, realmente tu gesto es el más hermoso de los regalos. Estoy tan acostumbrado a alimentarme en las tabernas, las embajadas, las casas de té, los palacios de los jefes que me reciben... Tu atención me conmueve más que todos los honores recibidos.

—¿No es ésta vuestra casa?

—Allí, en mi país, ninguna mujer cocinó nunca para mí, salvo mi madre. Y dejemos de hablar de mi patria. Mi casa, hoy, está aquí.

Ella no responde, dejando flotar una vaga sonrisa en sus pálidos labios, que no ha maquillado todavía.

Va a sentarse ante su espejo y toma afeite negro para dibujar sus cejas. Un «gato-león» de pelo amarillo y blanco se levanta de su cesto de mimbre desperezándose lánguidamente. Sube a su regazo ronroneando. Ella lo aparta suavemente con la mano. El animal salta a la mesa de bambú en la que descansa una pecera de cristal donde unos peces multicolores giran en silencio, haciendo revolotear las largas aletas. El gato los mira, goloso. Sus ojos se ven desmesuradamente grandes tras los reflejos del agua.

—¿Y mi proposición para el Gran Kan? —le recuerda ella.

—No tienes la menor idea de lo que se trama en la corte.

—Me gustaría mucho que me hicieran confidencias acerca de las intrigas imperiales —dice con aspecto travieso.

Marco mueve la cabeza.

—No, no lo querrías. Créeme. El momento es grave, voy a marcharme a la guerra, Xiu Lan.

—¿Vos? ¿Pero por qué?, ni siquiera sois mongol.

—Tampoco lo era cuando Kublai me envió en embajada al Japón. Y, además, tampoco lo son todos los soldados de la expedición oriental.

—¿Queréis decir que se cuenta también con los hermanos?

—Con chinos y coreanos, sobre todo.

Ella se vuelve con rapidez, haciéndole frente.

—Eso significa que tal vez no volvamos a vernos... Antes de que partáis, maese Polo, tengo que enseñaros algo...

Se acerca a la cortina de seda y la descorre con un gesto brusco.

Pero detrás sólo hay el vacío, la oscuridad.

—¿Y bien? —pregunta Marco con impaciencia.

Xiu Lan se vuelve hacia él, descompuesta.

—No lo sé, se ha marchado... Venid, no debe de estar lejos.

En un instante, se endosa un sencillo vestido y se calza. Después arrastra tras ella a Marco; atraviesan corriendo los pasillos hasta la puerta, y cruzan también rápidamente los jardines. La joven intercambia unas frases con el jardinero, que señala con el dedo la calle. Ella se precipita al exterior seguida por Marco. Cuando ya están entrando en el mercado, él la sujeta del brazo.

—Xiu Lan, ¿vas a explicarte? ¿A quién estamos buscando?

—¿Pero no lo comprendéis? ¡A vuestro hijo, lo he encontrado!

Él se queda atónito. Ella le precede con paso vivo y va interrogando a los mercaderes, que menean la cabeza.

Marco no se ha movido. A un tiro de piedra, un niño clava en él sus ojos, que parecen dos gotas negras. Tiene la piel mate, la complexión fuerte para su edad, el pelo rebelde. Eso es todo. ¿Qué esperaba? ¿Reconocerle? Marco deseaba secretamente que su corazón latiera de emoción, que sus brazos se tendieran para abrazarle, sentir una irresistible necesidad de protegerle. Creía que, nada más verle, el chiquillo gritaría: «¡papá!», como si hubiera esperado todos aquellos años con la misma ansia que él. Marco siente un sabor ocre en la boca, fruto de su amarga decepción. Se aparta. Xiu Lan, inmóvil y sonriente, contempla al niño con los ojos empañados. Marco trata de recordar aquel momento en que Noor-Zade le suplicó que se encargara del niño como si fuera suyo. ¡Como si fuera suyo! ¿Y si lo fuese a fin de cuentas? Mirándolo con más atención, Marco consigue encontrarle parecido con su madre, la sonrisa tal vez, o los ojos.

—¿Crees que podrías ser mi hijo? —le pregunta incrédulo al chiquillo.

Éste, turbado, traga saliva con dificultad.

—¿Es ella mi madre? —inquiere a su vez en chino, señalando con la barbilla a Xiu Lan.

Cuando Marco se acerca a él, el niño no aparta de él los ojos, como una bestia acosada dispuesta a brincar a la menor señal sospechosa. Ojo avizor, va retrocediendo con las rodillas un poco flexionadas. Marco se pregunta si será capaz de domar a la joven fiera.

—Nada tienes que temer, soy súbdito del Gran Kan.

Dao, que ha aprendido a reconocer esas dos palabras en mongol, no necesita oír más.

—¡Vete, sucio extranjero!

—Mírate, Dao Zhiyu. Tampoco tú eres de pura raza, en ti hay una mezcla de sangres —responde Marco, satisfecho por haber comprendido algunas palabras en chino.

Con gesto furioso, el niño hunde la mano en un fardo abierto y rebosante de guindillas «sangre del Dragón» y arroja un puñado al rostro de Marco.

Cegado, el veneciano lanza un grito de dolor.

Xiu Lan acude presurosa y lo conduce hacia el lebrillo de agua de un amaestrador de peces. Las protestas del hombre para que le paguen sus animales caen en saco roto.

—Retened al niño —ordena Marco que se rocía frenéticamente el rostro con mucha agua, resoplando como una ballena.

Cuando por fin puede abrir de nuevo sus ojos irritados, el chiquillo hace ya tiempo que ha desaparecido.

De regreso al palacio de Xiu Lan, Marco recorre nerviosamente el entarimado que resuena bajo los tacones de sus botas:

—¿Crees que volverá?

—No lo sé. Ha debido de asustarse.

—¿Por qué ha huido?

—Vos no sois chino.

Marco se dirige a ella con los ojos lanzando chispas:

—¿Cómo te atreves? ¡Te sentías muy orgullosa de que dignara poner en ti las manos! ¡Yo, un emisario del Gran Kan!

—¿Y qué? Desde entonces os han sucedido tantos que no recuerdo siquiera nuestro primer encuentro.

Rabioso, Marco la agarra por la muñeca.

—¡Soltadme, me hacéis daño!

—¿Y qué crees tú que me estás haciendo?

—Marco Polo, no tenéis derecho alguno sobre mí. ¡Salid de mi casa!

—Yo pago, no lo olvides. ¡Y eso me da todos los derechos!

Y, con toda determinación, la abofetea. Roja de cólera, ella levanta la mano para golpearle, pero él se la sujeta.

—Si queréis pegarme, es más caro —silba ella entre dientes.

Marco la suelta sin decir palabra, recoge sus cosas, saca su cartera y, sin ni siquiera contar los billetes, le lanza un fajo que cae como una lluvia de hojas muertas.

13

El *kamikaze*

Unos días más tarde, en la carretera que lleva de
Hangzhu a Yangzhu, Marco intercambia pocas palabras con Shayabami. El rostro del niño no deja de
obsesionarle. Mil veces toma el pincel para redactar
un mensaje a Xiu Lan; mil veces deja secar la tinta sin
escribir el menor signo mongol. Finalmente, cuando
llegan a las murallas de Yangzhu, se dirige rápidamente al palacio donde le saludan como si hubiera
partido la víspera. Una insólita agitación reina allí, al
igual que en toda la ciudad. Sus baúles y cofres están
ya dispuestos para el viaje hacia Khanbaliq.

—¡Marco! ¡Por fin! ¿No has recibido las órdenes del Gran Kan?

Rodeado de una corte impresionante, Niccolò
recibe a su hijo con su atuendo de gala, una singu-
lar mezcla de sedas persas, bordados chinos, pieles
mongolas y oros venecianos.

—Sí, padre mío —responde Marco, que se
pregunta de qué está hablando—. Por lo demás,
heme aquí, ya veis.

Niccolò abraza a su hijo y le susurra al oído en su lengua natal:

—El Gran Kan te liberará de tus funciones de gobernador en cuanto partas hacia el Japón. Entre tanto, estarás a las órdenes del general encargado de la preparación militar de las tropas; éste supervisa sobre todo la construcción de los barcos de guerra.

—¿Y cuál es ahí mi papel?

—Conoces el Japón. —Niccolò le propina una palmada en la espalda y prosigue en mongol—: Ven, te presentaré al general Fan Wenhu.

Un hombre enteco de largos bigotes negros cuyas puntas le caen hasta el pecho saluda a Marco a la manera china. Éste intuye enseguida que el militar no va a ser un amigo.

—Señor Polo —comienza el general en mongol con fuerte acento chino—. El Gran Kan me ha ordenado que hable con vos en privado.

Satisfecho de librarse por fin del ambiguo personaje, Niccolò le hace una señal a Marco.

Éste acompaña al general hasta un gabinete sobriamente decorado con rollos caligrafiados en las paredes. El chino no ha utilizado las habituales normas de cortesía, confirmando la desconfianza de Marco.

—Voy a exponeros el orden de batalla que el Gran Kan ha decidido.

El general aguarda que los criados hayan servido el té para desenrollar un mapa mongol.

—El año* en que el Gran Kan tomó la capital

* 1276.

imperial china Hangzhu es el mismo en el que envió una embajada al Japón, pidiéndole que se sometiese a su autoridad.

—No me decís nada nuevo, general. Por toda respuesta, los embajadores fueron ejecutados.

—Suerte a la que vos escapasteis providencialmente.

—La providencia nada tiene que ver en ello... —comienza Marco, irritado.

—Desde entonces, el Gran Kan me ha invitado a unirme a la nueva dinastía Yuan, que él ha creado —le interrumpe el general.

—Ya había advertido que vos no erais mongol.

—A partir de aquel año, como estaba diciendo, nos hemos dedicado a renovar nuestro ejército, a reclutar hombres en todo el imperio, a construir navíos de guerra a fin de estar bien preparados para la invasión. Hoy, tengo a mis órdenes cien mil soldados chinos, quince mil marinos coreanos y novecientos barcos, dispuestos a salir de Chuanchu.*

Con el pensamiento muy lejos del destino del imperio y de su soberano, Marco debe hacer un esfuerzo para centrar su atención en las palabras del general.

—Y aquí intervenís vos, señor Polo —continúa diciendo éste—: debéis regresar a Gaegyong donde están ya los ejércitos del general coreano Hong Tagu y sus ciento veinte mil soldados reclutados

* Kuanzhu, en la costa sur de la China.

tanto en China como en el reino de Koryo, y el del general mongol Xindu al mando de cuarenta y cinco mil mongoles.

—¿No es ya Bayan el que mandará la expedición?

—El general Bayan está batallando con los rebeldes, al oeste del imperio.

Cada vez más reticente, Marco escucha al general que repite el plan de batalla perfecto ideado por Kublai.

—Los ejércitos de Hong Tagu y Xindu se harán a la mar desde Happo, en el reino de Koryo, para llegar a la isla de Ikishima. Allí se les reunirán mis navíos. Juntos, lanzaremos nuestra flota contra el Japón. Luego, una vez los hayamos metido en cintura, el Gran Kan desembarcará a bordo del navío imperial.

—Me parece estupendo —observa Marco con una leve ironía.

—El Gran Kan ha dado a entender que sois originario de un país de navegantes.

—Eso es, una República llamada Venecia —precisa Marco con orgullo, aunque el nombre nada evoque para el general.

—Estaréis pues, naturalmente, en primera línea.

—Así me lo imaginaba.

—Las órdenes que se os han dado disponen que partáis de inmediato. El ejército de Hong Tagu salió de Khanbaliq el diez de febrero, debiera llegar al reino de Koryo a mediados de marzo. Procurad no hacerlo esperar como habéis hecho conmigo —termina Fan Wenhu, mordaz.

—Perdonadme, general, ignoraba que se me esperase —dice Marco con ironía.

—Acepto vuestras excusas. Nos veremos con mis hombres en la isla de Ikishima, el día de la luna llena del sexto mes. Buena suerte, señor Polo.

Saluda al veneciano con una breve inclinación.

Con el corazón en un puño, Marco abandona a solas Yangzhu al alba del 20 de febrero de 1281. El paisaje, cubierto de una algodonosa capa de nieve, le trae recuerdos que le producen una gran melancolía. Por aquella misma época, en las alturas del Pamir, Noor-Zade había dado a luz a su hijo. Ella había luchado para que la criatura viviera a pesar de que aquellos glaciares no eran propicios para la existencia humana. Y el pequeño había sobrevivido. Cuando la madre sintió próximo su fin, le había hecho grabar al niño el mismo tatuaje que llevaba ella para que Marco pudiera encontrarle, aunque fuese años después. El veneciano se dice que él debe estar a la altura de aquel tesón con que madre e hijo desafiaron las leyes del destino. Unas lágrimas asoman a sus ojos abrasados por el frío.

Alcanza la capital del reino de Koryo apenas unos días después de la llegada de los ejércitos del general Hong Tagu. Ese coreano, que ha abrazado la causa mongol y es calificado de traidor por sus compatriotas —que procuran que ese calificativo llegue a sus oídos—, ha sido educado en la corte del Gran Kan en compañía de numerosos niños coreanos, rehenes entregados al imperio como tributo.

Ha crecido absorbiendo los valores imperiales y sintiendo el fuerte anhelo de integrarse en el nuevo orden dinástico. Contempla a Marco con altivez. La capital coreana, transformada en un gigantesco campamento militar, se ha quedado sin habitantes, que han huido a refugiarse en los templos erigidos en las laderas de las montañas. Ni un solo civil recorre las calles, sólo tropas que se afanan en preparar la partida. Enormes cañones han sido instalados en carretas, así como catapultas y arietes. Todos los animales domésticos han sido requisados y esperan, encerrados en jaulas de bambú, la hora de ser sacrificados para servir de alimento.

Durante el banquete que Hu-tu-lu ofrece en honor de su huésped veneciano, Hong Tagu interroga a Marco sobre las condiciones de su viaje al Japón.

—¿Existe la posibilidad de desembarcar en otra parte que no sea ante esas fortificaciones de las que nos habláis, en la isla de Dazaifu?

—Ellos esperan que desembarquemos en otra parte.

—Sí, sin duda, por eso mismo desembarcaremos precisamente ahí.

—Podemos dividir nuestras fuerzas.

—Nuestra mejor baza, por el contrario, es nuestro número. Perdonadme, señor Polo, pero nada conocéis del arte de la guerra.

Marco esboza una sonrisa.

—En efecto, pero conozco el Japón.

—Por eso sois muy valioso para nosotros. Hemos consultado los oráculos. Mañana es el día de la primavera y es un buen día para partir a la guerra.

—¿Mañana? ¡Si he llegado hoy mismo!

Hong Tagu bebe un trago de té y omite un sonoro chasquido.

—Será entonces que los cielos os aguardaban —replica con una sonrisa.

Al alba se da la orden de partida. Marco ha dejado a Shayabami en la capital coreana, con el pretexto de que el Japón trae mala suerte. De hecho, la ausencia de Shayabami le valió, una vez, salvar su propia vida y, por superstición, Marco no quiere tentar la fortuna por segunda vez. Con toda naturalidad, el sirio ha aceptado la decisión de su amo, y solamente ha insistido para mostrar su abnegación.

La vanguardia del ejército se pone en marcha hacia el sur de la ciudad. Lentamente, entre el estruendo de las armaduras, el chirriar de las ruedas, el golpeteo de los cascos de las monturas, la ciudad se va quedando vacía. Sólo el cacarear de algunos pollos que huyen y los gritos de quienes los persiguen turban esa siniestra melopea amortiguada por la nieve. Los capitanes organizan los batallones, prodigando sus órdenes con rigor. Antes de la hora nona, los ciento setenta mil hombres de los ejércitos coreano, mongol y chino del Gran Kan se han puesto en camino hacia la costa coreana. Durante todo el trayecto, la tropa va engrosando con los soldados reclutados, de buen grado o por fuerza: criminales, esclavos, vagabundos, muchachos o ancianos harapientos, como era costumbre cuando los ejércitos iban a la guerra.

Un mes más tarde, han llegado a la bahía de Happo. En las laderas de las colinas que llegan hasta el mar, los mongoles plantan con rapidez y eficacia sus tiendas, sus hogares, y encierran a los animales en corrales montados a toda prisa. Los chinos, por falta de disciplina, lo hacen con mucha menos eficacia. El ejército coreano está constituido, en su inmensa mayoría, por soldados sin experiencia, campesinos arrancados a sus campos o artesanos que han abandonado su taller. Esos hombres aguardan toda una semana, en completa desorganización, que les indiquen cómo instalar su campamento. Las órdenes se dan en todas las lenguas, los intérpretes corren de un batallón a otro, agotados.

Los novecientos navíos de guerra se extienden por toda la bahía hasta la ristra de minúsculas islas que la protegen de las grandes olas del océano. El mar parece tapizado por una oscura alfombra de barcos amarrados unos a otros. El silbido del viento en los mástiles produce una siniestra melodía, y muy distintas clases de bajeles se codean. El Gran Kan ha ordenado a los coreanos construir barcos copiados de los de los bárbaros de Occidente, sin reparar en el gasto. Los marinos han tenido que aprender en pocos meses el manejo de esos navíos. Los chinos y los mongoles trepan a los clásicos juncos de guerra, de nueve cubiertas, muy anchos y pesadamente armados.

El embarque, previsto inicialmente para una semana después de su llegada, se ve retrasado por los oráculos que predicen mal tiempo. El estruendo de los barcos que chocan entre sí basta para comprender que sería imposible salir de la bahía. El viento glacial levanta las tiendas de los chinos y los coreanos, menos acostumbrados que los mongoles a precaverse contra él.

Por fin, el segundo día del mes de mayo, el general Hong Tagu anuncia la partida para el día siguiente. La noticia es recibida con alivio por todas las tropas que comenzaban a hartarse de su inmovilidad.

La víspera del embarque, una sorda angustia mantiene a Marco despierto a pesar de la oscuridad que ha caído de pronto. Piensa en Ai Xue y en sus compañeros, condenados a una muerte cierta. Trata de hallar un medio para llegar al Japón y salvarlos, pero no se le ocurre ninguno. En el momento de realizar el designio del Gran Kan, acude a su memoria lo ocurrido diez años antes, cuando desde Venecia viajó su padre a Khanbaliq, para conocer un pueblo considerado bárbaro y sanguinario. Una eternidad concentrada en un abrir y cerrar de ojos. Se recuerda, joven ingenuo y arrogante de diecisiete años, recorriendo los canales de su ciudad natal a la caza de sus sueños de aventura. Pero esta noche, acurrucado bajo sus mantas, procurando dormir pese al viento que muge contra la tienda, debe admitir que ha ido mucho más allá de sus ambiciones. No sabe qué razones le empujan a acometer las más locas empresas. Pero no podría seguir viviendo sin haberlo intentado todo para salvar a Ai Xue y sus compañeros. Piensa en Sanga, convertido en un cortesano, influyente, intrigante, impaciente. Casi le envidia, y se pregunta cuál será su secreto para realizarse tranquilamente en esta vida.

Aparta malhumorado estos pensamientos: nada de debilidades en el momento de partir al combate. Y sin embargo, aunque sea hábil en el manejo de la espada, como todo gentilhombre mercader, está lejos de ser un experto —como se lo recordó muy amablemente el general Hong Tagu— en el «arte de la guerra». Se embarca con una misión de explorador, lo que no le impedirá estar en primera línea. Y aunque sabe que su protección estará muy bien asegurada hasta que desembarque en las costas japonesas, una vez haya transmitido las informaciones que posee se convertirá en un explorador más molesto que valioso. Obsesionado por la certidumbre de que va a morir, pasa toda la noche enfermo de miedo, y apenas le quedan ánimos para rezar a la Madona.

La mañana del tercer día del quinto mes del año del Dragón,* los ejércitos del Gran Kan comenzaron a embarcar en los navíos de guerra, a pesar de los malos presagios aparecidos a última hora: al parecer se había divisado una serpiente que emergía de las aguas y el mar desprendía un olor a azufre. Pero Hong Tagu no puede retrasar más

---

* 3 de mayo de 1281.

la partida si quiere acudir a la cita de la luna llena con el general Fan Wenhu.

Marco examina el firmamento donde se desgarran negras nubes. Pero antes del mediodía, el cielo se ha vuelto perfectamente límpido, lavado por un viento gélido pese a la primavera que anuncian ya los árboles en flor.

Mientras aguarda a que sus soldados tengan lista la impedimenta, el general Hong Tagu se recoge ante la *stupa* de los Tres Joyeles, donde medita sobre la segura victoria de los ejércitos del Gran Kan.

A última hora de la tarde, los ciento setenta mil hombres están a bordo de los bajeles y las embarcaciones se hacen a la mar.

Marco ha subido a bordo de un enorme junco de guerra, tan ancho que casi parece cuadrado. Estudia con interés la construcción del navío, que pone simétricas la proa y la popa, y ambas están muy elevadas con respecto a la cubierta. El junco va provisto de una especie de espadillas manejadas por cuatro hombres cada vez que el mar lo permite. Posee dos enormes anclas de piedra que rebotan con un ruido sordo contra el casco cuando hay mucho oleaje. Las velas están confeccionadas con estera y tela. Marco admira la astucia de los compartimentos estancos, que limitan los riesgos de zozobrar en caso de que se abra una brecha en el casco. Las cabinas individuales, que son varias decenas, están colocadas a proa. El junco arrastra tras de sí una barca cargada de madera y agua dulce. Marco entabla amistad con el capitán, y, gracias a la complicidad de los hombres de mar, aprovecha su presencia a bordo para aprender algunos secretos de navegación. Impresionantes cartas marinas y estelares, extremadamente precisas, permiten al capitán guiarse por medio de los movimientos de las estrellas y del sol. Si las nubes le impiden distinguir estos valiosos puntos de orientación, una brújula china le indica el sur y le permite perfectamente trazar la ruta.

A bordo, infantes y jinetes cuidan con mimo sus armaduras de cuero y metal. Durante toda la duración de la travesía, comparan sus técnicas de tiro con arco o ballesta, hacen ejercicios con la espada, se entrenan para el cuerpo a cuerpo y las artes marciales.

Marco disfruta navegando. El mar podría recordarle Venecia si sus aguas fueran tan plácidas como aquellas en las que de niño se zambullía con delicia. Pero pese al cielo despejado, las olas forman enormes crestas orilladas de espuma. Un viento constante hiela los huesos.

Ciento cincuenta navíos coreanos forman la vanguardia de la flota y los cincuenta últimos defienden la retaguardia. En caso de ataque naval, serán los primeros expuestos a los tiros. El tiempo despejado permite a la armada llegar rápidamente frente a las costas japonesas.

A bordo de los juncos de guerra, los soldados mongoles arman las catapultas. Una decena de hombres sudan la gota gorda tendiendo las enormes ballestas. Los más jóvenes preparan las bombas explosivas, los bloques de piedra y de metal fundido, las bolas envenenadas y las que una vez inflamadas servirán de proyectiles. Todos están serios y concentrados. La flota se ha adelantado a las fuerzas chinas; en consecuencia el general Hong Tagu da orden de echar el ancla. Las instrucciones se transmiten a voces desde la vanguardia a la retaguardia. Ya sólo hay que esperar a las tropas del general Fan Wenhu. Todos se mantienen dispuestos para el asalto. Cae la noche sobre la armada. Los marinos, que no duermen demasiado, aguardan con ansiedad la aparición de la luna en el cielo. Las nubes oscurecen la bóveda celeste, pero se adivina el astro nocturno, casi lleno. Dos días transcurren así antes de que el disco ilumine, como en pleno día, la negra superficie del océano. Los guerreros, la mayoría de los cuales no ha conciliado el sueño, se mandan señales de un navío a otro, confiando en ver aparecer la gran flota china tras un pespunte de espuma. El sol se levanta entre largas llamaradas rosas y anaranjadas en las que el cielo se desposa por el mar. Las olas se alzan en un ritmo desordenado e incesante, pero no asoma el menor bajel en el horizonte. Los días transcurren y los hombres, cada vez más nerviosos, no dejan de afilar sus armas y pulir sus armaduras.

Incansablemente, Hong Tagu estudia el único mapa que posee de las costas japonesas. Tiene muchas inexactitudes pero las precisiones de Marco lo completan con eficacia. Los comandantes de las flotas coreana y mongol discuten, junto con Marco, la estrategia que deben adoptar. Se reúnen en torno a media docena de botellas de vino de arroz.

—Nos llevamos víveres para tres meses, pero hemos consumido ya los dos tercios. La situación es inquietante —manifiesta Hong Tagu.

—Pero ¿qué está haciendo Fan Wenhu? Nos ha traicionado. Es un chino —dice el general Xindu respondiendo a su propia pregunta—. Ha estado esperando la hora de su revancha.

—Nunca haría eso. Ha adoptado la causa de la nueva dinastía, como yo mismo —le defiende Hong Tagu.

Xindu suelta un gruñido.

—Sin sus fuerzas, corremos el riesgo de fracasar contra los japoneses —apunta Marco.

—Si le esperamos, corremos el riesgo de perecer de hambre —advierte Hong Tagu.

—Mandemos un barco a su encuentro, para obtener información —sugiere Xindu.

—O mejor aún, un mensajero a tierra, a Koryo, sin duda nos comunicará algo —propone Marco.

—¿Y por qué no un mensajero a Khanbaliq, para pedir nuevas instrucciones al Gran Kan? —suelta Hong Tagu con una pizca de ironía.

Xindu apura su vaso de un trago.

—¡Buena idea! —exclama con el rostro congestionado.

El general Hong Tagu mueve la cabeza, desesperado.

—¿Por qué perdemos el tiempo discutiendo? No tenemos elección: lancemos el ataque. Los japoneses nos esperan, hace tiempo ya que el efecto sorpresa se ha perdido.

Xindu alarga el brazo y mueve de un lado a otro el dedo en señal de negación.

—Debemos obedecer las órdenes del Gran Kan.

Hong Tagu se inclina, rígido en su uniforme.

—General, respeto vuestra lealtad hacia el Señor de todos nosotros. Y estoy seguro de que os lo agradecería. Sin embargo, existe una información que él no conoce y que sólo yo poseo...

Hace una pausa para mayor efecto. Xindu, que iba a servirse otro trago de vino de arroz, se detiene sin completar la acción.

—Los soldados chinos no parten entusiasmados a combatir en nombre del emperador. Cuanto más esperemos, más desearán regresar a su casa. Por lo que a los coreanos se refiere, son campesinos.

—¿Queréis decir que estáis al mando de un ejército de traidores, general? —exclama Xindu, indignado.

—Os digo que debemos atacar sin esperar a Fan Wenhu. Tendremos que actuar deprisa, no tenemos ninguna base de retaguardia.

—Lo importante es salvar a los hombres —dice Marco.

Cuando apuran la última botella, han tomado ya la decisión de lanzar el asalto contra el Japón.

Al día siguiente, toda la flota leva el ancla para dirigirse en buen orden hacia la bahía de Hataka. El muro de fortificaciones se distingue por encima del oleaje. Hong Tagu envía dos emisarios a tierra, con el encargo de hacer llegar una última advertencia a los japoneses. La pequeña barca desaparece rápidamente en los remolinos, para aparecer de nuevo sobre una cresta cargada de espuma. Finalmente, llega a tierra. Los dos hombres ponen el pie en el suelo e, inmediatamente, son acribillados a flechazos.

Un silencio de muerte cae sobre la flota. Hong Tagu da la orden de atracar.

Los remeros hacen avanzar los navíos rápidamente. La playa está desierta, aunque parece más amenazadora aún que si hubiera estado llena de soldados japoneses. Las olas rompen con furor contra las altas murallas. Hong Tagu descubre una cala que parece menos defendida que el resto de la costa. Los navíos se acercan tanto como pueden al litoral, formando varias filas que se extienden por muchos *lis*. Luego, los arqueros arman sus arcos y ballestas. Los artilleros cargan las catapultas, dispuestos a cubrir el desembarco de los batallones. Los soldados saltan a tierra en desorden, pero recuperan toda su disciplina al tomar posiciones. Los encargados de instalar el campamento emprenden su tarea con fervor. Otros desembarcan las escalas y los ingenios bélicos montados sobre ruedas. Los primeros soldados se lanzan al asalto de las fortificaciones con grandes gritos. De pronto, miles de japoneses, armados hasta los dientes, surgen en lo alto de las fortificaciones. Los arqueros mongoles lanzan flechas inflamadas que alcanzan las tropas japonesas. Las catapultas disparan bombas incendiarias que lo abrasan todo allí donde caen. Pero los japoneses son cada vez más numerosos, más combativos. En cuanto un mongol llega a lo alto de la escala de mano, es decapitado de un sablazo. Los japoneses consiguen derribar centenares de escaleras apoyadas en sus murallas.

Hong Tagu da la orden de retirada. Los soldados se repliegan hacia su improvisado campamento, y cuentan sus heridos y sus muertos.

—Son más duros de pelar de lo que imaginaba —maldice Hong Tagu.

—Nos falta la mitad de nuestro ejército, general —recuerda Xindu—. Esperemos a Fan Wenhu.

—Me temo que sea demasiado tarde —dice Marco.

—Con nuestras bajas en soldados, podemos considerar que nuestras reservas han aumentado —deduce Xindu, en un silencio general.

Deciden proseguir los asaltos.

Mientras, por el mar los atacan unas embarcaciones japonesas, pequeñas, rápidas y de fácil manejo que consiguen hundir muchos de los enormes juncos de guerra y de los barcos de avituallamiento.

Transcurre un mes durante el cual la posición conquistada un día es recuperada por el enemigo al día siguiente, y una terrible epidemia de cólera se abate sobre las filas mongolas, agotadas ya por los combates y el calor. Pese a las precauciones y el aislamiento de los enfermos, miles de soldados contraen la enfermedad y yacen bajo las tiendas entre abominables sufrimientos. Se sospecha que los japoneses han contaminado el agua. Tras unas semanas, los invasores cuentan tres mil muertos que tratan de enterrar de acuerdo con los ritos bajo los disparos enemigos. Pero pronto los cadáveres son tan numerosos que deben resolverse a quemarlos. Y la flota de Fan Wenhu sigue sin aparecer.

El mes de agosto de 1281 se anuncia especialmente cálido. Hong Tagu reúne el consejo.

—La situación es grave. Hemos perdido muchos hombres ante estas malditas murallas y la epidemia nos ha arrebatado muchos más. Los japoneses son valerosos y tenaces. No hemos podido atravesar sus defensas. Las tres insignificantes posiciones que hemos conquistado nada tienen de estratégico. Os propongo, con enorme pesar, que volvamos a embarcar y nos marchemos.

Marco y Xindu se miran, aliviados.

—Creo que es una prudente decisión —aprueba el veneciano—. El Gran Kan os agradecerá que hayáis salvado su ejército.

De pronto, un mensajero entra en la tienda, jadeante, con el fatigado rostro iluminado por una amplia sonrisa.

—¡Mi general! ¡La flota del general Fan Wenhu está a la vista!

De inmediato, Hong Tagu corre hacia la playa, seguido de Xindu y Marco. En efecto, a lo lejos, minúsculas velas oscuras se dibujan contra el horizonte como una colonia de insectos.

—Hay que mandar a alguien a su encuentro —murmura Hong Tagu, impaciente—. Venid, señores.

Los lleva de nuevo a la tienda, saca el gastado mapa del Japón, mil veces plegado y desplegado.

—Estamos aquí. Fan Wenhu debe desembarcar al otro lado, para atrapar a los japoneses en una tenaza y cortar la isla en dos. ¡Que traigan vino de arroz para festejarlo! —exclama, aliviado.

—Tal vez el general Fan Wenhu pudiera enviar una parte de sus hombres para relevar a los nuestros —sugiere Marco.

Hong Tagu mueve la cabeza.

—Es inútil. Con sus cien mil soldados, atravesará la isla sin dificultades para reunirse con nosotros.

—Nosotros teníamos setenta mil —precisa Marco.

Hong Tagu clava en él una negra mirada.

—Sois un pájaro de mal agüero, señor Polo. Quizá no hubiéramos debido traeros...

Marco suspira:

—Si fuera un pájaro, emprendería el vuelo y abandonaría lo antes posible este lugar, general.

Unos días más tarde, reanimados, los mongoles han emprendido de nuevo la ofensiva. Acumulan las victorias, y se disponen a abrir una brecha en la muralla al observar que se debilitan las defensas japonesas. La lluvia de flechas es tan densa que oscurece el cielo.

En la tienda, Hong Tagu, Marco y Xindu reciben un mensaje de Fan Wenhu: acaba de arribar al otro lado de la isla de Kyushu y va a emprender el asalto contra los japoneses. Marco no ha dormido en toda la noche. Una terrible descomposición de vientre le ha mantenido despierto. Intenta tranquilizarse atribuyéndola al miedo más que al cólera. Incapaz de comer nada, bebe botellas de té ardiente, el único brebaje que le alivia. Escucha distraído las noticias del frente, más atento al dolor de sus entrañas.

—Señor Polo, parecéis enfermo.

—En efecto, general, he pasado bastante mala noche.

Hong Tagu se sobresalta y retrocede ostensiblemente.

—Os sugiero que vayáis sin tardanza al navío almirante para que os cuiden.

—La sugerencia suena como una orden.

Temiendo que Marco le haya contaminado, Hong Tagu pretende alejarle del frente, como hacen con los soldados enfermos, de modo que le indica que salga al momento.

Marco obedece, demasiado indispuesto para discutir, y sigue al soldado encargado de escoltarle. Sube a una de las barcas que hacen el trayecto hacia los bajeles más grandes. Con la cabeza entre las manos, no dirige la palabra al remero.

Empieza a oír una especie de silbido, y al principio cree que es un síntoma de su mal. Ya embarcado en el mayor de los juncos, Marco se dispone a dirigirse a una cabina cuando, al levantar la cabeza, percibe en el horizonte una cinta negra que se tensa y se destensa, como un dragón furioso. Fija en ella la mirada, con los ojos desorbitados.

—¿Veis lo que se acerca por allí? ¡Los soldados deben embarcar de inmediato!

El capitán se pone de puntillas, atónito.

—¡El *kamikaze*!* ¡No tendremos tiempo, señor Polo!

—¡Es una orden!

—Perdonadme, señor, pero soy el único que manda a bordo. Voy a dar orden de zarpar.

El escolta de Marco tiende el brazo hacia la playa.

—¡Mirad!

En tierra ha comenzado la retirada, espontánea y en desorden. Los oficiales procuran retener a sus hombres, pero es en vano.

Como un monstruo que reptara sobre el agua a una velocidad de vértigo, el tornado se divisa a lo lejos. Se despliega, retorciendo hacia el cielo sus inmensos anillos. Parece estar a decenas de *lis*, pero el viento sopla ya con mayor ímpetu. Los marinos se atarean, nerviosos. El capitán da las órdenes con sangre fría. Se izan las velas, se leva el ancla. El barco se aleja hacia mar abierto. En todos los labios, Marco puede leer una plegaria. Otros navíos los imitan. En la playa, a los soldados les cuesta ya moverse a causa de la ventolera. El combate contra los japoneses ha cesado, ahora la lucha se centra en la supervivencia. Los árboles danzan enloquecidos, sacudidos en todas direcciones. A bordo, el silbido del viento se hace tan violento que el capitán se desgañita en vano. Se ve obligado

* «Viento divino.»

a correr de un lado a otro de la cubierta para transmitir sus órdenes. Se detiene junto a Marco.

—Haríais mejor entrando en la cabina, señor. La cosa no tiene muy buen aspecto.

—¡También yo soy un marino! —grita el veneciano.

El capitán le mira rápidamente.

—Id a ayudar con la vela mayor.

Al momento, Marco olvida su dolor de vientre y sólo piensa en ser útil. Cuando baja los peldaños que llevan al palo mayor, ve a una decena de marineros que trata de izar la vela que chasquea, se hincha y resiste como si estuviera viva. Consiguen izarla hasta medio mástil y se disponen a hacer lo mismo con la vela de proa cuando ésta se desgarra con un crujido tan penetrante que parece un alarido. Los mongoles, aterrorizados, comienzan a lanzar terribles gritos. Medio *li* por detrás de ellos, el espectáculo es inaguantable. Atrapados aún en la cala, los navíos son levantados por el viento como vulgares cáscaras de nuez, arrastrados por olas tan altas como el palacio del Gran Kan, y chocan unos con otros como dados. Otros son lanzados contra el litoral y se aplastan destrozados en la playa, por la que corren unos soldados desesperados que buscan un refugio allí donde saben desde hace dos meses que no hay ninguno. Siniestros crujidos llegan hasta la embarcación de Marco. Pero el viento cubre los gritos de los hombres. En el junco de guerra, los marinos se han detenido, aterrados, al ver que su destino podría quebrarse tan fácilmente como los barcos del mayor emperador del mundo. El segundo mástil del navío se rompe con un enorme estrépito y se desploma sobre la cubierta. Gritos, sangre. Todos huyen presa del pánico, corriendo sin objetivo preciso. Algunos se lanzan al mar.

El barco, empujado por el viento, corre a la velocidad del rayo y se estampa contra el navío que le precede. Los gritos de los marinos se mezclan con los crujidos del aparejo.

Milagrosamente, el montón de madera y sangre formado por las dos naves parece proteger el bajel de Marco. El capitán consigue mantener el rumbo, navegando al abrigo del monstruo sanguinolento. Las olas caen a ráfagas sobre los tripulantes, dejándolos cada vez más aturdidos. Empapados hasta los huesos, les cuesta recuperar el aliento entre los embates del mar que los empujan de una punta a la otra del navío. El barco parece divertirse con ellos, cuando él mismo es juguete de los más terribles elementos. Los siniestros crujidos del casco auguran el final de todos ellos.

—¡Hay que sujetar el timón! —vocea el capitán, casi afónico.

Marco y tres más corren hacia el timón y se aferran a él con la energía que da la última esperanza.

—¡Atémonos! —grita Marco a sus compañeros.

Uno de los marineros se aleja para hacerse con una cuerda. El barco se hunde en el abismo de una ola inmensa. El marinero pierde el equilibrio y con los ojos desorbitados de horror desaparece devorado por la ola que cae rugiendo, como una fiera que cerrara sus fauces de espuma para tragarlo de un bocado. Los demás contienen la respiración. La ola se desploma sobre el barco con un espantoso estruendo, azotándolos con una violencia que nace de las entrañas de los mares. Marco siente que se ahoga, pero permanece con las manos crispadas, casi soldadas a la barra. Con la manga se va secando sin cesar los ojos, irritados por las salpicaduras. Hace un esfuerzo sobrehumano para aguantar. Su cuerpo tiene ganas de renunciar, de dejarse arrastrar por el agua que se retira con fulgurante rapidez del barco. Empapado, temblando, abre de nuevo los ojos. De todos sus compañeros, sólo quedan tres, agarrados como él al timón. «¡Tenemos que atarnos!», se repite. El navío se levanta por los aires como si fuera a emprender el vuelo. El viento parece soplar con más violencia aún. Objetos de toda clase vuelan a través de las velas medio desgarradas. Marco se arrastra hasta la amurada y se apodera de un rollo de gruesos cabos. El bajel está tan empinado sobre la ola que el veneciano podría creerse en lo alto de un acantilado. Por primera vez en su vida, le domina el vértigo, pero logra sobreponerse cuando la embarcación comienza a delizarse hacia el abismo. Sin perder un momento, regresa junto al timón y entrega la cuerda a sus compañeros. Con los dedos entumecidos, consigue hacer un fuerte nudo, imaginando con terror, durante una fracción de segundo, que una oleada arranca el timón, pues el mar embravecido, erizado de dragones de múltiples anillos, lo arranca todo. Marco reza con fervor. Sus labios tiemblan de frío. Los tres hombres procuran mantener el rumbo, sea éste cual sea. Durante horas, Marco permanece rígido en la misma posición, azotado por el viento y el agua, con el corazón en un puño y el estómago revuelto. El miedo es tan intenso que uno de los marineros vacía allí mismo sus entrañas. Marco deja de existir; es sólo una mota de polvo presa de la brutalidad de los elementos. Ruega para volver a ser un hombre.

Bruscamente, el tifón se aleja y la tormenta se transforma en simple ventolera. Marco ha permanecido quieto tanto tiempo que no puede moverse. Sobre su cabeza, el cielo muestra jirones azules. Con esfuerzo, casi con rabia, se libera de las cuerdas que le han salvado la vida. Los demás marineros, ya de pie, le ayudan. La cubierta está sembrada de restos de toda clase, árboles arrancados a la tierra, residuos de navíos y despojos humanos, y casi todos sus elementos propios han desaparecido. Varios cadáveres resbalan de aquí para allí al albur de los bamboleos de la nave. El capitán, medio aturdido aún, ordena que los arrojen al mar con todos los honores. A lo lejos es todavía visible la costa. Han avanzado muy poco. El océano es un mar de cadáveres que oscilan sobre las olas.

—*O Dio!* —grita Marco al descubrir el espantoso espectáculo.

Se agarra la cabeza con las manos y sin poder contenerse rompe a llorar como un niño.

Una semana más tarde, cuando se acercan a las costas coreanas, un junco que había abandonado el Japón tras el paso del tifón les facilita algunas informaciones. La flota del general Fan Wenhu fue diezmada por el tornado. Quienes habían podido escapar tuvieron que capitular ante los japoneses o fueron eliminados. Apenas un tercio del orgulloso ejército regresará a buen puerto. Muchos de los bajeles se hundieron durante la tempestad.

Al volver a pisar por fin tierra firme, Marco, enfermo, no es capaz de borrar de su memoria la visión de las olas que arrojan incansablemente a las costas japonesas miles de cuerpos entremezclados. El océano se había tragado para siempre los sueños de conquista de Kublai.

14

La llamada del corazón

Mientras los restos de la armada imperial regresan a la capital coreana, abandonada triunfalmente unos meses antes, Marco relata a la princesa Hu-tu-lu el desarrollo de los acontecimientos. Ella envía de inmediato un mensajero a Khanbaliq.

Marco y los supervivientes emprenden, a su vez, la ruta hacia la capital. Los soldados del primer ejército del mundo han perdido su arrogancia de antaño. A medida que se acercan al corazón del imperio, entre sus componentes crece la aprensión. El temor ante la cólera del Gran Kan se mezcla con el alivio por haber sobrevivido al infierno. Por todo ello su marcha es muy lenta. Hasta los propios caballos parecen avanzar a duras penas.

Finalmente, llegan a la capital del imperio y cruzan las puertas entre la indiferencia general. La gente se aparta para dejar paso a los soldados. Los generales vuelven a sus cuarteles; Marco al barrio de los embajadores. Encuentra un mensaje de su padre en el que éste le relata las muchas atenciones que dedica al nuevo gobernador de Yangzhu. Niccolò considera que le tratan bien gracias a los beneficios que él procura al imperio con el comercio de la sal.

Apenas instalado, a Marco le llega una orden de presentarse ante el Gran Kan.

Shayabami le recorta la barba cuidadosamente, echando los pelos a la chimenea por superstición, como ha visto hacer a los chinos. Marco se arrodilla para invocar la protección de la Madona antes de presentarse ante el emperador, y a continuación se pone su más sobrio y elegante atavío.

Atraviesa el parque a paso vivo. Se anuncia un otoño precoz. Las hojas de los árboles crujen bajo sus botas. El viento le envuelve con una manta gélida. Al final de su recorrido, se entera de que este año Kublai ha regresado de la cacería antes de lo que solía. Los cortesanos evitan al veneciano, apartándose cuando pasa. Los guardias de la Ciudad imperial le saludan, y en la puerta de palacio le despojan de su arma. A Marco se le encoge el corazón. Se pregunta si no será detenido antes incluso de haber podido ver al emperador.

—¿El Gran Kan ha recibido ya a los generales?

Los servidores no le responden, limitándose a indicarle el camino. Extrañamente, cuanto más se acerca Marco a la sala del trono, más desiertas están las galerías. Cuando llega al umbral de la antecámara, un guardia le detiene con un gesto.

—Nuestro Señor Kublai no está en palacio.

Es la primera vez que un servidor no lo llama el Gran Kan.

—¿Dónde puedo encontrarle? —pregunta Marco.

En los vacíos corredores, los pasos de Marco levantan interminables ecos. Baja por las escaleras que llevan al parque; sigue entre las hileras de arces llameantes hasta el lugar donde se levantan las tiendas mongoles, azotadas por los gélidos vientos de un otoño temprano. Un faldón de fieltro chasquea como la vela de un navío en plena tempestad. El veneciano contiene un estremecimiento. Ante la más modesta de las tiendas está plantado un alano, uno de los caucásicos que Kublai ha destinado a su guardia personal. Marco adivina que en ella se alberga su señor.

Un monje vestido con una túnica roja corre al encuentro de Marco.

—¡Sanga!

Éste, jadeante, le dirige una sonrisa, mientras recobra el aliento.

—¡Marco...! Me he enterado... —dice con voz entrecortada—. Soy... feliz... al verte de nuevo.

—Yo también.

Ambos amigos permanecen mudos unos instantes, como si el viaje de Marco y la vida de Sanga en la corte hubieran abierto un foso entre ambos.

—Mi corazón está lleno de pesadumbre, Marco. He perdido a mi maestro y protector.

—¿P'ag-pa?

—Sí, poco después de tu marcha, el Venerable partió hacia una tierra pura.

417

—Entonces, estás solo —dice Marco, entristecido por su amigo.

—Tal vez... Kublai se enfrentó a su hijo para imponerme en la corte. Nos hemos propuesto realizar el antiguo proyecto del gran canal para unir el norte del imperio con el sur.

—Busco al emperador —dice Marco, demasiado preocupado para escuchar a Sanga.

—Sigue por aquí —responde Sanga mostrándole la tienda más cercana.

Marco, impaciente, saluda a su amigo y se dirige a grandes zancadas hacia el pabellón.

El centinela le saluda al reconocerle. Marco franquea prudentemente, con un acto reflejo, el umbral de la puerta de madera decorada en rojo y oro. En efecto, casi ha asumido la creencia de los mongoles de que debe respetarse el umbral de las viviendas. Quien tenga la desgracia de pisarlo, podría ser castigado con la muerte.

En el interior, en la primera sala, unas mujeres oran mientras un chamán salmodia hechizos mágicos para un feliz alumbramiento. Nadie presta atención a Marco, que pasa a la segunda estancia. Como una sombra chinesca tras un biombo, Marco adivina la silueta de Kublai a la cabecera de una de sus más jóvenes esposas mongoles, que se halla en pleno parto. Es la primera vez que el emperador se mantiene junto a una de sus mujeres durante semejante acontecimiento. En el centro del hogar, un fuego crepitante da calor a los presentes. Una sierva arroja a las llamas un puñado de polvo, y de inmediato brota un fuerte olor a incienso. La mujer saluda a Marco y luego pasa detrás del biombo. El veneciano la ve arrodillarse ante el emperador. Luego, éste se levanta penosamente y sale de detrás de la mampara convirtiéndose en un ser real cuando antes era una sombra. Su rostro ha engordado aún más, su tez se ha vuelto casi gris. Avanza con unos andares de anciano. Al ver a Marco, su mirada se ilumina unos instantes. El veneciano ejecuta el ritual de las prosternaciones. De rodillas, le domina una violenta náusea.

—Marco Polo —dice Kublai con una débil sonrisa—. Me satisface volver a verte. Mi hija Hutu-lu me anunció tu regreso. Me gustaría escuchar tu relato, pues eres un excelente narrador.

—Gran Señor, lo que he vivido no se lo deseo a nadie.

—Tengo que lanzar un nuevo ejército contra el Japón —anuncia suspirando el Gran Kan.

Marco contiene a duras penas la cólera.

—¡Gran Señor, dadles a los hijos de vuestros soldados el tiempo de hacerse hombres!

El Gran Kan mira a Marco con sus ojos de lobo. De pronto, el veneciano sabe por qué nota el vacío de una presencia en el entorno de Kublai.

—¿Dónde está Chabi? —pregunta.

Nada más pronunciar su nombre, comprende lo ocurrido.

—Mi dulce Chabi se marchó hacia las estepas de nuestros antepasados. Allí está, dispuesta a recibirme —dice dulcemente el emperador.

Ese invierno de duelo ha blanqueado sus cabellos, que parecen polvo. Su mirada lavada por las lágrimas penetra en el alma de Marco.

—Mi pesadumbre se une a la vuestra, Gran Señor.

—¿De qué Gran Señor hablas? He sido incapaz de conquistar una islita perdida en medio del océano. Mis súbditos dejarán de respetarme.

—Los mongoles son temidos desde la época de Gengis Kan.

—Ahora ya no lo seremos. Es nuestra más terrible derrota.

—El ejército de invasión contaba con muy pocos mongoles. Y éstos no son marineros.

Kublai mueve la cabeza.

—¡No importa! El mundo entero sabrá que no somos invencibles. Yo deseaba ser respetado y acabar con el terror que inspirábamos. Quería adherirme a las creencias de los chinos, a sus costumbres. Hacerles compartir las mías. Tenía un sueño...

Kublai se acurruca contra el faldón de paño de la tienda.

—¡Estos palacios son tan fríos! Estoy mejor aquí. Tú, que has conocido el frío tanto como yo, sabes que incluso puede ser desagradable cuando uno dispone de medios para calentarse... Echo en falta a Chabi. ¿Sabías, Marco, que los emperadores chinos acostumbraban hacerse enterrar con sus esposas favoritas? Te hago esta confidencia porque sé que no vas a divulgarla: he llegado a lamentar no poder actuar a la inversa.

—Comprendo —dice Marco que de hecho no comprende.

—A mi abuelo Gengis Kan le gustaba la guerra, el olor de la sangre y el miedo. Fue un gran conquistador, yo quería ser un gran emperador. Creo que he fracasado.

Ambos hombres callan. Los segundos de silencio transcurren, pesados como gotas de plomo.

—No te alejes de la corte, Marco Polo, puedo necesitarte.

El veneciano recibe la noticia con alivio.

—¿Qué vais a hacer ahora, Gran Señor?

—Voy a ordenar que disuelvan el secretariado para la expedición oriental. Luego, me sentaré en mi trono y esperaré...

Marco sale de la tienda compungido, pues comparte sinceramente la pena de su imperial amigo. Busca con la mirada a Sanga, pero al no encontrarle decide regresar a sus aposentos. Recorre las avenidas flanqueadas de árboles, cruza las primeras murallas de palacio y sin salir de la ciudad se dirige al barrio de los embajadores. Enfila una de las callejuelas coronadas por un tejadillo en forma de dragón.

Cuando llega a la puerta de su palacio, Marco ve surgir ante sí una sombra blanca que parece estar esperándole. El veneciano da un respingo y hace ademán de desenvainar la espada. Una mano le detiene.

—¡Ai Xue!

Sin decir una palabra más, los dos amigos se funden en un abrazo. Ambos exhalan un suspiro que denota un profundo contento. Se separan, se contemplan en silencio largo rato.

—¡Cuéntame, Ai Xue! ¡Fui a la guerra para sacarte del Japón! —exclama Marco con lágrimas en los ojos, invadido por una inmensa oleada de alivio.

—Fuimos trasladados de Kamakura hacia el sur de la isla. Entonces se produjo el tifón. Aprovechamos el desorden y el pánico de nuestros guardianes para huir. Ocultos en la selva, aguardamos a que se apaciguara la cólera de los dioses. Algunos de los nuestros no sobrevivieron. Finalmente, descubrimos un barco chino que nos trasladó a las costas del imperio. Vengo de Hangzhu.

Al oír ese nombre, el rostro de Marco se crispa.

—También yo me siento feliz al encontraros vivo —prosigue Ai Xue—. Temía que Kublai descargara sobre vos su furor. No habría sido la primera vez.

—Como ves, Ai Xue, tengo la piel dura. Mi padre me lo repite a menudo: hay una estrella en lo alto que me protege. *La Madonna*.

—Sí, vuestra diosa —dice el médico sonriendo.

—Durante mucho tiempo me recriminé por haberte llevado conmigo.

Ai Xue se acerca a Marco Polo y baja la voz para hacerle una confidencia:

—No lamentéis ser un hombre de palabra. Ahora me toca a mí cumplir mi promesa. ¿Recordáis a Xiu Lan?

Como impulsado por un presentimiento, Marco se adelanta a Ai Xue y entra en su palacio.

Contrariamente a la costumbre, ningún servidor le recibe. Unas voces agudas y unas risas brotan del salón veneciano. Marco sube los peldaños de cuatro en cuatro, seguido muy de cerca por el médico chino. Empuja con brusquedad la puerta. En el interior, Xiu Lan degusta un vaso de té, enloquecedoramente hermosa, espléndida en sus ricos ropajes de seda, con los párpados perfilados en negro y la boca realzada por una pintura de color rojo. A su lado, un niño se ha puesto en pie de un salto. Marco da un paso para entrar en la habitación, y el chiquillo retrocede, aterrorizado. Xiu Lan le habla en chino con voz apaciguadora, después se levanta y le toma suavemente la mano. El muchacho, calmado, vuelve a sentarse otra vez a su lado. Pero está tenso como una ballesta, dispuesto a huir en cualquier instante. Tiene la frente colorada y cubierta de sudor.

Marco espera unos momentos. Por mucho que se haya preparado para este encuentro desde hace mucho tiempo, desde Hangzhu incluso, el hecho de ver a ese niño que en nada se le asemeja le procura una violenta emoción. Extrañamente, había creído o esperado que el chico tuviera con él cierto parecido, quizás unos rizos castaños y los ojos azules, pero nunca imaginó a un chiquillo enclenque para su edad, con ojos almendrados y tez morena.

Pero Dao Zhiyu, que no se hallaba en absoluto preparado para verle, recibe una impresión aún más fuerte. Había soñado en encontrarse con su madre... y en cuanto a su padre, sin duda sospechaba que sería un extranjero, ¡pero no un bárbaro!

Por otra parte, ¿qué podía acreditar que aquel hombre era, en efecto, su padre? Vuelve una insegura mirada hacia Xiu Lan.

—Decidle algo, Marco Polo —dice ella.

—No hablo chino.

—Yo traduciré.

Pero Marco sigue callado. Se arrodilla para ponerse a la altura del niño.

—Ai Xue, ¿cómo has conseguido convencerle para que te siguiese? —pregunta Marco sin mirar al médico.

El médico clava la vista en Xiu Lan. Ella entorna los párpados.

—Prometí enseñarle las artes del combate —responde Ai Xue.

Dao Zhiyu se acurruca en brazos de la cortesana.

—¿Xiu Lan es mi madre? —pregunta esperanzado.

Marco agita la cabeza, apenado.

—¿Dónde está mi madre?

Marco suspira. Luego ordena que sirvan unas golosinas, pastelillos de garbanzos, de guisantes y semillas de loto con azúcar.

—El hermano de tu madre está en la corte, yo le encargaré que te enseñe todo lo que debes saber —le dice al niño.

—Sabe contar con el ábaco y escribir su nombre —anuncia Xiu Lan con orgullo, envolviéndole en una mirada de madre.

—Permanecerás conmigo en la corte del Gran Kan —declara Marco.

Dao, al oír ese nombre, interroga a Xiu Lan con la mirada.

—Cuéntaselo a maese Polo, Dao —le pide ésta.

—Dicen que el Gran Kan es hediondo, gordo y viejo, que devora a los niños para rejuvenecerse y que tiene mil años —declara el chiquillo.

Marco suelta la carcajada.

—Te presentaré al Gran Kan, Dao. Verás que sólo es hediondo, gordo y viejo, pero no tanto. Tiene sesenta y seis años y no se come a los niños.

Durante horas, Marco relata a Dao su viaje, la llegada a Khanbaliq, su larga búsqueda para que estuviesen por fin reunidos. No obstante, le oculta al niño que su madre era su esclava. Al hablar de Noor-Zade, Marco contiene a duras penas su emoción. La recuerda sonriente y amorosa. Una imagen, sobre todo, no le abandona: la joven esclava apretando al niño contra su corazón como si quisiera ahogarle con todo su amor. Por aquel entonces, Marco ignoraba que de ese cariño obtenía ella su valor. «¡Encuentra a mi hijo!», había suplicado Noor-Zade en su lecho de muerte. Marco había tenido que cumplir ese ruego.

—Xiu Lan, dile a mi hijo que le enseñaré la lengua de sus padres.

—¿Dónde está mi madre? —repite Dao impaciente.

—Murió —confiesa por fin Marco.

Dao lo temía, aunque no quería creerlo.

Al ver un brillo de lágrimas en los ojos del chiquillo, Marco se acerca a él. Dao hace un movimiento instintivo de retroceso. El veneciano toma la muñeca del niño y le levanta la manga para mostrar el tatuaje.

—Tu madre, al saberse amenazada, hizo que te marcaran en el brazo el emblema de su clan, para que yo pudiera encontrarte y reconocerte. Llevas en ti todo su amor. Tu madre era una princesa. De ella has heredado el orgullo, la voluntad y la nobleza.

Estupefacto, Dao bebe las palabras de ese extranjero que convierten al niño perdido que era en un ser desconocido al que deberá descubrir.

Nota de la autora

Dar una lista exhaustiva de mis fuentes sería demasiado largo, por los muchos textos que existen sobre el período del imperio mongol, que llegó a dominar, no lo olvidemos, la mayor parte del subcontinente indoeuropeo, de Hungría a Corea. Se encuentran, pues, informaciones en todas las lenguas y todos los países. Hay a veces distintas versiones del mismo hecho histórico, algo que resulta, evidentemente, apasionante. Como complemento a estas notas, publico una detallada lista de fuentes de información (bibliografía, enlaces útiles, etc.) e ilustraciones (mapas, trajes, armas, fotos, etc.) en mi página Internet *www. muriel-romana.com*, que se actualiza regularmente.

El *Libro de las Maravillas* de Marco Polo fue mi principal base de inspiración. He procurado darle el toque humano del que carecía. En 1298, cuando Marco Polo, tres años después de regresar de China, es hecho prisioneros por los genoveses, conoce durante su cautiverio a un escritor de lengua francesa (lengua literaria por aquel entonces), Rusticello, que redactaba novelas de caballería y canciones de gesta. Éste, fascinado (como yo misma) por el personaje y los relatos de su compañero de celda, propone a Marco Polo escribir la historia de sus viajes. Es el famoso *Libro de las Maravillas*, redactado en francés antiguo, que ha llegado hasta nosotros. Tuvo un éxito creciente, primero como relato fantástico, pues en Europa pocos contemporáneos de Marco Polo daban crédito a lo que contaba. En efecto, ¿cómo era imaginable, en Occidente, que las gentes de un paraje lejano emitían moneda de papel, eran capaces de reproducir libros hasta el infinito o, también, curaban las enfermedades con agujas? La notoriedad de la obra se estableció definitivamente cuando Cristóbal Colón la convirtió en su libro de cabecera.

Otros relatos de viajes me han sido muy valiosos, como los de algunos religiosos que esperaban convertir al cristianismo a los kanes mongoles o los de los viajeros árabes que comerciaban con el Extremo Oriente y la India, y también los de los chinos que partían hacia el oeste para explorar tierras desconocidas.

Entre los religiosos, recomiendo especialmente el relato de Guillermo de Rubrouck, embajador secreto del rey San Luis, una obra de extraordinarios humor y sagacidad, a la que poco tiene que envidiar la de Plan Carpin, otro monje que intentó en vano convertir al Gran Kan Mongka, hermano mayor de Kublai. Por lo que se refiere a los viajeros árabes, Ibn Battuta es, después de Marco Polo, el que ha dejado un testimonio más sorprendente de sus aventuras.

Me han ayudado los trabajos de historiadores contemporáneos, como René Grousset, Marcel Granet, Jacques Gernet, Jean-Pierre Roux o Morris Rossabi.

La vida de Marco Polo parece un rompecabezas difícilmente descifrable, al que le faltan numerosas piezas. En estas zonas de sombra, la ficción ocupa evidentemente todo el espacio.

Existen personajes reales, como Marco Polo y su familia o, también, los soberanos mongoles, como Kublai, Kaidu o Arghun. Por otra parte, he construido personajes a partir de otros que realmente existieron pero de los que sabemos poca cosa, éste es el caso de Xiu Lan. En cambio, algunos personajes brotaron parcialmente de mi imaginación, como Dao Zhiyu o Ai Xue, aunque estén lo más cerca posible de lo que probablemente fueran en realidad. Desde luego era fácil encontrar «niños abandonados» como Dao y recibir los cuidados de un médico como Ai Xue, un letrado cuya carrera, que se anunciaba brillante, se había visto brutalmente interrumpida por la invasión mongol. La secta del Loto Blanco existió realmente, fundada aproximadamente en 1100. En 1368, estuvo en el origen de la insurrección de los Turbantes rojos, dirigida contra la dinastía Yuan para llevar al trono al primer emperador Ming.

La más célebre gran muralla es la que construyeron los Ming, que Marco Polo nunca vio. La que él conoció no era de ladrillo sino de tierra apisonada. Las primeras almenas datan de la dinastía Wei (siglo IV antes de J.C.), y las más recientes que él pudo descubrir de los Jin (época de Gengis Kan).

Muchas leyendas rodean la vida de Marco Polo, convertido en un verdadero mito.

Los viajeros que siguieron sus pasos contribuyeron ampliamente a crear esta leyenda, el primero de ellos Cristóbal Colón. En efecto, el navegante, tras la lectura del *Libro de las Maravillas*, soñaba con los techos cubiertos de oro que describe Marco Polo.

Todos los detalles de la vida cotidiana, la arquitectura, las costumbres, los paisajes de la China bajo el imperio mongol son auténticos. La ceremonia del té, que nada tiene que ver con la del Japón, los progresos técnicos, la *dolce vita* chinos son reales. China estaba viviendo su «Renacimiento» en la época en que Europa padecía el oscurantismo de la Inquisición. No es sorprendente, pues, que un hombre como Marco Polo, veneciano y, por lo tanto, abierto al mundo, se viera deslumbrado por aquella civilización. La misma fascinación encontramos en Kublai, conquistador mongol de los chinos. Sin duda, Marco Polo y Kublai Kan se sintieron a este respecto muy cercanos el uno del otro.

Lo ignoramos todo de la vida sentimental de Marco Polo. La he imaginado gracias a la documentación disponible sobre la época. La misión que Kublai Kan confió a Niccolò Polo es verídica, al igual que su desenlace.

Así pues, a lo largo del libro, todas las escenas son reales o plausibles. He intentado lograr que el lector descubriera la China como pudo descubrirla Marco Polo. Ni siquiera se conocen con certeza los trayectos de Marco Polo. Se ignora por qué tardó casi cuatro años para llegar a Pekín, cuando por lo general, la duración del viaje era de nueve meses. He iluminado algunas zonas de sombra gracias a todas las informaciones que he ido recogiendo en mis búsquedas de documentos y he tejido así esta aventura, que no se parece a ninguna otra.